GEORGE SHAFFNER

Ein Koffer voll Glück

Buch

Wilma Porter kennt wirklich jeden in dem kleinen Nest Ebb in Nebraska. Und jeder kennt Wilma Porter, Inhaberin des einzigen Bed & Breakfast und personifizierte Informationsbörse der Kleinstadt. Nur leider gibt es in letzter Zeit vor allem schlechte Nachrichten auszutauschen, und die schlimmsten davon betreffen Calvin Millet, den Besitzer des örtlichen Kaufhauses, dessen Geschäft kurz vor dem Bankrott steht. – Das gilt es mit aller Kraft zu verhindern, denn große Warenhausketten warten nur auf den Moment, in dem Millet seinen Laden schließen muss, und dann wäre es nur eine Frage der Zeit, bis aus dieser charmanten Kleinstadt mit ihren ganz eigenen Regeln ein gesichtsloses Gewerbegebiet mit angegliedertem Wohnraum wird. In ihrer Ratlosigkeit schickt Wilma ein Stoßgebet gen Himmel. Kein Wunder geschieht, aber kurz darauf passiert doch etwas Kurioses, als sich nämlich ein Mann bei Wilma einmietet, der sich als Vernon L. Moore vorstellt und angibt, Handlungsreisender für Glücksspiele zu sein. In Ebb, das seit Jahrzehnten von keinem Handlungsreisenden besucht wurde, reagiert man verwundert, doch der geheimnisvolle Fremde lässt sich nicht beirren. Und tatsächlich geschieht wahrhaft Wundervolles, seit sich dieser Gast mit seinem Musterkoffer bei Wilma eingemietet hat ...

Autor

George Shaffner lebt in Sammamish, Washington. Mit »Ein Koffer voll Glück« legte er sein Romandebüt vor, das in den USA zu einem Überraschungserfolg wurde. George Shaffner schreibt zurzeit an seinem zweiten Roman.

George Shaffner

Ein Koffer voll Glück

Roman

Aus dem Amerikanischen
von Gabriele Zigldrum

GOLDMANN

Die Originalausgabe erschien 2004 unter dem Titel
»In the Land of Second Chances«
bei Algonquin Books of Chapel Hill,
a division of Workman Publishing, New York.

Dieses Buch ist ein Werk der Fiktion.
Die Personen, Orte, Ereignisse und Dialoge entstammen der Phantasie des Autors.
Jegliche Ähnlichkeit mit tatsächlichen Ereignissen, lebenden oder toten Personen ist rein zufällig.

Umwelthinweis:
Alle bedruckten Materialien dieses Taschenbuches sind chlorfrei und umweltschonend.

1. Auflage
Deutsche Erstausgabe Mai 2006

Umschlaggestaltung: Design Team München
Umschlagmotiv: © Marc Burckhardt/Burckhardt Studio, Inc.
Redaktion: Kristina Lake-Zapp
An · Herstellung: Str.
Satz: deutsch-türkischer fotosatz, Berlin
Druck und Bindung: GGP Media GmbH, Pößneck
Printed in Germany
ISBN-10: 3-442-46065-4
ISBN-13: 978-3-442-46065-6

www.goldmann-verlag.de

Für Mom und Dad

Vielen, vielen Dank
an Jane und Miriam, Antonia, Kathy und Grace

KAPITEL 1

Der Anfang vom Ende

Mein Name ist Wilma Porter. Mir gehört das Come Again Bed & Breakfast, übrigens das einzige Hotel seiner Art in Ebb, Nebraska, und auch das einzige in Rutherford B. Hayes County, das von zwei Internet-Suchmaschinen empfohlen wird. Ich habe das Hotel von Clement Tucker gekauft – unserer Ausgabe von Warren Buffet –, der vor etwa fünf Jahren einen akuten Anfall von Midlifecrisis erlitten und damals beschlossen hat, sich ein modernes Haus mit allem Drum und Dran zu bauen.

Das Come Again ist ein viktorianisches Haus mit zwei Stockwerken und einem kleinen Turm. Erbaut hat es Silas Tucker II. kurz nach dem Bürgerkrieg. Vor dem Haus steht eine einzelne alte Eiche, die älter ist als das Gebäude selbst. Eine schwarze Asphaltstraße führt hinauf zu der altertümlichen Toreinfahrt und dem kleinen Parkplatz für meine Gäste. Letztes Jahr habe ich das Haus gebrochen weiß streichen lassen, mit Ausnahme des Dachs, welches schwarz ist. Ich finde, der Kontrast ist sehr aussagekräftig.

Clara Tucker Booth Yune, die ältere Schwester von Clement Tucker und Ebbs berühmteste Einsiedlerin, bewohnt den gesamten zweiten Stock des Hotels als Dauergast. Im ersten Stock befinden sich sechs Schlafzimmer. Ich wohne in dem, das zum Garten hinauszeigt, die anderen fünf werden vermietet. Zu jedem Schlafzimmer gehört ein eigenes Badezimmer, die Cornhusker-Suite hat sogar einen eigenen Whirlpool. Im Erdgeschoss befinden sich ein Aufenthaltsraum von der Größe eines Tennisplatzes, ein Salon mit Fernseher, ein Arbeitszimmer für meinen eigenen Gebrauch und ein riesiges Speisezimmer mit sechzehn Sitzplätzen. Außer meiner Küche, die zweckmäßig eingerichtet ist, ist das ganze Haus mit schönen Antiquitäten ausgestattet, die Clem Tucker hinterlassen hat oder die ich günstig auf Auktionen gekauft und im Keller selbst restauriert habe.

Wie die meisten Leute, die in Ebb wohnen, wurde auch ich hier geboren, aber ungefähr eine Stunde, nachdem ich mein Abschlusszeugnis der Highschool bekommen hatte, stieg ich in einen Bus nach North Platte. Fünfzehn Jahre später kam ich nach der Scheidung mit meinen zwei Töchtern zurück. Beide Mädchen sind inzwischen erwachsen und ausgezogen. Eine Tochter wohnt oben in Omaha, die andere auf der anderen Seite des Flusses in Council Bluffs.

Nach üblichen Maßstäben ist Ebb eine Kleinstadt. Es ist zwar die Bezirkshauptstadt, aber im Stadtgebiet leben nur zweitausend Menschen. Die meiste Zeit über gibt es hier nicht viel zu tun, und das ist auch gut so. Wenn wir Aufregung suchen, können wir nach Lincoln fahren. Seit zwanzig Jahren wird hier jeder Politiker nach dem Auswahlkriterium »Nein-zu-Wal-Mart!« gewählt. Eine ähnlich altmodische Haltung vertreten wir hinsichtlich Fastfood-Restaurantketten, normalen Restaurantketten, Haushaltswarenketten und allen anderen Ketten mit großen, bunt beleuchteten Schriftzügen über dem Eingang. Einzige Ausnahme ist das neue Starbucks-Café in der Main Street, aber Ebb ist so klein, dass wir nur diese eine Niederlassung davon haben.

Alle anderen Geschäfte in der Main Street sind einzigartig, und die meisten davon gibt es schon seit mehr als fünfzig Jahren. Das größte und berühmteste ist das Millet's, das letzte Kaufhaus in dieser Region. Millet's liegt genau an der Kreuzung von Main Street und Bean Street, wo es schon steht, seit Joshua Millet es in den 1920er Jahren eröffnet hat. Es hat die Große Depression, Landflucht, drei Bankinsolvenzen, den Zweiten Weltkrieg, eine Flut und Gott weiß wie viele Dürren und Tornados überstanden. Jetzt gehört es Calvin Millet, dem einzigen Kind von June und Joshua III. Calvin ist ein tüchtiger, hart arbeitender junger Mann, und jeder hier aus dem Bezirk kauft bei ihm ein, als wäre das eine patriotische Pflicht. Aber wir alle haben Angst, dass das Millet's die anhaltende Pechsträhne, die es verfolgt, nicht überstehen wird.

Calvin war ein unscheinbares Baby, ohne Haare und mit einem Eierkopf. Aber er wuchs zu einem großen, gut aussehenden jungen Mann heran, schlaksig, mit schönen Haaren, ein wenig wie Gary Cooper. Er war zu schwächlich, um an der Highschool Football zu spielen, eine Sportart, die in dieser Gegend beinahe religiösen Status hat. Aber er lernte fleißig und bekam gute Noten, obwohl er im Laden seines Vaters mithelfen musste. Nach dem Schulabschluss absolvierte er in Lincoln eine vierjährige Ausbildung in Betriebswirtschaft, dann ging er zur Air Force, um etwas von der

Welt zu sehen. Sie schickten ihn nach Bossier City, Lousiana.

Calvin war kaum fort, als seine Eltern bei einem Zugunglück ums Leben kamen. Schon beim Begräbnis merkte ich, dass er nicht mehr besonders gut hören konnte. Jetzt geht es ihm gut, er trägt kleine, unscheinbare Hörgeräte an beiden Ohren, aber die Air Force musste ihn aus gesundheitlichen Gründen entlassen, und so kam er zurück nach Hause, um das elterliche Geschäft weiterzuführen. Ungefähr ein Jahr später heiratete er Mary Beth Tucker, Clems einziges Kind und ein Dummkopf, aber eine wahre Augenweide und vom finanziellen Standpunkt aus gesehen die beste Partie der Gegend. Sechs Monate später wurde Lucy geboren. Ich weiß, was Sie jetzt denken, aber eine Schwangerschaft dauert im ländlichen Amerika beim ersten Kind eben nur sechs Monate. Danach sind es dann neun.

Als Lucy Millet acht Jahre alt war, erkrankte sie an einem Nervenleiden. Meines Wissens handelt es sich um etwas Ähnliches wie das Lou-Gehrig-Syndrom, aber aggressiver und äußerst schmerzhaft. Wie auch immer, eine schwer kranke Tochter war mehr, als Mary Beth ertragen konnte, deshalb packte sie ihre Sachen und zog nach L. A. Verschwand einfach so, mitten in der Nacht. Sie nahm den Jeep, den Hund und den George-Foreman-Grill mit und hinterließ eine Nachricht für Calvin, es tue ihr wirklich sehr Leid.

Mary Beths Verschwinden sorgte in unserem Nähclub für große Aufregung. Die meisten von uns haben selbst eine Scheidung hinter sich, deswegen liegt es uns fern, eine Frau zu kritisieren, die ihren Mann verlässt. Wir haben sogar ein Unterstützungsprogramm ins Leben gerufen: Berater, Juristen, Kinderbetreuung, wenn nötig Polizeischutz. Aber Clem Tuckers Tochter nahm dieses Programm nicht in Anspruch, und ihr Mann und ihre kranke Tochter litten unter der Situation. Seitdem ist Mary Beth in dieser Gegend nicht mehr sonderlich willkommen.

Offensichtlich konnte ihr neues Leben ihr nicht den Standard bieten, den sie gewohnt war, deshalb kam sie nach Hause zurück – gerade lange genug, um Calvin vor den Scheidungsrichter zu zerren. Da sie nur ihren Mann und ihr krankes Kind über Nacht im Stich gelassen und obendrein noch den Hund und den Jeep mitgenommen hatte, zeigte das Gericht Verständnis für ihre schlimme Lage. Calvin zahlt ihr jetzt Alimente. Falls Sie das etwas verwunderlich finden, sollten Sie wissen, dass auch der Richter mit einer Tucker verheiratet ist.

Die kleine Lucy Millet ist das süßeste kleine blonde Mädchen, das man sich nur vorstellen kann, und sie ist schlau. Aber ihr Gesundheitszustand bessert sich nicht. In den letzten drei Jahren ist Calvin mit ihr auf der Suche nach einem Arzt, der sie heilen kann, durch das ganze Land geflogen, aber alles, was dabei herauskam, war eine Verzögerung des Krankheitsverlaufs und ein leeres Bankkonto. Calvin ist zwar über den Bauernverband krankenversichert, genau wie jeder andere hier auch, aber die meisten von Lucys Behandlungen waren experimenteller Natur, was bedeutet, dass die Krankenkasse die Kosten dafür nicht übernimmt. Wenn nicht bald jemand diesen Kassen auf die Finger klopft, kann ich mir vorstellen, dass noch zu meinen Lebzeiten zwei Aspirin und ein Glas Wasser als medizinisches Experiment eingestuft werden.

Der Tornado schlug letzte Woche zu, als Calvin und Lucy gerade in der Mayo-Klinik waren. Es war eigentlich zu früh für einen Tornado, aber das Wetter war schon das ganze Jahr über zu warm. Glücklicherweise war es nur ein kleiner Wirbelsturm. Er verschonte die Stadt und alles andere in Rutherford B. Hayes County, außer Rufus Bowes' Getreidesilo und das Haus von Calvin Millet. Genau genommen wurde das Dach von Rufus' Silo abgerissen und direkt auf Calvins Haus geschleudert. Ich fuhr mit meiner besten Freundin Loretta Parsons zum Unglücksort, um zu sehen, was passiert war. Loretta ist die einzige schwarze Einwohnerin von Ebb und Besitzerin des Schönheitssalons Bold Cut. Calvins Haus war sehenswert. Es sah aus wie ein Trümmerhaufen mit einer riesigen Teetasse aus Aluminium obendrauf. Man würde nicht glauben, dass jemand so gut zielen kann, nicht einmal Gott.

Nach dem Tornado wohnten Calvin und Lucy einige Tage bei mir im Hotel, bis er eine Hutschachtel von einem Haus zur Miete gefunden hatte. Es steht in Carson, ungefähr fünfzehn Minuten die Straße hinunter Richtung Kansas. Calvin hat noch nicht mit Buzz Busby wegen des Wiederaufbaus gesprochen, obwohl das neue Haus so klein und so weit von der Stadt entfernt ist, ich wüsste sonst ganz bestimmt davon.

Wir alle bedauerten Calvin und machten uns große Sorgen um die arme Lucy – das würde jeder mitfühlende Mensch tun –, aber ich muss Ihnen die Wahrheit sagen: Gleichzeitig haben wir auch Angst vor der amerikanischen Variante des Dominoprinzips, wie es sich auf dem Land zu zeigen pflegt. Wenn Calvins Finanzen zusammenbrechen, muss Millet's Kaufhaus schließen. Wenn Millet's schließen muss, ist auch jede bezirkspolitische Entschlossenheit hinfällig, und eine Woche später eröffnet ein Wal-Mart – irgendwo in einer Schlucht zehn Kilometer außerhalb von Nirgendwo, weil die Grundstückspreise dort so niedrig sind. Als Nächstes wird dann jeder aus der Umgebung auf Schnäppchenjagd in dieser Schlucht sein, und in der Folge wird Lorettas Laden schließen müssen, genau wie das Starbucks und jedes andere Geschäft an der Main Street außer dem Corn Palace und der Yune-Bibliothek. Dann werden die Mädchen nach ihrer Scheidung nicht mehr mit ihren Kindern hierher zurückkehren, und das wäre das Ende von Ebb, wie wir es heute kennen.

Sie meinen vielleicht, dass ich übertreibe, aber diese Stadt befindet sich zurzeit in einem traurigen Zustand, nur eine kurze Rutschpartie vom tiefsten Abgrund entfernt. Also bin ich in die Kirche gegangen und habe um ein rettendes Wunder gebetet – doch Gott hat uns einen Handlungsreisenden geschickt. Ja, richtig: einen Handlungsreisenden. Das ist zumindest meine Theorie. Aber entscheiden Sie selbst …

KAPITEL 2

Mr. Moore kommt in die Stadt

Es war der erste Frühlingstag. Ich saß gerade vor dem Starbucks-Café und teilte mit Loretta einige Stück Kuchen und das eine oder andere delikate Gerücht, als mich ein Mann auf meinem Handy anrief, der gerne ein Zimmer in meinem Hotel mieten wollte. Der Handy-Empfang war sehr schlecht, wie immer. Ich bin der festen Überzeugung, dass unser Mobilfunkanbieter genau einen Sender für ganz Hayes County gekauft und ihn dann hinten auf einem Pickup verladen hat, und immer wenn der Wagen nun hinter einem Hügel oder einer Scheune verschwindet, hört man nichts außer einem scheußlichen Rauschen. Wie auch immer, ich bekam genug mit, um zu verstehen, dass der Mann noch für diesen Abend eine Unterkunft suchte, und deshalb entschuldigte ich mich bei Loretta und ging direkt nach Hause, um ein Zimmer herzurichten.

Ich war etwas unvorbereitet, denn es war eigentlich noch zu früh für Besucher in Ebb. Außer Clara kommen die meisten meiner Gäste zweimal im Jahr: zur Abschlussfeier der Highschool und im Herbst zur Erntezeit und zu unserem großen Volksfest. Ansonsten habe ich Gäste, die auf eine Beerdigung wollen, und Urlauber, aber in letzter Zeit ist Gott sei Dank niemand gestorben, was bedeutet, dass ich keinen Besuch erwartete.

Der Mann hatte gesagt, er würde um vier Uhr ankommen, deshalb bereitete ich einen schönen Darjeeling-Tee, nachdem ich das Zimmer hergerichtet hatte, und setzte mich dann in meinen Salon, von wo aus ich die ganze Auffahrt überblicken kann. Wenig später kam mein neuer Gast an. Er fuhr einen teuren, tiefroten Kombi, wahrscheinlich ein deutsches Fabrikat, und das war mir recht. Ich mag Männer nicht, die angeberische Geländewagen fahren, diese großen, lärmenden mit frisierten Motoren, riesigen Reifen und vielen Aufklebern dran. Was denken die sich? Ich weiß, dass sie etwas kompensieren, aber ich wünschte, sie würden es woanders tun, meinetwegen in Bolivien.

Dieser Mann war etwas Besonderes, das konnte man auf den ersten Blick erkennen. Er hatte ein rosiges Gesicht, war schätzungsweise Mitte bis Ende vierzig, gepflegt, gut gebaut, mit grauweißem, windzerzaustem Haar und einem gut gepflegten, farblich passenden Schnurrbart. Er trug einen modischen grauen Zweireiher und ein blaues Hemd mit weißem Kragen, dazu eine bunte Krawatte, auf die ich ihn später ansprechen würde. Seine Schuhe glänzten, was immer ein gutes Zeichen war. Obwohl er mit jeder Hand einen riesengroßen Koffer zog, hielt er sich kerzengerade und hatte einen selbstsicheren Gang.

Bevor er anklopfen konnte, öffnete ich schon die Tür, lächelte mein schönstes »Herzlich-Willkommen«-Lächeln und sagte: »Guten Abend, Sir. Ich bin Wilma Porter, und das hier ist das Come Again Bed & Breakfast-Hotel. Sie sind der Herr, der mich heute Nachmittag angerufen hat?«

»Ja, Madam«, sagte er. »Mein Name ist Vernon Moore.« Seine Augen waren von einem strahlenden Blau, wie der Himmel über Nebraska im Frühling, und sie sahen genau in meine, als er meine Hand mit festem Griff schüttelte. Er lächelte auch. Ich konnte sehen, dass er makellose Zähne hatte. Ein Mädchen vom Land schaut immer zuerst auf die Zähne. »Bitte, kommen Sie doch herein!«, sagte ich. »Darf ich Ihnen bei Ihrem Gepäck behilflich sein?«

»Nein, vielen Dank, Mrs. Porter. Ich bin gewöhnt, es alleine zu tragen.« Er trat durch die Tür und stellte seine Koffer auf meinem Teppich ab, einem schönen Perser, den Clem Tucker bei seinem Abschied nicht mitnehmen wollte. Ich bemerkte, dass Mr. Moore keinen Ehering trug, was einem allein stehenden Mädchen immer auffällt, egal, ob es vom Land kommt oder nicht, auch wenn es sich nie auf die Zuverlässigkeit dieser Information verlassen kann.

Mr. Moore blieb etwa eine halbe Minute in der Diele stehen und betrachtete meine Antiquitäten, meine Bleiglaslampen und all die Bilder und Spiegel an der Velourstapete. Dann sagte er: »Das ist ein hübsches Haus, Madam. Ich weiß es zu schätzen, dass Sie mich so kurzfristig aufnehmen.«

»Sie sind herzlich willkommen«, antwortete ich. »Wenn Sie nur so freundlich wären, sich in das Gästebuch einzutragen, dann kann ich Ihnen Ihr Zimmer zeigen.« Ungefähr dreißig Minuten später kam er die Hintertreppe in die Küche herunter, wo ich gerade Speck für den nächsten Tag aufschnitt. Er trug zerknitterte Jeans, weiße Turnschuhe und ein weißes, langärmeliges Baumwollhemd mit aufgeknöpftem Kragen, als wäre er ein vierzigjähriger Teenager aus den Fünfzigerjahren.

Mir fiel nichts ein, das nicht zu vertraulich geklungen hätte, und so bot ich meinem neuen Gast eine Tasse heißen Tee an. Er bat stattdessen höflich um ein Glas Eiswasser und machte es sich auf meine Aufforderung hin am Küchentisch bequem.

Nachdem ich ihm sein Glas gereicht hatte, spulte ich das übliche Bed & Breakfast-Konversationsprogramm ab, welches zur Standardausrüstung eines jeden Gastgebers zählt. Man fragt den Gast, ob ihm sein Zimmer gefällt, er antwortet mit Ja. Man fragt, was er zum Frühstück möchte, er sagt es einem. Männer bevorzugen normalerweise Eier und Speck, aber Mr. Moore bat um eine Waffel. Man fragt, ob er noch einen weiteren Wunsch hat, und die Antwort lautet normalerweise Nein, aber Mr. Moore bat um ein Bügelbrett und ein Radio. Ich widerstand der kindischen Versuchung, ihn zu fragen, ob er seine Kleidung mit einem Radio bügele, und versprach, die Sachen auf sein Zimmer zu bringen. Dann lächelte ich freundlich und sagte: »Was für eine schöne Krawatte Sie bei Ihrer Ankunft getragen haben!«

Er strahlte, wie es jeder Mann tut, wenn eine Frau seine Garderobe lobt. »Vielen Dank, Mrs. Porter«, antwortete er. »Es ist eine echte Jerry Garcia.«

»Sie meinen den Jerry Garcia von Grateful Dead?«

»Genau den. Offensichtlich hat er vor seinem Tod noch ein paar Krawatten entworfen.«

»Das Muster ist ungewöhnlich«, entgegnete ich. »Ich frage mich, auf welcher Art Droge er gerade war, als er es sich ausgedacht hat.«

»Das weiß ich leider nicht, Mrs. Porter. Die Krawatte hat ein ausgefallenes Design, aber ich mag die Farben, und sie passen zu mehreren meiner Anzüge.«

Das schien mir der perfekte Einstieg zu sein; ich hatte den Eindruck, dass er jetzt in der richtigen Stimmung war, um die Unterhaltung auf die eine große Frage zuzusteuern.

»In dieser Gegend tragen nicht mehr viele Leute Anzüge. Um diese Jahreszeit kleiden sich die Geschäftsmänner schon in Golfsachen, das heißt pastellfarbene Pullover, Poloshirts, die farblich nicht dazu passen, karierte Hosen, weiße Socken und Halbschuhe mit Quasten. Es sollte ein Gesetz dagegen geben. Was also macht ein Mann von Ihrer ausgesuchten Eleganz in Ebb, wenn ich fragen darf?«

Mr. Moore lächelte mich an. Es war ein warmes, liebenswürdiges Lächeln mit einem Hauch Gefahr darin. »Ich bin Handlungsreisender, Mrs. Porter«, sagte er dann. »Ich verkaufe Glücksspiele. Ich bin nach Ebb gekommen, um Glücksspiele zu verkaufen.«

Ich muss zugeben, dass ich von seiner Antwort so verblüfft war, dass mir keine Antwort einfiel. Aber Mr. Moore nippte einfach nur an seinem Wasser und wartete. Schließlich erwiderte ich: »Oh, das ist ungewöhnlich. Ich kann mich nicht erinnern, einen Handlungsreisenden in Ebb gesehen zu haben, seit ich ein junges Mädchen war. Was für Spiele verkaufen Sie, Mr. Moore?«

Er antwortete: »Karten, Würfel, Backgammon, traditionelle Brettspiele, alle Art von Spielen, die einen gewissen Unsicherheitsfaktor beinhalten. Ich habe mich besonders auf Karten spezialisiert. Ich habe Kartenblätter aus der ganzen Welt dabei und in jeder denkbaren Preiskategorie.«

Er lächelte wieder. Ein warnendes Lächeln. »Mögen Sie Kartenspiele, Mrs. Porter? Würden Sie gerne ein siamesisches Doppelblatt in einer Mahagonikiste mit Perlmuttschmuck sehen?«

Nun, jetzt war es so weit. Im einen Moment hatte ich die Situation noch im Griff und stellte die entscheidende Frage, und im nächsten Moment war ich schon auf einen Verkäufertrick hereingefallen. Nach einer kurzen Pause sagte ich: »Wissen Sie, Mr. Moore, donnerstags spiele ich manchmal ein wenig Binokel drüben im Corn Palace. Aber nur im Winter, und ich wüsste nicht, dass dort zurzeit viele Spielkarten gebraucht würden.«

Mr. Moore lächelte wieder, diesmal ganz reizend, wenn ich so sagen darf, und entgegnete: »Ich werde mal dort vorbeischauen, aber nur, um Hallo zu sagen. Ich bin nach Ebb gekommen, um Millet's zu besuchen. Soweit ich weiß, ist es das größte Kaufhaus hier in der Gegend ...«

»Es ist das einzige Kaufhaus in der ganzen Gegend«, erwiderte ich stolz, als wäre das mein persönlicher Verdienst. Nun, schließlich kaufte ich regelmäßig dort ein.

»Das ist ja noch besser!«, sagte Mr. Moore. »Wenn ich Glück habe, ist der Inhaber an einigen meiner Spiele interessiert.«

Ich wandte mich einen Moment lang wieder der Theke zu, aber nicht, weil ich unhöflich bin oder noch mehr Speck hätte aufschneiden müssen. Ich wollte einfach nur ein wenig nachdenken. Mr. Moore schien ein Optimist zu sein, und er hatte sicher eine weite Reise hierher zurückgelegt, aber ich bezweifelte, dass Calvin Millet Interesse an altmodischen Spielen haben würde. Andererseits konnte ich einfach nicht glauben, dass ein Mann, der sich so gut kleidete und ein so teures Auto fuhr, wirklich ein Handlungsreisender war.

Nach einer Weile drehte ich mich wieder zu meinem Gast um und versuchte möglichst behutsam, den Gesprächsfaden wieder aufzunehmen. »Es geht mich zwar nichts an, aber ich weiß nicht, wie interessiert Calvin Millet im Moment an größeren Einkäufen ist. Die Dinge haben sich in letzter Zeit für ihn nicht gut entwickelt, um es vorsichtig auszudrücken.«

Mr. Moore rührte das Eis in seinem Glas mit dem Finger um und meinte: »Tatsächlich, Mrs. Porter? Ich schließe daraus, dass er der Besitzer des Millet's ist. Ich möchte nicht neugierig erscheinen, aber ich würde es zu schätzen wissen, wenn Sie mir etwas über diesen Mann erzählen könnten.«

Ich setzte mich mit meinem Tee an den Tisch und gab die ganze traurige Geschichte zum Besten. Mr. Moore hörte schweigend zu, als ob er sich im Geiste Notizen machen würde. Er sollte diesen Fernsehreportern Nachhilfe geben – er unterbrach mich kein einziges Mal. Als ich fertig war, sagte er: »Es wäre eine Untertreibung zu sagen, dass Calvin Millet in letzter Zeit viel Pech hatte. Was ist mit seiner Tochter, Lucy? Wie geht es ihr jetzt?«

»Wir machen uns alle schreckliche Sorgen um die Kleine«, gab ich zurück. »Calvin kam mit ihr unmittelbar nach dem Tornado aus der Mayo-Klinik zurück – sie haben eine Weile bei mir gewohnt –, aber sie ist nicht wieder zur Schule gegangen, und jetzt ist eine Krankenschwester mit in das Haus in Carson eingezogen. Wenn sie eine Schwester aus einem Sterbehospiz ist, und das vermuten wir alle, dann hat Calvin wohl endgültig aufgegeben.«

Da machte Mr. Moore eine eigenartige Bemerkung. Er

sagte: »Das tut man hier in Amerika normalerweise nicht, oder, Mrs. Porter? Aufgeben, meine ich.«

Ich wollte antworten: »Natürlich nicht«, aber ich biss mir auf die Zunge. Er sagte es mit einer solchen Entschiedenheit. Es schien nicht richtig zu sein, dieses Thema weiter zu vertiefen, deshalb kehrte ich zu meiner Hausarbeit zurück.

Schließlich sagte Mr. Moore: »Wären Sie so freundlich, mich morgen früh Mr. Millet vorzustellen?«

Selbstverständlich willigte ich ein und ließ Mr. Moore dann mit seinem Eiswasser allein. Er schien es so zu wollen. Kurz vor Sonnenuntergang unternahm er einen Spaziergang und kehrte erst um neun Uhr zurück. Um diese Zeit schließe ich immer das Haus ab.

Ja, wir schließen unsere Türen nachts ab. Auch in Ebb.

KAPITEL 3

Mr. Moore trifft den falschen Mann

Als ich um halb sieben herunterkam, um Frühstück zu machen, saß Mr. Moore bereits in der Küche, nippte an einem Glas Eiswasser und las die Regionalzeitung. Er stand tatsächlich auf, als ich den Raum betrat – ich kann mich nicht erinnern, wann mir das das letzte Mal passiert ist –, und dann bot er mir einen heißen Tee an. Ich freute mich natürlich, aber das waren ein bisschen mehr vertauschte Rollen, als ich bei helllichtem Tag ertragen kann, und ich hatte Angst, dass er als Nächstes die Waffeln selbst backen wollte.

Nachdem er schon einmal da war, servierte ich das Frühstück in der Küche. Das entspricht zwar nicht den guten Sitten eines Bed & Breakfast, aber er fühlte sich offensichtlich so wohl, dass ich ihn nicht auffordern wollte, ins Speisezimmer umzuziehen.

Mr. Moore trank ein Glas frischen Orangensaft, dazu aß er eine Waffel mit echtem Ahornsirup, den ich über das Internet aus Vermont bestelle, und vier Streifen frischen Speck, den ich am Tag zuvor aufgeschnitten hatte. Ich aß das Gleiche, machte aber zwei Waffeln für Mr. Moore. Er wollte jedoch nur eine. Ich hasse es, Essen wegzuwerfen, habe es schon immer gehasst. Ich fürchte, man sieht mir das auch ein wenig an.

Während wir aßen, unterhielten wir uns über das Wetter. Wir haben hier im Südosten von Nebraska nicht viel, womit wir angeben können, aber unser Wetter kann sich wirklich sehen lassen. Die Winter scheinen heutzutage nicht mehr so hart zu sein, aber im Januar 1972 hatten wir eine Höchsttemperatur von minus dreißig Grad. Das war der Höchststand für die ganze Woche. Die Tiefsttemperatur lag bei minus siebenunddreißig Grad, und ich rede noch nicht mal von dem kalten Wind.

Und dann die Wirbelstürme. Im Mai ist es genau zwanzig Jahre her, dass Ebb von zwei Tornados gleichzeitig heimgesucht wurde. Ich wollte mit den Mädchen gerade ins Kino gehen, aber einer der Tornados riss das Kino mit sich, und dann wirbelten die beiden Stürme aus der Stadt, als hätten sie zusammengearbeitet. Niemand hatte an diesem Abend Strom, also blieb ich mit den Mädchen zu Hause, und wir grillten Marshmallows über dem Feuer. Das Kino wurde nie wieder aufgebaut. Wir müssen jetzt nach Beatrice fahren.

Schließlich kam unser Gespräch auf den Tornado, der das Haus von Calvin Millet getroffen hatte, und damit waren wir auch wieder bei ihm und Lucy. Mr. Moore schien diesmal mehr an Lucy interessiert zu sein, aber da ich kein Arzt bin, konnte ich ihm nicht viel über ihren Gesundheitszustand sagen. Ich nahm mir vor, für Doktor Wiley ein paar Erdnussbutterkekse zu backen, aber das sagte ich Mr. Moore natürlich nicht. Hank Wiley ist der letzte Arzt, der noch in Ebb geblieben ist. Ich weiß natürlich, dass er der

Schweigepflicht untersteht, und Hank Wiley weiß das auch, aber der Zustand von Lucy betrifft uns hier in der Gegend irgendwie alle, und er würde mit niemand anderem als mir über das Thema reden.

Als wir mit dem Frühstück fertig waren, fragte ich: »Wann würden Sie gerne zu Millet's hinübergehen, Mr. Moore?«

»Wann wären Sie denn bereit?«, fragte er zurück.

»Nun«, erklärte ich, »ich muss noch das Frühstück zu Clara hinaufbringen.«

Mr. Moore runzelte die Stirn, als wäre ein giftiger Käfer dagegengeflogen, und bevor er fragen konnte, sagte ich: »Clara Tucker Booth Yune. Sie ist mein Dauergast.«

»Sie haben einen Dauergast?«

»Ja. Im zweiten Stock. Das ganze Stockwerk. Sie isst immer das Gleiche zum Frühstück: Weizenflocken mit Sojamilch und Zimt, Preiselbeersaft und englischen Frühstückstee mit Honig. Ich brauche nur ein paar Minuten, um es herzurichten.«

»Sie kommt also nicht zum Frühstück herunter?«

Ich lachte und antwortete: »Clara kommt für überhaupt nichts herunter. Sie ist eine echte Einsiedlerin.«

Mr. Moore beugte sich vor und fragte: »Wirklich? Wie kommt das, Mrs. Porter?«

Ich lächelte und erzählte Mr. Moore von Clara; jeder in Ebb redet gerne über sie. »Sie ist eine Tucker. Das bedeutet, dass sie mit einem silbernen Löffel im Mund geboren wurde, aber wie der arme Calvin Millet hatte sie nicht viel Glück im Leben. Als sie mit der Highschool fertig war, heiratete sie gegen den Willen ihrer Eltern den Mathematiklehrer ihrer Schule, einen Mann namens Willard Booth. Das muss jetzt ungefähr vierzig Jahre her sein. Sechs Monate später bekamen sie ein Kind, einen Jungen, aber er starb in seiner Wiege noch vor seinem ersten Geburtstag, wahrscheinlich an dem, was man heute ›Plötzlicher Kindstod‹ nennt. Damals war es jedoch ein komplettes Rätsel. Natürlich machte sich Clara Vorwürfe, das tun Frauen immer, und Clara war damals ja noch ein junges Mädchen. Ein paar Monate später erfuhr sie, dass sie keine weiteren Kinder mehr bekommen konnte. Das war mehr, als sie ertragen konnte, und sie trat einer obskuren religiösen Vereinigung bei. Einige Jahre später kam ihr Mann ums Leben, als sein kleines Flugzeug in einem Gewitter nahe Olathe, Kansas, abstürzte. Offenbar lebte er noch sechs Stunden nach dem Unglück, aber sie konnten die Unglücksstelle nicht rechtzeitig finden. Clara machte sich wieder Vorwürfe, weil sie auf einem Gemeindetreffen gewesen war, anstatt ihren Mann zu begleiten. Auch das war mehr, als sie ertragen konnte, und sie wurde zu einer überzeugten Atheistin.«

»Das Leben hier scheint hart zu sein, Mrs. Porter«, sagte Mr. Moore. »Es tut mir so Leid.«

»Das war noch nicht alles«, entgegnete ich. »Nachdem sie zwanzig Jahre allein gelebt und kaum andere Menschen getroffen hatte, verliebte sich Clara Hals über Kopf in den Bibliothekar der Stadt, einen wirklich reizenden Mann namens Nathan Yune. Wenige Monate nach der Hochzeit starb Nathan an einem Herzinfarkt. Laut Doktor Wiley wurde er wahrscheinlich durch Geschlechtsverkehr ausgelöst. Der arme alte Nathan war ein zierlicher Mann und sehr, sehr schüchtern. Er war sein ganzes Leben lang Junggeselle gewesen, und die Obduktion zeigte, dass er ein schwaches Herz hatte. Man könnte also sagen, der Sex hat ihm das Herz gebrochen.

Nun, das war endgültig mehr, als Clara ertragen konnte, und sie erlitt einen katatonischen Schock: Sie redete nicht mehr, sie aß nicht mehr, sie badete nicht mehr, sie kämmte sich nicht mehr, sie tat überhaupt nichts mehr. Nach ein paar Wochen Klinikaufenthalt musste der Doktor sie in eine Nervenheilanstalt oben in Lincoln einweisen.

Ich dachte, sie würde nie wieder zurückkommen, aber vor ungefähr fünf Jahren bekam ich einen Brief von ihrem Anwalt mit dem Vorschlag, dass Clara als meine Dauermieterin hier im Hotel wohnen wollte. Hank fuhr hin, um zu sehen, in welchem Zustand sie war, und sagte, er sähe kein Problem. Also stimmte ich zu. Ich beschäftigte Buzz Busby beinahe ein halbes Jahr, um den zweiten Stock nach ihrem Geschmack umzubauen – allerdings auf ihre Kosten, wie ich dazusagen sollte. Dann zog sie aus der Nervenanstalt aus und noch am selben Nachmittag hier ein. Sie kam mit dem Taxi.«

»Kommt sie nie herunter?«, fragte Mr. Moore.

»Ganz selten und normalerweise nur, wenn sie Zucker oder Spülmittel oder Ähnliches braucht. Wenn ich Gäste habe, lässt sie sich nie blicken. Sobald jemand eintrifft, muss ich ihr sofort Bescheid sagen. So steht es in unserem Vertrag.«

»Kochen Sie auch Mittag- und Abendessen für sie?«

»Nein, sie hat oben eine kleine Küche.«

»Was soll ich sagen, falls sie mir einmal auf dem Flur begegnet?«

»Das wird sie nicht, aber falls doch, machen Sie sich keine Sorgen um Gesprächsthemen.«

»Warum nicht?«

»Clara sagt nur zwei Worte: Ja und Nein. Auch zu mir. Selbst wenn das ganze Haus abbrennen würde, würde sie nicht ›Feuer!‹ schreien.«

»Wenn ich fragen darf …«

Ich unterbrach ihn: »Es ist ein bisschen ungewöhnlich, aber diese zwei Worte sind schon ein großer Fortschritt. Als sie hier einzog, sprach sie überhaupt nicht.«

»Wirklich? Was ist passiert?«

»Kurz nach ihrer Rückkehr entschloss sich Clara, Geld für die neue Stadtbibliothek zu spenden, unter der Bedingung, dass sie nach ihrem zweiten Mann benannt würde. Ihr Plan, den ich und alle anderen Einwohner von Ebb sinnvoll fanden, war, die Bibliothek auf einem leeren Grundstück am Ende der Main Street zu bauen, das von Unkraut überwuchert war. Natürlich wurde sie für ihre guten Absichten verklagt. Genau genommen wurde die ganze Tucker-Vermögensgesellschaft verklagt.«

»Warum? Von wem?«

»Die Klage wurde von einer dieser Großstadt-Umweltorganisationen geführt. Offenbar behaupteten sie, in diesem Unkraut niste eine gefährdete Insektenart. Nun, ich habe Verständnis für bedrohte Arten, wirklich, aber sind Sie jemals im Sommer eine Landstraße in diesem Bundesstaat entlanggefahren? Sie kommen keine fünf Kilometer weit, und Ihre Windschutzscheibe ist voll mit grüngelbem Käfermatsch.

Wie auch immer, Clara weigerte sich, die Bibliothek woanders bauen zu lassen, dann verweigerte sie einen Vergleich, dann die Zeugenaussage, und schließlich musste der Richter sie wegen Missachtung des Gerichts verurteilen. Nun, eine Tucker zu verurteilen – warum auch immer –, ist in dieser Gegend nicht gerade karrierefördernd, deshalb einigten sich die beiden Parteien schließlich doch noch auf einen Kompromiss, der vorsah, dass Clara im Zeugenstand mit Ja und Nein antworten sollte. Nicht mehr, nicht weniger.«

Mr. Moore schüttelte ungläubig den Kopf. »Nur mit Ja und Nein? Das ist unglaublich. Was geschah dann?«

»Claras Bruder, Clement Tucker, ist ein bedeutender Mann in dieser Gegend. Er engagierte ein paar Käferexperten, und ich denke, sie haben dieselbe gefährdete Käferart auch in allen anderen Gebieten im Südosten Nebraskas aufgespürt. Entweder das, oder sie haben sie eben dort angesiedelt. Wie auch immer, das war das Ende des Prozesses, aber erst nach Claras Aussage.«

»Tatsächlich?«

»Wissen Sie, ich war sicher, dass der Prozess Clara zu einer normalen Konversation zurückführen würde. Wirklich. Aber ich habe mich geirrt. Sie beharrte stur auf Ja und Nein. Doktor Wiley sagt, das sei ihre Methode, um die wirkliche Welt um sie herum auf sicherem Abstand zu halten. Sie hat sich jedenfalls noch nie besonders darum gekümmert, was die Leute von ihr erwarten, einschließlich meiner Person.«

»Wenn sie hier lebt, wie kommunizieren Sie beide dann miteinander? Das muss schwierig sein.«

»Wie Sie sich vielleicht denken können, ist die Konversation mit Clara Yune so etwas wie eine lästige Pflicht. Man muss sich seinen Teil selbst dazudenken. Glücklicherweise haben wir nicht viel miteinander zu besprechen. Wenn, dann machen wir das per E-Mail.«

»Sie schreibt also.«

»Ja, tippend verfügt sie über einen vollständigen Wortschatz. Wenn das Haus abbrennen würde, hätte sie wahrscheinlich die Güte, mir eine E-Mail zu schicken. Deswegen lese ich meine Mails auch so regelmäßig.«

»Was für eine außergewöhnliche Geschichte, Mrs. Porter. Was macht Clara denn den ganzen Tag?«

»Sie schaut fern – sie muss an die zehn Fernseher da oben haben –, und sie surft im Internet. Außerdem trainiert sie viel. Buzz Busby hat das halbe Stockwerk in eine Turnhalle umgebaut, mit lackiertem Holzboden und Fitnessgeräten und allem Drum und Dran. Zweimal pro Woche kommt ein Trainer vorbei, ein gut aussehender junger Mann namens Roberto Ling.«

Mr. Moore runzelte die Stirn. »Ach? Wie sprechen sie denn miteinander?«

»Gar nicht. Er ist Fitnesstrainer an einer Sonderschule für Taubstumme in Lincoln und ist selbst taubstumm. Ich vermute, dass er Clara eine Art Zeichensprache beigebracht hat, aber sie hat mir dazu noch keine E-Mail geschrieben, und ich habe nicht gefragt. Auch wenn sie schreibt, ist Clara keine Frau vieler Worte.«

»Hmm. Sie sagten, Clara wäre unkompliziert?«

»Sie ist eine Tucker, Mr. Moore. Die Tuckers sind die reichste Familie im Südosten von Nebraska. Der Tucker-Vermögensgesellschaft, die von ihrem Bruder Clem geführt wird, gehört das halbe Land. Soweit ich weiß, ist Clara die zweitgrößte Anteilseignerin nach Clement selbst. Ich weiß, dass sie ihn damit zum Wahnsinn treibt.«

»Inwiefern?«

»Sie gibt von Zeit zu Zeit Geld aus, und wenn sie das tut, dann richtig. Die Nathan-Yune-Bibliothek ist nur das bekannteste Beispiel. Immer wenn sie etwas wirklich Teures macht, also zum Beispiel eine Bibliothek oder einen Hörsaal in der Universität bauen lässt, muss Clement etwas veräußern, und das macht ihn wilder als einen wütenden Stier – auch wenn er nicht verklagt wird.«

»Dieser Clem Tucker ist kein großer Menschenfreund, wenn ich Sie richtig verstehe.«

»Clement Tucker ist ein Geschäftsmann, also das genaue Gegenteil von einem Menschenfreund.«

Das schien Mr. Moore nachdenklich zu stimmen, und ich hatte schon Angst, ihn verärgert zu haben, doch schließlich wiederholte er: »Und alles, was sie sagt, ist Ja und Nein?«

»Ja.«

»Also, wissen Sie, das ist der Traum eines jeden Geschäftsmannes.«

»Mr. Moore …«

Er lächelte sein gefährliches kleines Lächeln und sagte: »Machen Sie sich keine Sorgen. Ich würde nie ihre Privatsphäre stören.«

»Solange Sie keine Fitnessgeräte oder Fernseher verkaufen, mache ich mir keine Sorgen. Mit Clara zu sprechen ist eine Herausforderung.«

Um Punkt neun Uhr traf ich Mr. Moore in der Toreinfahrt. Ich trug ein adrettes weißes Kleid mit Blumenmuster, einen roten Wollschal und meine neuen Nike-Turnschuhe. Mr. Moore war mit einem blauen Blazer, einem rosa Poloshirt, einer khakifarbenen Hose mit perfekter Bügelfalte und glänzenden Halbschuhen bekleidet. Wir hätten genauso gut zum Tanzen ausgehen können anstatt in die Main Street, abgesehen natürlich von meinen Turnschuhen.

Mr. Moore trat in die Morgensonne hinaus, sah sich bedächtig um und tat einen langen, tiefen, beinahe wehmütigen Atemzug. Man sieht diese Art von Wertschätzung heutzutage selten. Dann machten wir uns flotten Schritts auf in die Main Street. Während wir gingen, fragte Mr. Moore nach meinen Töchtern Mona und Winona, was in mir immer ungeheure Energien freisetzt. Sie sind beide nette Mädchen, aber zu der Zeit kreisten meine Gedanken vor allem um Mona. Im Juni vor genau fünfzehn Jahren, genau ein Jahr bevor sie ihren Highschool-Abschluss mit einem Schwerpunkt in Dentalhygiene machen sollte, heiratete sie einen angehenden Zahnarzt, Mitglied einer Studentenverbindung, namens Marvin Breck.

Termingerecht sechs Monate später kam ihr Sohn zur Welt, Matthew Breck. Drei Jahre später, ebenfalls im Dezember, bekam sie Mark. Ich glaube, Marvin hätte gerne noch einen Luke gehabt, aber Mona nahm wieder die Pille, und mir war das recht.

Marvin Breck ist gut aussehend und groß, ich denke, er kommt aus einer gut katholischen Familie, aber ich habe diesen Jungen nie gemocht. Ich sah ihm sofort an, dass er aus mehr künstlichen Zutaten bestand als ein Negerkuss, vor allem diese Politur von unechtem Selbstvertrauen, die erfolgreiche Jungs in der Highschool bekommen, wenn ihr Papa ihnen ein neues Auto kauft.

Marvin ist nun schon seit langem selbst Zahnarzt. Er arbeitet zusammen mit seinem Vater in dessen Praxis oben in

Ohama, und Mona ist zu Hause bei den Kindern. Vor vier Jahren habe ich diesen Familienbetrieb besucht, um meinen Schneidezahn richten zu lassen, der bei einem Faustkampf mit meinem Exmann Al abgesplittert war, damals, als Mona und Winona noch klein waren. Am deutlichsten ist mir von diesem Besuch in Erinnerung geblieben, dass in dieser Praxis zwei Breck-Männer und ein Dutzend Frauen saßen, allesamt ziemlich jung und ziemlich hübsch. Wie eine Praxis voller Barbiepuppen. Kein Wunder, dass Marvin in die Fußstapfen seines Vaters treten wollte, aber manchmal frage ich mich, was mit diesen Mädchen passiert, wenn sie ihre Traumfigur verlieren.

Ich wollte eigentlich gar nicht so viel über Marvin reden, aber ich wusste, dass Mona nicht glücklich war. Einige Tage zuvor hatte sie abends angerufen und ihren Ehemann mit keinem Wort erwähnt. Sie sprach nur von ihren beiden Jungs, und daran merkte ich, dass etwas nicht stimmte. Ich rief Winona an, die immer auf dem neuesten Stand ist. Fragen Sie mich nicht, warum, aber wenn ich wissen möchte, wie es Mona wirklich geht, dann muss ich Winona anrufen, und umgekehrt. Ich habe das nie verstanden, aber es ist so.

Ich erzählte Mr. Moore gerade von Monas Söhnen, als wir Lulu Tiller begegneten, der Tierärztin der Stadt. Sie hat schon zwei Scheidungen hinter sich und kann mit Tieren reden; das habe ich selbst gesehen. An diesem Morgen führte sie gerade sechs Hunde aus, und kein einziger war an der Leine. Als sie stehen blieb, um Hallo zu sagen, setzten sich die sechs Hunde alle gleichzeitig in einem Halbkreis hin, als wären sie ferngesteuert.

Nun, Lulu ist ein gewöhnungsbedürftiger Mensch. Sie ist

freundlich und gescheit und überaus hilfsbereit, aber wenn es sie juckt, dann kratzt sie sich genau an dieser Stelle, egal, wo. Dabei kann sie gerade mitten in einem Satz sein oder beim Tanzen oder bei einem Weihnachtsessen – es spielt für sie keine Rolle. Und es scheint sie recht oft zu jucken. Doktor Wiley sagt, das liegt an den Tieren. Wie so viele andere unglückliche Frauen ist Lulu genau gegen das allergisch, was sie am meisten liebt.

Nun, ich stellte sie Mr. Moore vor, und wir unterhielten uns ein, zwei Minuten. Gerade als sie anfangen wollte, sich am Hinterteil zu kratzen, sprangen die Hunde auf und gaben ihr damit zu verstehen, dass sie nun weiterwollten. Zumindest hat Lulu das gesagt. Zum Glück musste sie sich dann nirgends mehr kratzen; ich hatte keine Zeit gehabt, Mr. Moore vorzuwarnen.

Wir begegneten danach noch einigen Freundinnen von mir, und Mr. Moore war immer höflich und freundlich, aber schließlich kamen wir doch bei Millet's Kaufhaus an. Es ist ein rechteckiges, zweistöckiges Gebäude, das einen ganzen Block an der Main Street einnimmt, samt Parkplatz. In den Schaufenstern hingen lauter große rote Schilder, auf denen der Schriftzug »Frühlings-Schlussverkauf« prangte. Sie hingen da nun schon seit beinahe einem Monat, obwohl der Frühling erst zwei Tage alt war. Ich bin kein Ladenbesitzer, aber ich vermute, es ist kein gutes Zeichen, wenn so viele solcher Schilder so lange in den Fenstern hängen.

Man betritt Millet's Kaufhaus durch eine Doppeltür aus Glas. Auf der linken Tür steht untereinander »Willkommen« und »Kauf«, auf der rechten steht »in Millet's« und »haus«. Gerade als Mr. Moore mir die »Willkommen-

Kauf«-Tür aufhielt, kam niemand anders als Clem Tucker durch die »in Millet's-haus«-Tür heraus. Anstatt hineinzugehen, blieb ich stehen, um die Herren einander vorzustellen. Clem blieb ebenfalls stehen und musterte uns beide, als würde er darüber nachdenken, wen von uns er nun kaufen sollte.

»Clement Tucker«, sagte ich, »ich würde dir gerne Mr. Vernon Moore vorstellen. Er ist für eine Weile mein Gast im Hotel.«

Mr. Moore streckte seine Hand aus, lächelte und sagte: »Bitte nennen Sie mich Vernon. Schön, Sie kennen zu lernen. Mrs. Porter hat mir schon viel von Ihnen erzählt.«

»Wirklich? Was hat sie gesagt?«, fragte Clem.

»Dass Sie der Herr von Hayes County sind.«

»Wilma schmeichelt mir. Ich bin nur ein Geschäftsmann, der sich hier im ländlichen Nebraska mühsam durchschlägt.«

Die beiden standen sich gegenüber und schüttelten sich die Hände für meinen Geschmack ein bisschen zu lange. Ich nahm an, das lag daran, dass Clem selten jemanden traf, der so gut gekleidet war wie er selbst, aber dann sagte er: »Sind wir uns schon einmal begegnet? Ihr Name kommt mir bekannt vor.«

Sie hörten mit dem Händeschütteln auf, und Mr. Moore entgegnete: »Ich denke nicht, Mr. Tucker. Ich bin sicher, ich würde mich an Sie erinnern.«

Clement lächelte und sagte: »Nennen Sie mich Clem, das tut jeder. Was führt Sie in unsere kleine Stadt?«

»Ich bin ein Handlungsreisender, Clem. Ich verkaufe Glücksspiele. Mrs. Porter war so freundlich, mich hierher zu begleiten, um mich Calvin Millet vorzustellen.« Mr. Moore hatte sich offenbar schon ein Bild von seinem Gegenüber gemacht, aber Clem schien noch nicht damit fertig zu sein. Er sagte: »Nun, Vernon, man sieht Ihnen an, dass Sie Ihren Job gut machen. Aber ich war gerade selbst bei Calvin, und ich kann Ihnen versichern, dass dies nicht der geeignete Zeitpunkt für ein Verkaufsgespräch ist. Hat Wilma Ihnen von seinen Schicksalsschlägen in letzter Zeit erzählt?«

»Ja, das hat sie, und ich weiß Ihren Rat zu schätzen. Vielleicht sagen Mrs. Porter und ich nur schnell Hallo, und ich komme dann ein andermal wieder.«

Clem schwieg einen Moment, dann sagte er: »Ich habe jetzt eine andere Verabredung, aber bevor ich gehe – würden Sie mir Ihre Visitenkarte geben?«

»Natürlich.« Mr. Moore brachte aus der Innentasche seines Blazers so schnell eine Visitenkarte zum Vorschein, dass ich mir nicht sicher war, ob ich richtig gesehen hatte. Clem hielt ebenfalls für einen Moment inne, und ich konnte die Karte kurz näher betrachten. Die Buchstaben waren erhaben in Marineblau und Ziegelrot auf sandfarbenes, durchscheinendes Reispapier gedruckt. Ich glaube, ich habe noch nie eine hübschere Visitenkarte gesehen, und ich habe tausende davon in meiner Sammlung im Hotelbüro.

Clem warf einen Blick auf Mr. Moores Karte und fragte: »Haben Sie ein Mobiltelefon?«

»Nein, nicht mehr. Ich hatte mal eins, aber es ging dreimal los, während ich eines Nachmittags durch die Cascade Mountains wanderte, da habe ich es in eine tiefe Schlucht geworfen. Ich bedauere das inzwischen, denn umwelttechnisch gesehen, ist dieses Verhalten nicht zu vertreten, aber ich habe das neumodische Ding seitdem nie vermisst. Sie erreichen mich zur Geschäftszeit über meinen Anrufbeantworter und jederzeit über E-Mail. Wenn es Mrs. Porter nichts ausmacht, können Sie mich auch im Hotel anrufen.«

Clem zeigte keinerlei Reaktion darauf, dass Mr. Moore ein so unprofessionelles Verhalten eingestand, was mich überraschte. Dieser Mann verbringt mehr Zeit am Telefon als ein Hollywood-Agent. Stattdessen überreichte er Mr. Moore seine eigene Visitenkarte. Darauf steht in der Mitte »Clement Tucker«, und darunter sind seine geschäftlichen Telefonnummern aufgelistet. Ich nehme an, er setzt voraus, dass jedermann weiß, womit er sein Geld verdient.

Clem sagte: »Es war ein unerwartetes Vergnügen, Sie kennen zu lernen, Vernon. Ich hoffe, Sie genießen Ihren Aufenthalt in Ebb. Und es ist mir stets eine große Freude, dich zu sehen, Wilma. Du siehst einfach reizend aus, wie immer, abgesehen von diesen schrecklichen Schuhen. Was hat dich da nur geritten?«

Clem Tucker mag es, wenn Frauen typische Frauen sind, das heißt wenn sie entweder in höchstem Maße aufgetakelt sind oder gar nichts anhaben. Seine Unfähigkeit zu Kompromissen in dieser und in jeder anderen Hinsicht hatte zu dem verfrühten Ende unseres ansonsten angenehmen und beinahe geheimen Verhältnisses geführt. Ich entgegnete zuckersüß: »Wenn ich nur gewusst hätte, dass wir uns treffen würden, mein Lieber, hätte ich ein tief ausgeschnittenes schwarzes Kleid, Netzstrumpfhosen und hochhackige Schuhe angezogen, um den langen Weg hierher zu laufen. Und das am Vormittag.«

Clem lächelte und sagte: »Mach dich nicht über mich lustig, Wilma Porter. Du weißt, ich bin ein schwacher und verletzlicher Mann. Ich nehme an, du kümmerst dich gut um das Haus meines Ururgroßvaters?«

»O ja«, antwortete ich mit einem breiten Grinsen, »er schaut regelmäßig vorbei, um die Lage zu prüfen.«

»Dessen bin ich sicher, Wilma. Und wie geht es meiner großen Schwester Clara?«

»Es geht ihr gut. Als ich sie heute Morgen sah, zuckelte sie gerade mit dem Treppenlift herum und sah sich gleichzeitig einen Claudette-Colbert-Film im Fernsehen an. Du solltest mal vorbeikommen und Hallo sagen.«

»Meinst du wirklich? Glaubst du, Clara will Besuch, auch wenn er nur eine Minute dauert?«

Ich klimperte mit den Wimpern und antwortete: »Nicht bevor du nicht einen Wohltätigkeitsverein gegründet hast, mein Lieber, was wir alle täglich erwarten. Inzwischen würde ich mich freuen, dich zu sehen, wenn du dich wie ein Gentleman benimmst.«

Clem lachte laut heraus. »Soll das eine versteckte Einladung zum Abendessen sein, Wilma Porter?« Er wandte sich an Mr. Moore und fügte hinzu: »Ich habe eine Haushälterin, aber sie ist nur die zweitbeste Köchin in dieser Gegend.«

Ich sagte: »Ich bin auch die bessere Gastgeberin. Vielleicht überlege ich es mir noch.«

Clem sah mir in die Augen und erwiderte mit einem scheinbaren Anflug von wirklicher Ernsthaftigkeit: »Bitte tu das.« Dann ging er über die Straße zur Bank. Mr. Moore starrte mich an, aber die Frage stand ihm deutlich ins Gesicht geschrieben.

»Das war nur Spaß. Ich habe Silas II. nicht mehr gesehen, seit ich den Whirlpool eingebaut habe, und das ist jetzt schon über ein Jahr her.«

Ohne auch nur ein bisschen ungläubig zu schauen, antwortete Mr. Moore: »Aber Sie haben ihn gesehen? Sind Sie sicher?«

»O ja. Er erschien zum ersten Mal, als ich mit den Mädchen einzog, und er kam wieder vorbei, als ich den zweiten Stock für Clara einrichtete.«

»Er ist ein Geist. Ist das wirklich Ihr Ernst?«

»Ganz recht, aber er erscheint nur unregelmäßig. Ich glaube, er will nur sein Haus im Auge behalten.«

Mr. Moore sagte: »Das ist sehr interessant. Wirklich sehr interessant.«

Viele Menschen, insbesondere Männer, glauben, dass ich verrückt bin, wenn ich Silas II. erwähne. Deswegen rede ich nicht oft über ihn, aber Mr. Moore schien ernsthaft neugierig zu sein. Ich wollte ihn schon nach dem Grund fragen, aber er drehte sich um und hielt mir die »Willkommen-Kauf«-Tür auf, sodass ich das Kaufhaus betreten konnte. Wir gingen langsam den Mittelgang entlang bis zur hölzernen, breiten Treppe hinten im Laden. Mr. Moore blieb mehrere Male stehen, um an einer Parfumflasche zu schnuppern oder ein Küchengerät oder eine Leinentasche in die Hand zu nehmen. Er sah auch immer nach dem Preis. Ich blieb am Kosmetikregal stehen, aber nur für einen Augenblick.

Als wir schließlich die Büros im ersten Stock erreichten, war Lily Park wie immer an ihrem Platz. Lily ist eine kleine asiatische Frau mit koreanischen Wurzeln, aber ihre Familie lebt schon in der vierten Generation in Amerika und in der dritten in Nebraska. Lily ist zweimal geschieden, einfache Mutter und bereits zweifacher Kassenwart unseres Nähclubs. Ihr Vater war Feldarbeiter, und sie redet immer noch wie einer. Ich weiß auch nicht, warum, aber ich muss immer kichern, wenn sie bei einem unserer Treffen »Schei-ßeee!« ruft, wie einer der guten alten Jungs.

Lily ist Calvins VA, das ist die Abkürzung für Verwaltungsassistentin. Aber wie so viele in ihrem Beruf ist sie eher ein Wachposten als eine Sekretärin. So wie sie Calvin beschützt, würde es mich nicht wundern, wenn sie eine Pistole in ihrer Schreibtischschublade hätte. Für ihre Freunde jedoch ist Lily völlig ungefährlich, deswegen ging ich direkt auf sie zu und stellte ihr meinen neuen Gast vor. Während ich redete, gab er ihr seine Visitenkarte, die sie eingehend betrachtete. »Ich bin Handlungsreisender, Mrs. Park«, sagte Mr. Moore. »Ich verkaufe Glücksspiele. Ich hatte gehofft, Sie könnten vielleicht heute eine kleine Lücke in Mr. Millets Terminkalender für mich finden. Es würde nicht lange dauern.« Calvins Tür war geschlossen. Lily sah mich fragend an. Ich lächelte sie an; was hätte ich auch sonst tun sollen? Sie erwiderte ausdruckslos, als würde sie eine Platte abspielen: »Mr. Millet ist heute den ganzen Tag beschäftigt, Mr. Moore.«

Er antwortete: »Jeder gute Mann, den ich kenne, ist während der Geschäftszeit beschäftigt, aber ein kluger Mann findet immer die Zeit, sich ein gutes Angebot anzuhören. Kann ich vielleicht am Nachmittag wiederkommen?«

»Ich glaube nicht, Mr. Moore. Wissen Sie, dies ist nicht der geeignete Augenblick für Verkaufsgespräche. Mr. Millet tätigt seine Einkäufe für gewöhnlich Anfang des Monats. Über das Internet.«

Mr. Moore nickte zustimmend und entgegnete: »Wie mir scheint, ist er ein kluger Mann. Bis dahin werde ich allerdings schon nicht mehr hier sein. Sehen Sie eine Möglichkeit, morgen ein Plätzchen in seinem Terminkalender für mich zu reservieren? Er dauert wirklich nicht lange, und ich bin sicher, er wird es nicht bereuen.«

Lily betrachtete Mr. Moore eingehend und seufzte. »Wenn Sie mal eben einen Gang runterschalten, werde ich in seinem Terminkalender nachsehen.« Sie wandte sich ab und begann, an der Tastatur ihres Apple herumzuhantieren. Wenige Augenblicke später wandte sie sich wieder uns zu und meinte: »Morgen um zehn Uhr dreißig könnte Mr. Calvin eine halbe Stunde erübrigen, aber nicht mehr.«

Mr. Moore lächelte strahlend und antwortete: »Perfekt, Mrs. Park. Ich weiß das sehr zu schätzen. Darf ich Ihnen eine weitere Visitenkarte für Ihre Kartei geben?«

Lily streckte ihm die Hand entgegen, und Mr. Moore nahm sie, zart und nur für einen Moment, wobei er Lily in die Augen sah. Er sagte: »Danke nochmals, Mrs. Park«, und dann gab er ihr seine Karte. Ich schwöre, dass sie rot geworden ist.

Wir gingen auf demselben Weg hinaus, den wir gekommen waren, doch sobald wir wieder auf der Straße standen, sagte Mr. Moore zu mir: »Ich gehe doch richtig in der Annahme, dass der Mann, den wir vorhin getroffen haben, der Clement Tucker ist, von dem Sie mir heute Morgen erzählt haben, Mrs. Porter?«

»Ganz richtig«, antwortete ich.

»Würden Sie mir mehr über ihn verraten?«

»Clems Vorfahren waren die Ersten, die sich 1825 hier niederließen, und sein Ururgroßvater Silas baute das Come Again-Hotel als Familiensitz. Ursprünglich hieß das Gebiet hier Tucker County, aber Silas II. benannte es um, um einen Besuch von Rutherford B. Hayes während dessen erster Präsidentschaftskandidatur zu erreichen.«

»Hat das funktioniert? Ist er wirklich gekommen?«

»Ja. Die Tuckers waren schon immer Republikaner, und sie waren alle gute Geschäftemacher. Das ist eine genetische Besonderheit, die von Generation zu Generation weitervererbt wird. Clems Vater besaß vor dreißig Jahren sogar die Frechheit zu versuchen, die Gegend wieder in Tucker County umzubenennen. Die Landesregierung hätte das auch durchgehen lassen, wenn Sie verstehen, was ich meine, aber der Antrag wurde in einer Bürgerabstimmung abgelehnt.«

Mr. Moore nickte und bemerkte: »Nun, der jüngste Tucker-Nachkomme scheint diesen Rückschlag verkraftet zu haben. Ich nehme an, ich gehe recht in der Annahme, dass er ein einflussreicher Mann in diesem Teil des Landes ist.«

»Clement Tucker ist im ganzen Land ein einflussreicher Mann«, gab ich zurück.

Bevor ich das näher erklären konnte, sagte Mr. Moore: »Ich sehe dort drüben ein Starbucks-Café. Wollen wir unsere Unterhaltung bei Kaffee und einem Nusstörtchen fortsetzen?«

Ich konnte mich nicht erinnern, wann mir ein Mann das letzte Mal ein so nettes Angebot gemacht hatte. Ich war so geschmeichelt, dass ich wahrscheinlich rot geworden bin. Nur ein kleines bisschen.

KAPITEL 4

Was jeder über Jungs vom Land wissen sollte

Nach den zwei Waffeln zum Frühstück war mir ein Nusstörtchen zu viel, deshalb entschied ich mich für einen Schokoladenkeks und eine Tasse Zitronentee. Mr. Moore bestellte sich einen großen Frappuccino ohne Sahne. Können Sie sich das vorstellen? Damals wusste ich noch nicht einmal genau, was das war, aber er bot mir einen Schluck an, und es schmeckt wie ein Kaffee-Shake. Ich trinke es jetzt selbst, aber mit Sahne.

Wissen Sie, in diesem Land redet jeder immer von Visionären, Mr. Visionär Dies und Mr. Visionär Das, aber ich bin der Meinung, dass der größte Visionär im Amerika des zwanzigsten Jahrhunderts dieser Howard von Starbucks war. Wer hätte sich je träumen lassen, dass normale Leute vier Dollar für eine Tasse dünnen Kaffee von der Größe Saskatchewans zahlen würden? Ich kenne jedenfalls niemanden.

Als wir unsere Getränke bekommen hatten, setzten wir uns in eine Sitzgruppe in der Ecke. Dann sagte Mr. Moore: »Nun, es ist noch nicht einmal halb elf, und wir hatten schon einen interessanten Tag. Was können Sie mir noch über Clem Tucker erzählen?«

Ich kaute gerade an meinem Keks, deswegen konnte ich nicht sofort antworten, aber das gab mir Zeit, meine Gedanken zu ordnen. Sobald ich geschluckt hatte, antwortete ich: »Es macht mir nichts aus, Mr. Moore, aber warum sind Sie so an Clem interessiert? Ich glaube nicht, dass er Ihnen Spiele abkaufen wird.«

»Da haben Sie sicher Recht, Mrs. Porter, aber man kann die Frage auch andersherum stellen. Clem fragte nach meiner Visitenkarte. Warum? Ich habe das Gefühl, dass Sie beide eine gemeinsame Vergangenheit haben und Sie mir um einiges mehr über ihn erzählen können als die meisten Leute hier in Ebb.«

Ich wurde zum zweiten Mal an diesem Morgen rot und antwortete: »Mr. Moore, würden Sie mich bitte Wilma nennen? Niemand über achtzehn nennt mich Mrs. Porter. Wenn Sie mich so nennen, bin ich mir nicht immer sicher, ob Sie auch wirklich mich meinen.«

»Natürlich, und Sie müssen mich Vernon nennen.«

»Ich weiß das zu schätzen, Mr. Moore, aber so bin ich einfach nicht erzogen worden. Jeder Mann, den ich bei seinem Vornamen rufe, ist entweder eine Generation jünger als ich, oder ich habe ihn sehr, sehr gut gekannt. Verstehen Sie?«

»Ja, Wilma, vollkommen. Sie haben eine weitschweifige Art, Dinge sehr prägnant zu erklären.«

»Bleibt diese Sache unter uns, Mr. Moore?«

»Selbstverständlich. Bitte erzählen Sie mir von Clem.«

»Einverstanden, aber wenn ich das tue, verraten Sie mir

dann auch mehr über sich selbst? Ich habe das Gefühl, dass immer nur ich rede.« Das rutschte mir einfach so heraus, und ich schüttelte unwillkürlich den Kopf. Jeder Mann, den ich jemals gekannt habe, hätte mich eine Woche lang damit aufgezogen.

Mr. Moore schmunzelte ein wenig, aber dann erwiderte er: »Ich werde versuchen, meinen Teil zu unserer Unterhaltung beizutragen, Wilma. Bitte, reden Sie weiter.«

Ich musste wieder erst fertig kauen, aber dann wischte ich mir die Mundwinkel ab. »Nun, Clement Tucker wurde in Ebb geboren und ist hier aufgewachsen. Im Grunde ist er im Come Again groß geworden, als es noch das Haus der Tuckers war. Genau wie seine Schwester Clara. Das ist laut Doktor Wiley auch der Grund, warum sie dorthin zurückkehren wollte.

Für einen reichen Jungen ist Clem wirklich clever. Er hat die Abschlussrede an der Highschool gehalten, dann ging er nach Grinnel drüben in Iowa, was meines Wissens ein sehr gutes College ist. Anschließend nahm er ein Schiff nach London, England, um seinen Doktortitel zu machen, aber damals beging er seinen ersten großen Fehler: Er heiratete. Sein zweiter großer Fehler war, seine englische Frau mit nach Ebb zu bringen.

Es gibt zwei Möglichkeiten, in dieser Stadt bequem zu leben. Die eine ist wegzugehen und zu heiraten, um nach der Scheidung zurückzukehren – eine Variante, die bei uns besonders beliebt ist. Die andere Variante ist die, hier zu heiraten und sich später wieder scheiden zu lassen, aber ohne deswegen die Stadt zu verlassen. Diese Strategie scheinen die meisten ansässigen Bauern zu bevorzugen. Was man jedoch auf keinen Fall tun sollte, ist, als Single wegzugehen, woanders zu heiraten und dann die Angetraute mit hierher zu bringen. Das funktioniert nicht. Clem hat seine hochnäsige englische Braut mit nach Hause genommen, und er hat für diese Fehleinschätzung einen hohen Preis bezahlt. Sie verließ ihn kaum drei Jahre später und ging zurück nach London, also musste Clem ihre gemeinsame Tochter Mary Beth alleine aufziehen. Wie er selbst sagt, ist ihm das nicht besonders gut gelungen, deshalb hat es auch niemanden verwundert, als Mary Beth Calvin Millet und ihre Tochter Lucy verließ. Ich glaube, er hat sich das seither immer vorgeworfen, als ob er die beiden sitzen gelassen hätte und nicht seine Tochter.

Als Mary Beth die Scheidung einreichte, lehnte Calvin einen Vergleich ab. Die Leute von hier einigen sich nicht gerne außergerichtlich, wenn es ums Prinzip geht. Und es geht eigentlich immer ums Prinzip. Also musste Mary Beth zum Prozess zurückkommen. Etwa eine Stunde vor ihrer Ankunft flog ihr Vater mit einem Privatflugzeug nach Kanada, angeblich zum Jagen. Clem kam später zurück, um seine Aussage zu machen, für genau einen Tag, und hat seitdem immer Abstand zu Calvin und Lucy gehalten. Ich war überrascht, als ich ihn heute aus dem Kaufhaus kommen sah. Ich nehme an, er hat dort eingekauft.«

Ich nahm einen Schluck Tee, und Mr. Moore sagte: »Da mögen Sie in gewissem Sinne Recht haben. Bitte sprechen Sie doch weiter.«

»Ich möchte Ihnen keinen falschen Eindruck von Clement Tucker vermitteln. Er ist kein schwacher Mann. Während er in England lebte, wurden sein Vater und eine einheimische junge Dame getötet, als der alte Mann betrunken Clems 63er

Corvette Cabrio Coupé um einen Telefonmasten wickelte. Natürlich verklagten die Eltern des Mädchens die Tucker-Vermögensgesellschaft auf eine Unsumme Dollar. Das war der Moment, in dem Clem als einziger männlicher Erbe aus England nach Hause kommen musste, mit seiner neuen Frau im Schlepptau. Er brachte die Versicherung seines Vaters dazu, die Kosten für den unrechtmäßigen Totschlagsprozess zu übernehmen, und verklagte dann die Telefongesellschaft. Wahrscheinlich wegen unrechtmäßigen Aufstellens eines Telefonmastens. Wie auch immer, er bekam eine siebenstellige Summe zugesprochen – bis heute versteht niemand, wie das funktioniert hat –, und das, obwohl die Gegenseite ungefähr sechsmal in Revision gegangen ist. Mit anderen Worten: Clem hat aus der ganzen Geschichte auch noch Geld rausgeschlagen, und zwar eine ganze Menge.«

»Was können Sie mir noch erzählen?«

»Nachdem seine Frau ihn verlassen hatte und endlich alle Prozesse abgewickelt waren, ordnete er die Geschäftsinteressen der Tuckers neu. Erst kaufte er die hiesige Immobiliengesellschaft und machte seine Familie, die bis dahin Bauern gewesen waren, zu Landbesitzern. Als Nächstes übernahm er die Stadtbank und erwarb die Mehrheitsanteile an der John-Deere-Kette, beide Unternehmen sind neben Millet's die wichtigsten Geschäftsunternehmen in der Gegend. Wenige Jahre später verkaufte Buzz Busby Clem einundfünfzig Prozent der Anteile an seiner Baufirma. Damals hatte er kurzfristige Aufträge, bei uns lief so etwas immer unter ›Scheunen-Renovierung‹. Jetzt betreut Buzz den größten Teil des privaten Bauwesens im Südosten Nebraskas und ist ein reicher Mann.«

»Hat Clem jemals in Millet's Kaufhaus investiert, Wilma?«

»Nein, nicht dass ich wüsste. Ich habe keinen engen Kontakt zu Calvin, aber ich denke, ich hätte davon erfahren.«

»Davon bin ich überzeugt. Können Sie sich vorstellen, warum er nie dort investiert hat?«

»Nun, ich glaube nicht, dass Calvin die Mehrheitsanteile am Kaufhaus verkaufen würde, obwohl ich das auch von Buzz Busby gedacht habe, und mit weniger wird sich Clem sicher nicht zufrieden geben. Vielleicht denkt Clem, dass Millet's eine schlechte Investition ist, oder er wartet darauf, dass der Preis sinkt.«

»Nach allem, was Sie mir erzählt haben, ist der Preis wahrscheinlich bereits ziemlich weit gesunken, Wilma. Mir ist aufgefallen, dass Clem heute Morgen keine Taschen oder Päckchen dabeihatte, als er das Kaufhaus verließ, und das könnte bedeuten, dass er dort nicht im herkömmlichen Sinne eingekauft hat. Die Frage, die ich mir stelle, ist folgende: Was würde er mit Millet's tun, wenn es sein Kaufhaus wäre?«

»Was meinen Sie damit, Mr. Moore?«

»Im Einzelhandel ging es früher immer nur um Standort, Standort, Standort. Aber jeder, der es sich irgendwie leisten kann, hat heutzutage ein Auto und einen Computer, deswegen geht es nur noch um Marken, Moden, Tarife und Preise. Das ist der Grund, warum Wal-Mart einen Billig-Supermarkt irgendwo in die Wüste stellen kann und nur noch sehr wenige unabhängige Kaufhäuser übrig sind, auch in den großen Städten. Sie können einfach nicht mit den nationalen Ketten konkurrieren.«

»Was, meinen Sie, hat Clem vor?«

»Wenn Clem Tucker der Geschäftsmann ist, für den ich ihn halte, dann wird er das tun, was ihm am meisten bringt. Wenn wir also wissen, was ihm am meisten bringt, dann wissen wir, was er höchstwahrscheinlich tut.«

Ich weiß nicht, warum, aber ich brach mitten im Starbucks in Tränen aus. Vielleicht sind das die ersten Anzeichen der Wechseljahre, aber ich heule ziemlich viel in letzter Zeit. Mr. Moore reichte mir ein Taschentuch und versuchte, mich abzulenken, indem er fragte: »Sagen Sie, Wilma, halten Sie Clem Tucker für einen fairen Mann?«

Ich gewann meine Fassung zurück und antwortete: »Ich denke schon, Mr. Moore, aber lassen Sie sich nicht täuschen. Vor allen Dingen ist er ein harter, unnachgiebiger Mann.«

»Etwas Ähnliches haben Sie schon einmal gesagt, Wilma. Ich habe das Gefühl, Sie wollen mich warnen. Wovor?«

»Viele Stadtmenschen unterschätzen die Jungs vom Land, und ich werde Ihnen auch sagen, warum. Jeder Junge vom Land ist bei den Pfadfindern, auch die reichen, weil sie dann auch nach der Schule beschäftigt sind, zumindest so lange, bis sie alt genug sind, um Football zu spielen. Die meisten der Pfadfinder-Jungs ziehen Vieh groß, um es auf der Landwirtschaftsmesse auszustellen. Sie ziehen die Jungen auf, geben ihnen Namen, füttern sie und halten sie sauber. Dann, ein paar Tage nach der Messe, kommen diese Jungs heim und erfahren, dass ihr Lieblingsschwein oder -lamm oder -kalb im Kochtopf gelandet ist und zum Abendessen serviert wird. Landwirtschaft ist ein hartherziges Geschäft. Jungs vom Land essen ihre Lieblingstiere. Alles, was danach kommt, ist einfach.«

Eine Weile lang sagte Mr. Moore nichts mehr. Ich hatte ohnehin das Gefühl, dass es nun an mir war, ein paar Fragen zu stellen, außerdem wollte ich nicht, dass er sich näher nach meinen verflossenen Bekanntschaften erkundigte, deswegen fragte ich: »Ist das genug über Clem? Was ist mit Ihnen? Was können Sie mir über sich selbst erzählen?«

Er wollte gerade antworten, als plötzlich Loretta Parsons wie aus dem Nichts in unserer Sitzgruppe auftauchte und sich direkt neben meinen neuen Mieter setzte. Sie zwinkerte mir zu, wandte dann ihren Körper – der der zweitbeste in ganz Ebb ist – Mr. Moore zu und sagte zuckersüß: »Nun, Wilma Porter, wie ich sehe, hast du heimlich einen Mann in der Reserve. Würdest du uns vorstellen, meine Liebe?«

Diese Frau besitzt absolut kein Schamgefühl, einer der Gründe, warum sie meine beste Freundin ist. Ich antwortete: »Loretta, Liebes, das ist Pater Vernon Moore. Er ist ein katholischer Priester, aber er hat sich verkleidet, weil er privat unterwegs ist. Wenn du auch nur ein Wort verrätst, dann ist sein Leben in Gefahr, und der Vatikan verbannt dich nach Uruguay.«

Mr. Moore warf mit derbem irischem Akzent ein: »Gott sei mit dir, mein Kind. Ich nehme an, Sie sind Loretta Parsons, Besitzerin des Bold-Cut-Schönheitssalons? Wann waren Sie zuletzt bei der Beichte?«

Loretta sah mich gelassen an und bemerkte: »Dieser Mann ist kein Priester. Schau dir doch nur mal seine Kleidung an.« Sie drehte sich wieder zu Mr. Moore um und fuhr fort: »Zeigen Sie mir Ihre Hände, mein Lieber.«

Mr. Moore legte beide Hände mit den Handflächen nach unten auf den Tisch, als wollte er etwas eintippen. Loretta betrachtete sie nacheinander und prüfte eingehend seine Fingernägel. Ich war mir sicher, dass sie auch nach einem Ehering Ausschau hielt. Schließlich sagte sie: »Sie waren bei der Maniküre, wie lange ist das her?«

»Etwa drei Wochen«, antwortete Mr. Moore mit seiner normalen Stimme.

Als Nächstes streckte Loretta die Hand aus und fuhr mit ihren makellosen, lippenstiftroten Fingernägeln durch Mr. Moores wunderschönes grauweißes Haar. »Hmm. Das sieht man. Sie brauchen außerdem eine Gesichtsbehandlung.« Sie zwinkerte mir wieder zu, und ich musste mir die Hand vor den Mund halten, um nicht laut herauszulachen.

Mr. Moore erwiderte: »Ich freue mich zu hören, dass Ihr Salon so vielseitig ist, Loretta, aber ich glaube, eine Maniküre und ein Haarschnitt sind ausreichend.«

Loretta schielte zu mir herüber. »Wann wäre es Ihnen recht?«

»Sagen Sie, Loretta, werden Sie sich persönlich um mich kümmern?« Diesmal zwinkerte mir Mr. Moore zu. Ich fühlte mich langsam wie die Jury in einem Blinzelwettbewerb. Loretta spitzte die Lippen und gab zurück: »Würden Sie das bevorzugen?«

Mr. Moore antwortete: »Nun, ich weiß es nicht, Loretta. Ich weiß gar nichts über Sie, außer, dass Sie eine gute Freundin von Wilma sind.«

Loretta klimperte mit den Wimpern wie eine Comicfigur. »Was würden Sie denn gerne wissen, mein Lieber?«

»Sind Sie hier geboren? Wo sind Sie aufgewachsen?«

Lächelnd antwortete sie: »Sagen Sie, wie viele andere schwarze Menschen haben Sie in Ebb gesehen?«

»Loretta ist vor etwa zehn Jahren hierher gezogen. Nicht wahr?«, warf ich ein.

Sie sagte: »Das ist richtig. Ich wurde im nördlichen Omaha geboren, einer Art amerikanisches Ghetto im Mittelwesten. Dort bin ich auch aufgewachsen.«

»Wie kamen Sie zu Ihrem Beruf?«

»Ich habe meine Lehre als Kosmetikerin nach dem Schulabschluss in Omaha gemacht, dann habe ich eine Stelle drüben auf der anderen Seite angenommen und weißen Frauen die Haare geschnitten, um genug Geld für einen eigenen Salon zusammenzusparen. Das große Geld konnte man als Friseuse damals nur in einem der Läden an der Westküste machen. Ich nehme an, das ist immer noch so.«

»Aber warum Ebb? Warum eine so ländliche Stadt?«

Loretta zog eine Grimasse und antwortete: »Eigentlich ist es nicht meine Art, Männern gegenüber ehrlich zu sein. Die meisten Männer mögen keine ehrlichen Frauen, aber Sie sind alt genug, um es besser zu wissen, deswegen werde ich Ihnen die Wahrheit sagen. Ich bin hierher gezogen, weil ich einen Bericht über Ebb in den Nachrichten gesehen habe.«

Ich lächelte. Mr. Moore lehnte sich ein wenig zurück und fragte: »Einen was?«

»Ich erinnere mich noch, als wäre es gestern gewesen. Ich war zu Hause und versuchte, einen Flug zu buchen. Gerade hatte ich dreißig Minuten am Telefon damit zugebracht, ein Sonderangebot zu ergattern, das in der Zeitung angeboten worden war. Die erste Computerstimme stellte mir acht Wahlmöglichkeiten zur Auswahl. Acht! Können Sie das glauben? Ich habe sie mir zweimal angehört und dann die genommen, die ich für die richtige hielt. Das eröffnete mir acht weitere Wahlmöglichkeiten. Ich dachte wieder, ich würde die richtige nehmen, aber diese war falsch, also musste ich noch mal von vorn anfangen. Nach zwei weiteren Versuchen wählte ich dann die persönliche Beratung. Was für ein Witz! Ich war etwa fünfzehn Minuten in der Warteschleife, als dieses Fernseh-Special kam. Damals war in Ebb gerade ein Gesetz erlassen worden, das den Gebrauch von Anrufbeantwortern verbot, und es hagelte deswegen Verfahren. Ich sagte mir: ›Tja, Schätzchen, jede Stadt ohne Anrufbeantworter ist deine Stadt!‹«

»Erzähl weiter«, drängte ich sie.

Loretta fuhr fort: »Ich hängte mich ans Telefon und fand heraus, dass es in Ebb noch keinen Schönheitssalon gab, noch nicht mal einen Friseur. Also kam ich übers Wochenende hierher, statt nach San Antonio zu fliegen, um einen ehemaligen Lover zu treffen. Natürlich wohnte ich im Come Again und traf Wilma. Sie zeigte mir die ganze Stadt, und wir wurden schnell Freundinnen. Ich weiß nicht, wie viel sie Ihnen schon erzählt hat, aber Ebb ist ein ganz besonderer Ort.«

Mr. Moore sah mich an und sagte: »Wilma hat mir eine Menge erzählt, Loretta, aber nicht viel über die Stadt. Ich bin sicher, das lag daran, dass ich nicht die richtigen Fragen gestellt habe. Würden Sie mir mehr erzählen?«

Ich warf ein: »Das ist ja kein Geheimnis. Nach Ebb kommen die Frauen nach ihrer Scheidung. Anfänglich waren es nur Frauen aus der Gegend, aber bald bekamen sie Besuch von ihren Freundinnen, und sehr bald zogen manche von ihnen ebenfalls hierher, nachdem sie geschieden worden waren. Wir schlossen uns zusammen und fanden heraus, dass wir alle dasselbe wollten: Dass die Leute nett zueinander waren. Also gründeten einige von uns den Nähclub. Er verfolgt zwei Ziele: zum einen, eine alte ländliche amerikanische Kunstform zu bewahren, die darin besteht, Quilts zu nähen, und zum anderen, Ebb das ganze Jahr über zum angenehmsten Ort der Welt zu machen. Wenn wir unsere Quilts im Club nähen, reden wir darüber, was wir tun können, um die Dinge noch freundlicher zu gestalten. Die Abschaffung von Anrufbeantwortern war unsere erste kontroverse Aktion. Uns erschien es vollkommen logisch, aber Clems Bank klagte, genau wie die staatliche Bankvereinigung, und als Nächstes waren wir dann, wie Sie ja nun wissen, im Fernsehen.«

»Die Geschichte hat es auch in die Zeitung und alle lokalen Radiosender geschafft«, warf Loretta ein. »Wilma würde Ihnen das nie von sich aus erzählen, aber sie war auch im Fernsehen.«

Mein Mieter sagte: »Oh, Wilma, ich hatte keine Ahnung, dass Sie berühmt sind. Erzählen Sie mir, was passiert ist. Wer hat den Prozess gewonnen?«

»Es war ein langer Kampf«, antwortete ich. »Am Ende ging natürlich Clem Tucker als Sieger hervor, aber Sie werden in Ebb trotzdem keinen einzigen Anrufbeantworter finden.«

»Wie kommt das?«, fragte Mr. Moore.

Loretta klimperte mit ihren Wimpern und sagte lächelnd: »Der Nähclub ist nicht nur eine politische Kraft, Mr. Moore, er ist auch eine wirtschaftliche Kraft. Die meisten Geschäfte an der Main Street werden von Frauen geführt, einschließlich der Starbucks-Filiale, den beiden Tankstellen, dem Lebensmittelgeschäft und meinem Salon. Wir alle, und noch zweihundert weitere, gehören dem Nähclub an. Als der Gesetzesantrag scheiterte, haben wir einen anderen Weg gefunden, Mr. Tucker davon zu überzeugen, seine Anrufbeantworter wegzuräumen.«

Ich nahm den Faden genau da auf, wo Loretta ihn fallen gelassen hatte. »Ebb ist eine Stadt der Frauen, Mr. Moore. Und unser Verein ist ein großer, großer Teil davon. Wir haben sechs der acht Sitze im Stadtrat inne, wir haben seit acht Jahren eine Bürgermeisterin. Unsere Schulen sind die besten im Land, weil das Schulamt von einer Frau geleitet wird. Genauso ist es mit dem Sheriff – wir haben hier nicht viele Verbrechen. Ebb ist also in vieler Hinsicht einfach ein schöner Ort zum Leben.«

Loretta fügte hinzu: »Womit wir meinen, dass die Leute hier miteinander reden, mein Lieber. Frauen reden mit Frauen, Nachbarn mit Nachbarn, Eltern mit Kindern und Kunden mit Geschäftsinhabern, nicht mit irgendwelchen blöden Maschinen.«

Mr. Moore lächelte und bemerkte: »Das klingt, als hätten Sie die Lage hier voll im Griff.«

Loretta lächelte. »Nicht ganz, mein Lieber. Othello hatte es mit seinem Jago, Kapitän Ahab mit seinem Moby Dick, und wir haben es mit Wilmas früherer Flamme, Clem Tucker, zu tun.« Loretta legte ihre Hand auf meine und fuhr fort: »Es ist eine Schande, dass sich die beiden getrennt haben, wo wir doch immer so gut darüber informiert waren, was der Mann vorhatte. Jetzt ist das anders, aber solange es den Club gibt, haben wir auch Einfluss.«

»Gibt es in Ihrem Club auch Männer?«

Ich wollte antworten, aber Loretta kam mir zuvor. »Sie machen wohl Witze? Dann hätten wir als Nächstes Billardtische, Faustkämpfe und Abende mit leichten Mädchen. Das ist das Letzte, was wir wollen.«

Mr. Moore lehnte sich vor und sagte: »Ich weiß nicht, warum, aber ich habe das Gefühl, Sie haben Männern gegenüber eine fest gefügte Meinung. Sind Sie auch geschieden?«

Loretta kaute einen Augenblick an seiner Frage, ehe sie erwiderte: »Nein, ich bin nicht geschieden, aber ich habe eine feste Meinung über Männer. Tatsächlich sind es sogar zwei. Zum einen bin ich der Meinung, dass es Männern nicht erlaubt sein sollte, sich in größeren Gruppen als zu sechst zu treffen. Wenn ein Haufen Männer zusammenkommt, besonders ein Haufen alter weißer Männer, passieren immer böse Dinge. Das soll nicht unhöflich klingen, aber es sollte ein Gesetz dagegen geben.«

»Das ist nicht unhöflich. Ich stimme Ihnen sogar zu.«

Loretta schien meinen Mieter gar nicht gehört zu haben. »Aber wenn es sich um einen einzelnen Mann handelt oder auch um zwei, sieht die Sache ganz anders aus. Ich liebe Männer abgöttisch, oder zumindest würde ich das gerne tun. Als Teenager war ich in Tennisspieler verliebt, aber daraus ist nie etwas geworden. Dann favorisierte ich eine Zeit lang Piloten, es gibt eine ganze Reihe davon in Omaha, aber daraus wurde auch nichts. Seit zehn Jahren will ich nun nichts anderes als einen allein stehenden, einsamen Mann mit Stil, Loyalität und einem Intelligenzquotienten, der doppelt so hoch ist wie sein Alter. Bislang hatte ich da kein Glück, aber ich habe noch nicht aufgegeben. Wie ist es mit Ihnen, Mr. Moore? Entsprechen Sie meinen Ansprüchen?«

Ich verschluckte mich an meinem Schokoladenkeks, und Mr. Moore lachte laut auf, dann antwortete er: »Sie sind wirklich eine ungemein attraktive Frau, Loretta, aber ich weiß nicht, ob ich der Richtige bin. Für einen Mann in meinem Alter ist Ihre IQ-Forderung ein wenig hoch.«

»Nun, zumindest verstehen Sie es, ein Gespräch zu führen. Vielleicht verzichte ich auf einen IQ-Test zugunsten eines Tests Ihrer guten Manieren.«

»Da bin ich aber erleichtert, Madam.«

Loretta sah auf ihre Uhr, runzelte die Stirn und sagte: »Sind Sie immer noch an einem Haarschnitt und einer Maniküre interessiert, mein Lieber?«

»Natürlich. Ich habe für den Rest des Tages keine festen Termine mehr. Wann würde es Ihnen passen?«

»Wie wäre es heute Abend um fünf?«

»Das passt sehr gut. Vielleicht haben Sie ja danach Lust, mich auf einen Spaziergang zum Come Again zu begleiten und auf ein anschließendes Abendessen zu dritt im Stake House in Nebraska City?«

Loretta mag eine harte, spontane Frau sein, aber seine Einladung erwischte sie so kalt wie ein Schulmädchen. Auch ich war verwundert. Seit dem letzten Spiel der Cornhuskers war ich nicht mehr zum Essen außerhalb der Stadt eingeladen worden, was jetzt schon über vier Monate zurücklag, aber ich besaß die Geistesgegenwart, für uns beide zuzusagen.

Nun, Loretta und ich mussten natürlich sofort besprechen, was wir anziehen würden. Als wir das geklärt hatten, sagte Loretta: »Wilma, meine Liebe, wir müssen noch über etwas anderes reden. Jetzt gleich.«

»Worum geht es, Liebes?«

»Es geht um den Club.«

Mr. Moore warf ein: »Das ist mein Stichwort. Ich muss ohnehin noch in die Bibliothek. Wir sehen uns dann um fünf Uhr, Loretta. Wilma, haben Sie vielen Dank für Ihre Hilfe und natürlich für Ihre Gesellschaft. Es war ein wundervoller Vormittag.«

Wir sahen ihm beide nach, als Mr. Moore das Lokal verließ. Für einen Mann seines Alters hatte er einen netten Hintern.

Loretta las meine Gedanken. »Mein Gefühl sagt mir, dass dieser Kerl etwas ganz Besonderes ist. Wie sieht's mit Doktor Wileys Viagra-Vorrat aus? Ich denke, ich könnte ein Startpaket brauchen.«

»Loretta Parsons, wag nicht, daran zu denken! Er ist nur auf der Durchreise. Das weißt du genau.«

»Wilma Porter, dieser Mann ist kein Handlungsreisender. Er trägt ein Jackett aus Seide und teure Schuhe.«

Ich dachte einen Moment darüber nach. »Was ist er deiner Meinung nach?«, fragte ich dann.

»Ich weiß nicht, ich habe ihn ja gerade eben erst kennen gelernt. Wenn er im Come Again wohnt, dann ist das deine Aufgabe.«

»Wie Recht du hast, Loretta, es ist meine Aufgabe, und ich hatte ihn gerade so weit, von sich zu erzählen, als du aufgetaucht bist und die Unterhaltung an dich gerissen hast.«

»Nun, ich werde mich dafür nicht entschuldigen. Wir können ihn heute Abend zum Reden bringen. Wenn er sich solche Schuhe leisten kann, dann kann er sicher auch die eine oder andere Flasche Wein springen lassen. Hinterher kann ich dann auf dem Rücksitz mit ihm kuscheln, während du heimfährst.«

»Du bist ein schlechter Mensch, Loretta Parsons. Nun, was wolltest du vorhin unbedingt mit mir besprechen?«

»Bett Loomis kam heute Morgen auf ihrer Runde kurz bei mir vorbei. Ich dachte zuerst, sie wollte eine Massage – das Geschleppe mit der ganzen Post scheint ihr ins Kreuz zu fahren –, aber sie wollte nur eine Zigarette und eine Tasse entkoffeinierten Kaffee im Hinterzimmer.«

»Und, was hat sie gesagt?«

»Sie hat heute Morgen einen großen weißen Briefumschlag an Clem Tucker ausgeliefert. Sie sagt, sie ist sich nicht sicher ...«

»Bett öffnet solche Umschläge immer. Das weißt du genau. Sie hat Kleber im Postauto dabei, um die Umschläge hinterher wieder schließen zu können. Ich habe das selbst gesehen.«

Loretta zuckte mit den Schultern und fuhr fort: »Sie sagte, es war ein Finanzbericht.«

»Clem bekommt andauernd solche Post.«

»Auch von Wal-Mart?«

KAPITEL 5

Fischen gehen

Etwa um dieselbe Zeit, als Loretta und ich mit Mr. Moore im Starbucks saßen, ging Lily Park in Calvin Millets Büro dessen Terminplan durch. Er schien nicht ganz bei der Sache zu sein, aber als sie ihm Mr. Moores Visitenkarte reichte, fragte er in scharfem Ton: »Vernon wer? Wer ist das?«

»Er kam mit Wilma Porter herein. Sein Name ist Vernon Moore.«

»Lily, auf seiner Visitenkarte steht, dass er ein Handlungsreisender ist. Das sind Menschen, die früher mit weißen Knöpfen, Gummizügen und Reißverschlüssen herumliefen.«

»Ich weiß.«

»Hatte er einen Vertreterkoffer dabei?«

»Nein.«

»Dann verkauft er auch nichts, Lily. Was will er wirklich?«

»Ich weiß es nicht.«

»Na schön. Warum habe ich dann einen Termin mit ihm?«

Lily hielt den Blick auf ihren Notitzblock gerichtet. »Weibliche Intuition«, antwortete sie.

Calvin betrachtete eine Weile Mr. Moores Visitenkarte. Eifrig fügte Lily hinzu: »Diese Visitenkarte ist noch nicht alles. Er war teuer angezogen, geschäftlich-lockerer Stil. Er hat eine sehr gerade Haltung und wirkt gebildet, wie einer vom Militär.«

»Sie meinen also, er führt etwas anderes im Schilde. Denken Sie, er könnte ein Makler oder ein Interessent sein? Meine Güte, ich habe die Anzeige noch nicht einmal in die Zeitung gesetzt. Wie kann er davon wissen?«

»Ich bin nicht sicher, ob er es weiß. Aber er wirkte sehr aufrichtig. Vor allem aber denke ich, dass man einen Mann mit seiner Ausstrahlung nicht einfach abweisen sollte.«

»Was habe ich morgen sonst noch für Termine?«

»Sie haben um zwei Uhr einen Termin mit der Bank.«

»Hm. Clem hat kein Wort darüber zu mir gesagt, aber das wundert mich nicht. Welcher seiner Blutegel ist es?«

»Buford.«

Lily meinte Buford Pickett. Ich kenne ihn schon seit der Grundschule, aber wir sind nicht näher befreundet. Er war ein Einzelkind und nicht sehr umgänglich, schon als Junge nicht. Er war auch nie besonders gut aussehend, auch nicht, bevor er sich einen Bauch von der Größe eines Mehlsacks und die schlimmste Schmalzlocken-Frisur des Mittelwestens zulegte.

Bufords Erscheinungsbild ruft für gewöhnlich einen falschen Eindruck hervor, aber er ist ein hohes Tier bei der Bank, und das nur aus einem Grund: Er bekommt immer sein Geld. Bevor Clara – Gott segne sie – bei mir einzog, war ich mit meinen Zahlungen ein paar Mal zu spät dran, und ich kann nur sagen: Es ist keine angenehme Erfahrung, wenn Buford Pickett vor der Tür steht und sein Geld will. Das kann jeder Bauer aus der Gegend hier bestätigen.

Durch seine Karriere bei der Bank hat es Buford ganz schön zu was gebracht, besonders für einen Jungen aus der Gegend, der nicht mit einer Tucker verheiratet ist. Er kauft sich jedes Jahr ein neues Cabrio, natürlich in Karminrot, mit weißem Dach und weißer Innenausstattung, aber das scheint ihm in sozialer Hinsicht nie weiterzuhelfen. Loretta sagt, er verbringt eine Menge Zeit mit einem ihrer Mädchen im Hinterzimmer des Bold Cut.

Calvin sagte: »Buford Pickett! Das passt ja wunderbar! Was will er? Als ob ich das noch fragen müsste.«

»Er sagte, es handle sich um eine allgemeine Bestandsaufnahme Ihrer finanziellen Situation.«

»Ja, richtig. Vor genau einer Stunde war der Besitzer seiner Bank hier und hat mir erzählt, warum ich ihm Anteile an meiner Familienfirma für vierzig Cent pro Dollar übertragen sollte. Er hat sich wie ein Gentleman benommen, hat sogar gefragt, wie es Lucy geht. Wenn er nicht zuerst versucht hätte, sich mein Kaufhaus unter den Nagel zu reißen, hätte ich sein Interesse an meiner Tochter glatt für echte, großväterliche Anteilnahme gehalten.

Morgen wird mir Buford Pickett wohl erklären, was passieren wird, wenn ich meine Schulden nicht bezahle, was heißt, an Clem Tucker zu verkaufen, und auch er wird sich wie ein perfekter Gentleman benehmen. Er wird Clems Absichten mit keinem Wort erwähnen. Er wird mir auch nicht mit Zwangsvollstreckung drohen, er wird sich an ganz allgemeine Formulierungen halten. Kalt und geschäftsmännisch. Dieser Gedanke verursacht mir Übelkeit.«

Lily antwortete nichts. Sie hielt den Blick gesenkt, als wäre ihr Notizblock das Spannendste auf der Welt. Das ist etwas, was wir zu Hause Gebärenden alle beherrschen, wenn wir unter Druck geraten. Wenn ihr Männer nur mal darauf achten würdet, dann würdet ihr uns manchmal langsam, tief durch die Nase Luft holen und gleich darauf ruhig durch den Mund wieder ausatmen sehen. Natürlich achtet ihr normalerweise nicht darauf.

Calvin tat das auch nicht. Nach einer Weile sagte er: »Nun, ich nehme an, ich muss diesen Mann treffen, oder? Können Sie den Termin nicht zumindest auf den Morgen verlegen? Gleich in der Früh, sagen wir um neun?«

»Das lässt sich bestimmt machen.«

»Gut. Bis auf weiteres verbringe ich meine Nachmittage mit Lucy. Sie muss heute Nachmittag nicht zu Doktor Wiley, deswegen gehen wir an den See zum Fischen.«

»Glauben Sie, das ist eine gute Idee? Für Lucy, meine ich.«

»Sie möchte es, und von nun an bekommt sie alles, was sie will, außer morgens, wenn ich mich ums Geschäft kümmern muss. Ich werde eine Menge Hilfe von Ihnen brauchen. Ich hoffe, das macht Ihnen nichts aus.«

Lily richtete sich ein wenig auf, hielt aber den Blick gesenkt. »Mensch, Mr. Millet. Natürlich nicht.«

»Und Sie denken, ich sollte diesen Mr. Moore treffen.«

»Es ist ein Gefühl, kein Gedanke.«

»Das ist das Gleiche, Lily; ich werde mich mit ihm treffen. Aber morgen ist mein Büro eine ›Kein-Scheiß‹-Zone, zumindest für einen halben Tag. Meine Geduld ist am Ende. Ich habe keine Zeit mehr für diesen alltäglichen Kram, wenn Sie Buford und Ihren Mr. Moore also vielleicht vorwarnen würden … Jetzt wäre ich Ihnen dankbar, wenn Sie mich eine Weile in Ruhe ließen, bevor ich nach Hause fahren muss.«

»Hätten Sie gerne eine Tasse frisch aufgebrühten Kaffee?«

»Was ich wirklich gerne hätte, Lily, ist eine Flasche Tennessee-Whiskey und einen Quadratkilometer Flusstal in den Rocky Mountains für mich allein. Aber ich schätze, ich muss mich mit einer Tasse Kaffee begnügen. Danke.«

Etwa eine Stunde später verließ Calvin das Büro und fuhr direkt nach Hause. Als er zu Hause ankam, hatte die Krankenschwester Nelson bereits ein Picknick für Lucy und ihn hergerichtet. Er zog sich Jeans und ein T-Shirt mit einem Smiley-Aufdruck an, während Schwester Nelson den Jeep belud. Er war rot wie ein Feuerwehrauto – vielleicht ist Ihnen dahingehend schon eine lokale Vorliebe aufgefallen –, mit einem schwarzen Schiebedach. Der Himmel war wolkig, es war weder zu heiß noch zu feucht, also öffnete Calvin das Verdeck, bevor sie losfuhren. Bei der Abfahrt thronte die kleine Lucy auf dem Beifahrersitz, eingehüllt in eine weiße Decke, mit einem rosa Nachthemd, weichen gelben Schuhen, einem Anglerhut und einer Sonnenbrille. Soweit ich gehört habe, war das Ganze sehenswert.

Am See angekommen, suchte Calvin einen schönen Platz auf dem Gras unter einer alten Eiche und breitete die Decke aus; dann nahm er Lucy auf den Arm, trug sie hinüber und setzte sie in den Schatten. Er musste noch drei weitere Male zum Auto laufen, ehe er sämtliche Taschen mit Tellern, Servietten und anderen nützlichen Dingen geholt hatte, die Kühltasche, all das Essen, das Schwester Nelson eingepackt hatte, Lucys Medizinkoffer, das Insektenspray und die Angelrute.

Es war ein Schultag, deshalb waren Calvin und Lucy allein. Lucy sagte nicht viel, während ihr Vater den Jeep entlud, sie saß einfach nur da und sah auf das Wasser hinaus. Calvin wollte sie auch nicht stören; Lucy durfte nur selten hinaus und den Tag genießen. Nach einer Weile jedoch reichte er ihr eine Colaflasche und fragte: »Bist du bereit für deine Medizin?«

Sie lächelte und antwortete: »Ja, Papa«, dann wandte sie sich wieder dem See zu.

Calvin griff in den Medizinkoffer und nahm den Einsatz heraus, in dem sich nach meiner Zählung tatsächlich vierzehn verschiedene Fläschchen befanden, außerdem ein Inhalator und ein Fieberthermometer. Als Nächstes nahm Calvin Lucys Tabelle heraus. Sie musste so viele verschiedene Tabletten zu so unterschiedlichen Zeiten nehmen, dass man es besser schriftlich vor sich hatte. Nachdem er die Tabelle eine Weile studiert hatte, reichte er ihr fünf Pillen. Sie schluckte sie eine nach der anderen, indem sie den Kopf zuerst zurücklegte und die Tablette hineinfallen ließ, dann den Kopf wieder senkte, um einen Schluck Cola zu trinken. Danach reichte ihr Calvin ein Erdnussbutter-Honig-Sandwich, das sie am liebsten mochte, und ein paar Kartoffelchips auf einem Pappteller. Sie sah auf den Teller hinunter und sagte: »Ich habe gerade keinen großen Hunger.«

»Warum nicht, Liebling?«, fragte er.

Ohne aufzuschauen, antwortete sie: »Ich mache mir ein wenig Sorgen, das ist alles.«

Calvin rutschte neben sie und sagte: »Um was? Doch nicht um das Haus, oder?«

»Nein, Papa, nicht um das Haus.«

»Du weißt doch, dass ich ein neues bauen werde. Ich muss nur noch ein paar Dinge mit der Versicherungsgesellschaft klären. Das ist alles.«

»Ich weiß.«

»Was bedrückt dich dann, Liebling?«

Mit einer Unschuld, die selbst einem chinesischen Feldherrn das Herz brechen würde, antwortete sie sanft: »Ich mache mir nur ein wenig Sorgen um mich.«

»Warum, Lucy?«

Sie sah ihrem Vater gerade in die Augen und antwortete: »Weil du mir seit langem nicht gesagt hast, dass sich mein Zustand bessern wird.«

Calvin stiegen die Tränen in die Augen. Er wusste, dass nun der Zeitpunkt gekommen war, wo er ihr die Wahrheit über ihren Gesundheitszustand gestehen musste, aber er war in keiner Weise darauf vorbereitet. Er nahm all seinen Mut zusammen, strich über ihre Wange und sagte: »Ich dachte, Doktor Wiley hätte es dir schon gesagt, Liebling. Natürlich wird es dir besser gehen. Man kann das nur jetzt noch nicht sagen.«

»Stimmt das? Sagst du mir auch wirklich die Wahrheit?«

Calvin zwang sich zu seinem allerbesten Verkäuferlächeln und antwortete: »Ich verspreche es dir, Liebling. Das habe ich aus erster Quelle.«

»Aber warum fühle ich mich dann nicht besser? Warum

tun mir meine Beine so weh? Warum kann ich nicht ohne diesen dummen Stock gehen?«

»Die neue Medizin braucht eine Weile, um zu wirken. Doktor Wiley hat gesagt, du würdest dich vielleicht sogar zunächst etwas schlechter fühlen, aber es würde dir bald besser gehen.«

»Wann hat er dir das gesagt?«

»Gestern Abend, nachdem du zu Bett gegangen bist. Schwester Nelson hat auch festgestellt, dass du heute Morgen schon besser aussiehst.«

Lucy wandte sich wieder dem See zu. Nach ein paar Sekunden sagte sie: »Schwester Nelson sagt immer, dass ich besser aussehe. Ich könnte aus den Augen bluten und meine Leber ausspucken, und Schwester Nelson würde behaupten, dass ich rosig aussehe. Genau das würde sie sagen: rosig.«

Sie schwiegen beide eine Weile, dann fragte Lucy: »Vermisst du deine Eltern?«

»Ja. Natürlich. Ich vermisse sie noch heute.«

Lucy besann sich einen Augenblick und fragte dann: »Waren sie nett?«

Manchmal denken auch gute Männer nicht über die Situation ihres Gegenübers nach, bevor sie anfangen zu reden. Es ist, als wäre ihr Mund auf Autopilot geschaltet. Calvin sagte: »Ja, Liebes. Sie waren beide sehr nette, ganz besondere Menschen. Es tut mir Leid, dass du sie nie kennen lernen konntest. Du hättest sie abgöttisch geliebt, genau wie ich.«

Lucy wandte ihren Kopf langsam wieder dem See zu und fragte: »Wirst du mich vermissen, wenn ich sterbe, Papa?«

Calvin war einen kurzen Moment wie vor den Kopf gestoßen, nahm sich dann aber zusammen und sagte mit fester Stimme: »Das wird nicht geschehen. Du kannst nicht vor mir sterben. Da gibt es ein Gesetz, das das verbietet. Ich habe erst neulich wieder darüber gelesen. Das Gesetz legt fest, dass kein Kind vor seinen Eltern sterben darf. Du willst doch nicht das Gesetz brechen, oder?«

Lucy runzelte die Stirn und antwortete: »Das ist der größte Unsinn, den ich je gehört habe.«

»Ist es nicht. Du kannst es im Internet nachprüfen, wenn wir zu Hause sind, aber zuerst musst du dein Sandwich essen – ich traue mich sonst nicht, Schwester Nelson gegenüberzutreten.«

Es bedurfte noch einiger Überredungskunst, aber schließlich aß Lucy ihr Sandwich. Nachdem sie ein kurzes Nickerchen im Schatten gemacht hatte, fragte Calvin: »Bist du bereit zum Fischen?«

Strahlend antwortete sie: »Ja. Darf ich mit dir am Uferrand sitzen und zuschauen?«

»Natürlich. Deswegen sind wir ja gekommen.« Calvin brachte seine Angelausrüstung zum Ufer und kam dann zurück, um Lucy zu holen. Während er sie zum Wasser trug, flüsterte sie leise: »Ich hoffe, wir fangen keinen.«

»Ich auch«, antwortete er.

KAPITEL 6

Ein brotloser Beruf

Später an diesem Abend fuhren Loretta, Mr. Moore und ich zu unserem reservierten Tisch im Stake House mit Aussicht über das Steilufer des Missouri River. Die Szenerie war malerisch, und Mr. Moore rückte unsere Stühle für uns zurecht, erst meinen, dann Lorettas. Die Bedienung war ein junges Ding mit makelloser Haut, rosigen Wangen und klaren Augen; sie war einfach zu unschuldig und eifrig bemüht. Kennen Sie diesen Typ? Ich mache mir immer Sorgen, dass solche Mädchen einen radikal-konservativen, regelmäßig den Gottesdienst besuchenden Soziopathen und Serienmörder heiraten; fragen Sie mich nicht, warum.

Nur für das Protokoll: Mr. Moore trank nichts außer Eiswasser und Eistee, aber Loretta und ich fühlten uns in keiner Weise eingeschränkt. Wir nahmen jede einen Wodka irgendwas – wie auch immer dieses pinkfarbene Zeug heißt –, und Loretta bestellte uns eine Flasche Rotwein zum Essen. Sie sagte, es sei ein kalifornischer Cabernet; ich habe nie gefragt, wie teuer er war.

Während der Vorspeisen redeten wir über die üblichen

Themen: das Wetter, die Wirtschaft, Politik und solche Sachen. Als der Hauptgang kam, sagte Loretta: »Nun, der Zweck dieses Abends war es, Sie besser kennen zu lernen, Mr. Vernon Moore. Erzählen Sie uns alles über sich.«

»Was würden Sie gerne wissen?«

»Lassen Sie uns mit dem Wichtigsten anfangen: Sind Sie verheiratet?«

Ich lief knallrot an und verschluckte mich an dem Stück erstklassigen Nebraska-Filets, das ich gerade kaute. Mr. Moore lachte nur und antwortete: »Nein.«

»Waren Sie je verheiratet? Sie wirken auf mich nicht wie ein überzeugter Junggeselle, und Sie sehen auch nicht schwul aus.«

»Ich war nie verheiratet, Loretta. Und, nein, ich bin nicht schwul.«

»Dann mögen Sie Frauen?«

»Ja. Ja, das tue ich.«

»Aber wie kommt es dann, dass Sie nie verheiratet waren, Vern? Darf ich dich Vern nennen?«

»Natürlich. Ich schätze, ich habe einfach nie die richtige Frau gefunden, Loretta.«

»Nun, vielleicht siehst du sie gerade an, Vern, aber zuerst habe ich noch ein paar Fragen.«

Mr. Moore lachte wieder, zum Glück, und meinte: »Feuer frei. Gib dein Schlimmstes.«

»Hast du Kinder? Jeder farbige Mensch auf dieser Welt weiß, dass Kinder und Ehe zwei Paar Schuhe sind.«

»Nein, ich habe keine Kinder.«

»Gut. Zu viele Unterhaltszahlungen können einen Mann ruinieren. Bist du auch ganz sicher?«

»Ja. Warum?«

»Magst du Sex?«

Nun, was erwartet man von einer Frau? Ich sagte: »Schäm dich, Loretta Parsons. Reiß dich zusammen.«

Sie antwortete: »Sieh dir diesen Mann an, Wilma. Er ist so cool wie ein Pina-Colada-Cocktail. Er kann damit umgehen.« Dann wandte sie sich wieder Mr. Moore zu und wiederholte ihre letzte Frage, Wort für Wort, wie ich vielleicht hinzufügen darf.

Mr. Moore antwortete: »Ja. Ja, gewiss.«

»Bist du gut darin? Es handelt sich schließlich nicht um Raketenbau, mein Lieber. Jeder Mann sollte etwas davon verstehen.«

Tja, das war zu viel. Mr. Moore lief knallrot an. Loretta lächelte und sagte: »Das ist alles, was ich wissen wollte, du hast dich äußerst wacker geschlagen. Wilma, jetzt bist du dran.«

Mit großer Erleichterung räusperte ich mich und sagte: »Ich hoffe, Sie werden Loretta verzeihen. In ihrem fortgeschrittenen Alter kann der Segen fortgesetzter Jungfräulichkeit entmutigend sein, wenn Sie verstehen, was ich meine.«

Loretta setzte zu Protest an, aber ich fuhr fort: »Erzählen Sie uns mehr über Ihren Werdegang. Wo wurden Sie geboren?«

»Im südlichen Ohio, Wilma. Ich wurde in einer Stadt namens New Boston geboren.«

»Sind Sie dort auch zur Schule gegangen?«

»Ja, und dann zum Militär.«

»Wirklich?«, fragte ich. »Calvin Millet auch. Da haben Sie beide etwas gemeinsam. Waren Sie je in Europa stationiert?«

»Ja.«

»Darf ich fragen, wo?«

Loretta unterbrach mich und sagte: »Wilma, du redest um den heißen Brei herum. Stell dem Mann die Frage.«

Wenn Sie die gesamte Originalität, die in Rutherford B. Hayes County herumläuft, zusammennehmen, dann macht Loretta sicher die Hälfte davon aus, aber manchmal geht sie mir schrecklich auf die Nerven. Den Rest der Zeit hat sie den Mut, Dinge zu sagen, die normale Leute nicht aussprechen würden.

Mr. Moore fragte: »Was würden Sie sonst noch gerne wissen?«

Loretta antwortete: »Wir möchten wissen, was du tust. Du siehst ein gutes Stück mehr nach Ralph Lauren als nach Willie Loman aus, und niemand hier in Ebb, ich meine niemand, hat in den letzten dreißig Jahren einen Vertreter gesehen.«

»Das mag schon sein, Loretta, aber ich bin ein Handlungsreisender. Ich verkaufe Glücksspiele.«

»Okay, mein Lieber, du bist also Handlungsreisender. Du musst wirklich gut in deinem Job sein. Wie lange verkaufst du schon diese Glücksspiele?«

»Ungefähr seit fünf Jahren.«

»Erst?«

Bevor Mr. Moore die logische Antwort aussprach, fragte ich: »Was haben Sie davor gemacht, Mr. Moore?«

Er antwortete: »Ich war im Finanzwesen für Einzelhandel tätig.«

»Wirklich? Das klingt nach einem interessanten Job.«

»Ja, warum hast du das aufgegeben?«, ergänzte Loretta.

Mr. Moore lehnte sich ein Stück vom Tisch zurück, als wollte er überlegen, ob er auf Lorettas Frage antworten sollte oder nicht. Dann beugte er sich wieder vor und sagte: »Bis vor sechs Jahren war ich der Finanzvorstand eines öffentlichen Einzelhandelsverbandes namens RSA, Retail Stores of America. Ich weiß nicht, ob diese Firma hier jemandem bekannt ist.«

Loretta antwortete: »Ich denke schon. War da nicht die Sache mit dem Finanzskandal vor ein paar Jahren?«

»Sehr richtig, Loretta, und ich war dafür verantwortlich.«

»Nun, mein Lieber, erzähl uns, was damals passiert ist. Und wir wollen die ganze, ungeschminkte Geschichte hören, nicht wahr, Wilma?«, drängte sie.

Mr. Moore zögerte wieder, aber dann sagte er: »Ganz sicher? Es ist eine lange Geschichte.«

Loretta antwortete: »Das macht nichts. Mach dir keine Sorgen; wir versprechen, absolut vertrauensvoll damit umzugehen.«

Mr. Moore schüttelte den Kopf und erwiderte: »Es ist kein Geheimnis. Die Geschichte stand ja in der Zeitung, in allen Zeitungen.«

»Ist das wahr?«

»Ja. Ich war als Controller tätig, ein großer Name für den Chefbuchhalter, als der Geschäftsführer zurücktrat und die Geschäftsleitung einen neuen Mann von außen anbrachte: einen hübschen Jungen, einen jungen Aufsteiger namens Junior Ray mit einem glänzenden Universitätsabschluss. Sehr schnell wurde mir klar, dass Junior Ray genau drei Dinge am Herzen lagen: sein persönliches Vermögen zu maximieren, das Selbstwertgefühl seiner Untergebenen zu minimieren und jeden Versuch einer ehrlichen Bilanz zu verhindern. Die Unternehmensergebnisse, die unter seinem Vorgänger durch und durch mittelmäßig gewesen waren, verschlechterten sich schnell.«

»Eine Schande«, bemerkte ich.

Mr. Moore fuhr fort: »Ich fiel immer mehr aus dem Team heraus, da ich mich weigerte, zweifelhafte Abrechnungsmethoden zu verwenden, um die Probleme der RSA zu vertuschen. Schließlich wurde ich in die Finanzverwaltung abgeschoben, ein Job, bei dem es eher um Investitionsmanagement als um Abrechnung geht. Sobald ich aus dem Weg war, kürzte Junior Ray unsere Rücklagen praktisch auf null und verzichtete darauf, faule Kredite und überflüssigen Lagerbestand abzuschreiben. Danach strich er das Ausgabenbudget für die älteren Geschäfte zusammen und ließ die Qualitätszulieferer zugunsten windiger Lieferanten ohne jeden Ruf fallen, nur weil sie uns einen etwas höheren Gewinn ermöglichten.«

»Verstehe«, warf Loretta ein, »was geschah dann?«

»Im Januar, nachdem Junior genau zwei Jahre dabei war, kam die leitende Wirtschaftsprüferin in mein Büro und verkündete, dass wir unseren Jahresabschluss nicht durchbekämen, wenn wir nicht deutliche Berichtigungen unserer Bilanz und unserer Gewinn- und Verlustrechnung vornähmen, das heißt die gesamten Einkünfte des vorangegangenen Jahres neu darstellten. Ehrlich gesagt, wunderte es mich, dass sie so lange gebraucht hatte, um der Sache auf die Schliche zu kommen. Mir war klar, dass es keinen Sinn hatte, die Sache mit Junior zu besprechen, also bat ich den

Vorsitzenden der Geschäftsleitung in mein Büro und berichtete ihm von unserer Lage.

Im Nachhinein betrachtet, war das vielleicht nicht die intelligenteste Lösung. Junior feuerte mich am nächsten Morgen, aber ehe ich mein Büro räumte, nahm ich den Telefonhörer und rief SEC und IRS, zwei Aufsichtsbehörden für Finanzwesen, an. Fünf Monate später machten die RSA massive Abschreibungen, schlossen fünfundfünfzig Kaufhäuser und entließen zweitausend Angestellte.«

»Meine Güte, was für eine Schande«, bemerkte ich.

»Ja, in der Tat, Wilma. Ich war beschämt. Ich hatte mich selbst nie für einen Feigling gehalten, aber ich hatte nicht den Mut gefunden, Junior zu verpfeifen, ehe eine Frau mich dazu zwang. Das war schon immer mein Fluch: Ich konnte noch nie etwas aufgeben. Ich habe jedes Kräfteringen mit diesem verdammten Betrüger verloren, aber ich weigerte mich aufzugeben. Indem ich zu lange weitermachte, habe ich das Leben von zweitausend Menschen ruiniert, und dieses Kreuz werde ich wohl bis ans Ende meiner Tage mit mir herumtragen.«

»Was ist denn aus diesem Junior Ray geworden?«

»Er wanderte ins Gefängnis. Was weiter mit ihm geschah, weiß ich nicht.«

»Und was wurde aus den RSA? Hat die Gesellschaft überlebt?«

»Ja, Wilma, und inzwischen schreibt sie auch wieder schwarze Zahlen.«

»Aber heißt das nicht, dass du letzten Endes doch gewonnen hast, Vern?«, warf Loretta ein.

»Ich glaube nicht«, erwiderte Mr. Moore. »Zumindest

habe ich nicht rechtzeitig gewonnen. Zu viele gute Leute haben ihren Job eingebüßt, ehe endlich Junior den seinen verlor.«

»Was ist mit dir? Musstest du auch ins Gefängnis?«

»Nein.«

»Warum bist du dann nicht in die Einzelhandels-Finanzbranche zurückgekehrt?«

»Ich habe es versucht, aber niemand, und ich meine wirklich niemand, war auf der Suche nach einem hochqualifizierten Verräter.«

»Aber es gibt doch tausend andere Dinge, die du hättest machen können. Warum hast du dich für einen Job entschieden, den jeder für ausgestorben hält seit der Erfindung des elektrischen Föns?«

»Ich habe mir das lange überlegt. Vielleicht war es die Midlifecrisis, aber ich hatte das Gefühl, ein neues Kapitel in meinem Leben aufschlagen zu müssen. Ich habe mich schon immer für Spiele interessiert, vor allen Dingen für Kartenspiele und Brettspiele, für die man ein gutes Verständnis von Wahrscheinlichkeit benötigt. Ich wollte kein professioneller Spieler werden – das ist ein brotloser Beruf –, aber ich habe mir geschworen, nie wieder für so einen herzlosen, schweinsköpfigen Kriminellen wie Junior Ray zu arbeiten. Ich wollte mein eigener Chef sein, deshalb habe ich die Möglichkeit in Erwägung gezogen, professionell Spiele zu verkaufen.

Am Anfang war es hart, aber jetzt läuft das Geschäft. Ich ziehe selbst Bilanz, ich führe meine eigenen Bücher, jeder Tag ist ein neuer Tag. Ich habe das anfangs nicht gewusst, aber das Verkaufen steckt voller Herausforderungen. Das mag ich. Ungewissheit ist die Würze des Lebens.«

Nun, davon hatte ich noch nie etwas gehört. Ich glaube, Loretta auch nicht. Die Unterhaltung kam vorerst zum Erliegen, zumindest so lange, bis unser unschuldiges potenzielles Mordopfer von Bedienung an unseren Tisch kam, um abzuräumen und uns ein Dessert anzubieten. Mr. Moore wollte nichts, aber Loretta und ich entschieden uns dafür, uns einen Schokoladenkuchen mit Vanilleeis zu teilen.

Während wir warteten, sagte Loretta: »Das war eine sehr traurige Geschichte, Vern. Es tut mir Leid, dass deine Karriere so enden musste.«

»Mir tut es auch Leid, aber es war nur eine Karriere. Ich mag meinen jetzigen Beruf sehr viel lieber.«

Loretta lächelte mich an und sagte: »Aber das müssen harte Zeiten für dich gewesen sein, besonders, weil keine Mrs. Moore da war, um dir beizustehen.«

Mr. Moore lächelte. Ich bin sicher, er wusste, worauf sie hinauswollte. Er antwortete: »Das stimmt, Loretta. Mit einer treuen Frau an meiner Seite wäre es viel einfacher gewesen.«

»Hast du vielleicht deswegen nie geheiratet, weil du immer nach der falschen Frau gesucht hast?«

Mr. Moores Augenbraue hob sich, und er fragte: »Was meinst du damit? Wie könnte ich auf der Suche nach der falschen Frau sein?«

Loretta blinzelte mir zu – ich dachte schon, sie wollte wieder einen Blinzelwettbewerb anfangen – und sagte dann: »Das tun viele Männer, mein Lieber, das tun viele Männer. Darf ich dir eine Frage stellen?«

»Natürlich. Frag mich, was du möchtest.«

»Nun, wir kennen uns noch nicht sehr lange, Vern. Die

Frage, die ich dir stellen möchte, ist nicht einfach zu beantworten.«

»Das ist schon in Ordnung, Loretta. Schieß los, gib dein Schlimmstes.«

»Okay. Was hältst du von rassenübergreifender Ehe?« Sie stellte die Frage so, als wäre sie eine Provokation, was Mr. Moore wohl auch so aufnahm.

Er sah sie an, dann sah er mich an, dann wieder sie. Nach ein paar Sekunden sagte er: »Das ist nicht schwer. Es sollte eine Vorschrift sein.«

Ich weiß nicht, was um uns herum im Restaurant geschah, denn genau in diesem Moment schien es mir, als kehrte eine Stille ein wie in einem Wald bei sanftem, lautlosem Schneefall.

Loretta beugte sich vor, legte den Kopf schief und sagte: »Was hast du gesagt?«

»Es sollte eine Vorschrift sein, Loretta. Verpflichtend. So wie das Physikexamen in der neunten Klasse.«

»Das macht doch keinen Sinn«, warf ich ein. »Warum?«

»Weil es nichts gibt, das so unwichtig ist wie die Hautfarbe eines Menschen, Wilma. Dennoch versucht sich die Menschheit an diesem Thema seit den alten Ägyptern, und wir haben immer noch keine befriedigende Lösung gefunden. So trivial diese Frage auch ist, sie scheint unser Denkvermögen als Spezies zu übersteigen, also werfen wir die Flinte ins Korn und merzen das Problem an der Quelle aus. Nach etwa hundert Jahren verpflichtender rassenübergreifender Ehe hätte wahrscheinlich jeder einen schönen, gleichmäßigen Schimmer in Mokkabraun, nicht wahr?«

Zum ersten Mal in ihrem Leben war Loretta sprachlos.

Mr. Moore fuhr fort: »Das ist auch ein persönliches Anliegen von mir. Wie viele, die meine Hautfarbe haben, bekomme ich schon von einem Blitzlicht einen Sonnenbrand. Als ich noch jünger war, wurde ich von der Sonne so gebraten, dass sogar meine Augenlider auf der Innenseite kross waren. Ich hätte wirklich ein wenig von dem Pigment brauchen können, das du so im Überfluss besitzt.« Er nahm einen großen Schluck Eiswasser.

Loretta blieb still. Ich schwieg. Mr. Moore schwieg. Ich glaube, Loretta hielt es schließlich nicht mehr aus, deshalb sagte sie genau das, was ich dachte: »Weißt du, Vern, du kannst ein Landmädchen nicht veralbern, egal, ob es weiß, schwarz oder neonblau ist. Es gibt auf dieser Welt keinen Handlungsreisenden, der diese Frage so beantwortet hätte, egal, als was er vorher gearbeitet hat. Tatsächlich gab es keinen einzigen Handlungsreisenden mehr, seit Dwight David Eisenhower im Amt war. Und wenn es einen gegeben hat, dann hat er sich nicht wie der europäische Adel angezogen, ein Sechzigtausend-Dollar-Auto gefahren oder wie ein Universitätssoziologe mit dem Nebenfach schwarze Komödie geredet.«

Mr. Moore erwiderte ziemlich sanft: »Denk, was du willst, Loretta, aber es gibt zumindest noch einen Handlungsreisenden.«

Nun, danach hatte niemand mehr recht Lust zu reden, also bezahlte Mr. Moore die Rechnung und fuhr uns nach Hause. Es war eine unfreundliche, kalte Nacht, aber die Luft war klar und der Mond beinahe voll, also drehte er die Heizung auf, öffnete das Sonnendach und legte eine CD ein. Fragen Sie mich nicht, warum, aber mitten in »This Magic

Moment« wurde mir plötzlich klar, dass in Ebb etwas Wichtiges geschehen würde und dass Calvin, Clem und Vernon Moore dabei eine Rolle spielen würden – vielleicht sogar Loretta und meine Wenigkeit –, aber ich hatte keinen Schimmer, was.

Mr. Moore setzte Loretta zu Hause ab und fuhr uns beide weiter zum Come Again. Er ging sofort nach oben ins Bett, aber ich war überhaupt nicht müde, also ging ich in mein Arbeitszimmer und begann damit, diese Geschichte in mein Tagebuch zu schreiben. Wenige Stunden später sah ich, wie Silas II. die Stufen zum zweiten Stock hinaufschwebte, wahrscheinlich um meinen neuen Mieter zu begutachten. Ich wünschte ihm alles Gute.

KAPITEL 7

Der erste Besuch

Am nächsten Morgen kam Buford Pickett um kurz nach neun Uhr in Calvins Büro. Er trug einen pastellgelben Pullover, ein leuchtend rotes Polohemd, eine bunt karierte Freizeithose, weiße Socken und Schuhe mit Quasten. Kein Scherz. Lily erzählte, sie sei bei seinem Anblick beinahe vom Stuhl gefallen, aber ich schätze, sie konnte ihre Belustigung zurückhalten, bis sie ihn in Calvins Büro manövriert hatte. Als sie sich dann entschuldigte, ließ sie die Tür offen. Jede gute Sekretärin lässt die Tür offen, wenn sie keine anderen Weisungen bekommt, für den Fall, dass ihr Chef gerettet werden muss. Das heißt natürlich auch, dass jede gute Sekretärin heimlich lauschen muss. So steht es im Jobprofil – und im Kleingedruckten des Nähclubs.

In der Mitte von Calvins Büro stand ein antiker Mahagonitisch. Er war immer mit Papieren, Katalogen und Broschüren bedeckt. Dahinter lehnten deckenhohe Regale an der Wand, die mit Büchern, Berichten und Souvenirs von Orten wie Las Vegas, Los Angeles und New York voll gestopft waren. Calvin hatte einige schöne indianische Zeichnungen von einem amerikanischen Künstler namens Frank Howell an den Wänden hängen, und unter den beiden Stühlen vor dem Mahagonitisch lag ein echter Navajo-Teppich.

Der eine Stuhl war aus hartem Holz, Sitzfläche und Lehne waren geflochten. Der andere war mit dunkelgrünem Stoff überzogen und gepolstert wie ein Sessel. Calvin machte es Spaß zu sehen, welchen Stuhl seine Besucher wählten. Nachdem die beiden Männer Hände geschüttelt hatten, entschied sich Buford für den weichen Stuhl und setzte sich. Laut Calvin entscheiden sich die meisten Leute aus der Stadt so.

»Das ist eine unerwartete Freude. Wie kann ich Ihnen heute behilflich sein?«, begann Calvin das Gespräch.

»Ich habe den Termin gestern Morgen mit Lily ausgemacht …«

»Ich weiß, Buford. Das ist eine Redewendung. Wie kann ich Ihnen helfen?«

»Ich würde gerne kurz mit Ihnen Ihre derzeitige Kontolage besprechen.«

»Liegt es an mir, oder sind Sie heute in Eile, Buford? Was ist aus dem Vorsatz geworden, immer eine Beziehung zu seinen wertvollen Kunden aufzubauen? Möchten Sie nicht zuerst übers Wetter reden oder über Sport?«

»Nein, heute nicht.«

»Nun, das ist deutlich. Bravo. Heute ist ›Kein-Scheiß‹-Tag in meinem Büro, und Sie haben schon einen Punkt gemacht. Was bedrückt Sie?«

»Ihr Kredit.«

»Schön. Und was möchten Sie wissen?«

»Sie schulden uns einhundertachtzigtausend Dollar für

Ihren Lagerkredit, und Sie sind mit Ihren Zahlungen fünfundachtzig Tage im Rückstand, Gesamtschulden einschließlich Zinsen.«

»Sie kommen mehr als eine Woche vor Monatsende hierher, um mir zu erzählen, dass meine Rückzahlung fünfundachtzig Tage überfällig ist?«

»Nun, ja, so ist es.«

»Buford, wie lange sind Sie jetzt Kreditbetreuer bei der Bank?«

»Seit 1975, kurz nach der Wiedereröffnung der Bank.«

»Das ist eine lange Zeit, auch für hiesige Verhältnisse. Sie sind ein Mann der Zahlen, nicht wahr? Ist das nicht Ihr Spezialgebiet?«

»Der Geldverleih ist ein verbreitetes Geschäft, wie Sie wissen.«

»Ja, richtig, Buford, und das Booth-Highschool-Auditorium wird Austragungsort der nächsten Hip-Hop-Music-Awards. Sagen Sie mir eines: Wie viele Tage – auf die letzten zehn Jahre gerechnet – waren die Schuldner mit ihren ausstehenden Zahlungen im Schnitt im Rückstand?«

»Ich habe diese Ziffer gerade nicht im Kopf.«

»Ich brauche die Angabe nicht auf die Kommastelle genau, nennen Sie mir die Antwort einfach in ganzen Zahlen, und erzählen Sie mir keine Märchen.«

Buford antwortete nicht. Calvin fuhr fort: »Sind Sie sicher, dass Sie keinen Kaffee möchten?«

»Nein, danke. Ich habe gerade ein paar Summen ausgerechnet.«

»Gut. Nehmen Sie sich Zeit.«

Nachdem er sich ein paar Mal geräuspert hatte, antwortete Buford: »Im Schnitt liegen die Rückzahlungen bei Geschäftskrediten etwa zweiundfünfzig Tage im Rückstand.«

»Lassen Sie uns noch die saisonbedingte Abweichung mit einberechnen. Wenn zweiundfünfzig Tage der Durchschnitt sind, wo liegt dieser Wert dann um diese Jahreszeit?«, fragte Calvin.

Buford räusperte sich wieder und antwortete: »Eher bei sechzig Tagen, vielleicht etwas mehr.«

»Schön. Okay, dann bin ich also nur dreieinhalb Wochen schlechter als der Durchschnitt.«

»Bis vor zwei Jahren haben Sie immer pünktlich gezahlt.«

»Das stimmt, aber das Geld fließt seitdem etwas langsamer. Ich hab noch eine andere Frage: Wie viel Zinsen habe ich Ihrer Bank in den letzten zehn Jahren gezahlt?«

Buford rechnete schnell nach und antwortete: »Knapp eins Komma zwei Millionen Dollar.«

»Wie viel von dem Betrag, den Sie Millet's oder mir persönlich geliehen haben, wurde in dieser Zeit abgeschrieben?«

»Gar nichts.«

»Rückblickend bin ich also ein kleines Risiko, nicht wahr?«

»Ja, rückblickend betrachtet.«

»Was ist dann Ihr Problem?«

»Das Problem dabei, Mr. Millet, ist, dass die Vergangenheit vorbei ist.«

»Ich verstehe nicht.«

»Nun, Sie haben das viertgrößte Kreditvolumen bei unserer Bank, aber jeder kennt Ihre Probleme in der letzten Zeit, und man kann sie auch an Ihrem Konto ablesen. Laut unserer Zahlen ist der Wert Ihres persönlichen Vermögens und Ihrer Anlagekonten in den letzten vierundzwanzig Monaten um mehr als dreihunderttausend Dollar gefallen. Sie haben weniger als dreißigtausend übrig, ausschließlich der Versicherungssumme auf Ihr Haus.«

»Da habe ich schlechte Nachrichten für Sie, Buford. Es gibt keine Versicherungssumme auf mein Haus.«

Buford richtete sich auf. »Hatten Sie denn Ihr Haus nicht gegen Tornadoschäden versichert, Mr. Millet? Jeder hat das. Ich auch. Ich dachte, Sie wären versichert.«

»Nein. Ich habe die Versicherung nach der Scheidung gekündigt. Sie war teuer, und ich brauchte das Geld für Unterhaltszahlungen und Arztrechnungen. Ich habe mich dennoch an die Versicherungsgesellschaft gewandt. Ich dachte, sie würden mir vielleicht entgegenkommen, weil mein Haus nicht von diesem verdammten Tornado getroffen, sondern von einem fliegenden Silo platt gemacht wurde. Wie sich herausstellte, war ich auch gegen mörderische Silos nicht versichert, deswegen zahlen sie mir keinen Cent.«

»Das ist wirklich Pech, Mr. Millet. Großes Pech. Wie können Sie Ihre Schulden in Ihrer gegenwärtigen Lage denn nun begleichen?«

»Nun, Buford, ich habe keine Ahnung. Wer sollte die Antwort auf diese Frage besser kennen als Sie?«

»Aber haben Sie denn keine anderen Vermögenswerte? Aktien, Wertpapiere, Immobilien? Irgendetwas, das Sie zu Geld machen könnten?«

»Das ist alles längst aufgebraucht. Die vergeblichen Versuche, meine unheilbar kranke Tochter zu heilen, sind in letzter Zeit ziemlich teuer geworden.«

Buford rutschte ein wenig auf seinem Stuhl herum, bevor er sagte: »Ich bedaure das mit Ihrer kleinen Tochter, Mr. Millet, wirklich. Es tut mir aufrichtig Leid. Aber wenn Sie nicht sofort einen Teil Ihrer Schulden bezahlen, dann müssen wir Sie dazu zwingen.«

»Was würde das genau bedeuten?«

»Das bedeutet, dass wir unseren Forderungen gerichtlich Nachdruck verleihen müssten.«

»Mit anderen Worten: Sie werden mich zwingen, das Kaufhaus zu verkaufen.«

»Oder Ihre Schulden auf andere Weise abzuzahlen. Ich habe leider keine andere Wahl.«

»Jetzt hören Sie mir mal zu, Buford Pickett ...«

»Wie ich schon sagte, ich habe keine andere Wahl.«

Calvin dachte einen Moment nach und erwiderte dann ruhig: »Sie wissen, dass die Bauern um diese Jahreszeit ihre Kreditkarten voll ausreizen. Sie brauchen Zeit, um ihre Rechnungen zu bezahlen, und das bedeutet für mich, dass ich kein Bargeld bekomme. Verdammt, ich brauche weitere zehntausend Dollar von Ihnen, um am Ende dieses Monats die Löhne auszuzahlen.«

»So etwas wird nicht geschehen, Mr. ...«

»So etwas passiert jedes verdammte Jahr, Buford! Schauen Sie in Ihren Büchern nach. Ich hole im Herbst immer auf, nach der Ernte. Im Januar schwimme ich in Geld.«

»Ich weiß, was jedes Jahr passiert, Mr. Millet, aber Sie waren nicht jedes Jahr fünfundachtzig Tage im Rückstand. In Wahrheit waren Sie das noch nie.«

»Und was passiert, wenn Millet's untergeht? Ist das dann gut für die Bank?«

Buford beugte sich vor, und seine Augen wurden zu Schlitzen. »Liegt das denn im Bereich des Möglichen? Ist es das, was Sie mir sagen wollen?«, fragte er.

Calvin holte tief Luft und wandte die Augen ab. Ohne den Blick wieder zu heben, antwortete er: »Nein. Dem Kaufhaus geht es gut. Meine Zahlungsschwierigkeiten sind saisonal bedingt; meine persönlichen Probleme werden in ein paar Monaten gelöst sein, vielleicht sogar Wochen.«

»Ich freue mich, das zu hören, Mr. Millet, wirklich. Wann also kann ich mit einer signifikanten Rückzahlung Ihres Kredits rechnen? Ich habe morgen früh eine Portfolio-Durchsprache mit dem Kreditausschuss. Ich muss denen etwas Positives erzählen. Das war der Grund dieses Besuchs.«

»Ich kann Ihnen keinen Penny zahlen, Buford. Ich brauche mehr Geld von Ihnen. Zehntausend Dollar. Sagen Sie denen das. Es ist die Wahrheit.«

»Der Kreditausschuss wird sich weigern. Und wenn Sie Ihre ausstehenden Schulden nicht bis Ende des Monats reduziert haben, dann müssen Sie damit rechnen, dass die Bank ihre Interessen vor Gericht vertritt.«

»Nun, dann sehen wir uns wohl dort wieder.«

»Mit Sicherheit, Mr. Millet. Es tut mir Leid, aber das steht fest.«

Calvin schüttelte den Kopf und sagte: »Hat Clem Tucker Sie geschickt?«

»Mr. Tucker mischt sich nicht in die täglichen Geschäfte der Bank ein.«

»Das dachte ich auch, aber er kam gestern Vormittag hier vorbei. Er sagte, es sei ein privater Besuch, aber er verbrachte mehr Zeit damit, mich nach dem Kaufhaus zu fragen als nach seiner Enkelin. Halten Sie das für einen Zufall?«

»Ich weiß es nicht. Mr. Tucker und ich sind nicht eng befreundet.«

»Oh, bleiben Sie da bloß dran. Wissen Sie, Clem Tucker ist nicht der angenehmste Mensch in dieser Gegend.« Calvin wartete auf eine Reaktion, aber es kam keine. »War es das, Buford?«

»Ja, Mr. Millet. Ich denke, für diesmal war es das.«

Calvin stand von seinem Schreibtisch auf und öffnete die Tür seines Büros. »Lily zeigt Ihnen den Weg hinaus.«

Calvin hatte keine Lust, Hände zu schütteln, aber er tat es trotzdem, schließlich war er ein höflicher Mensch. »Und sagen Sie Lily, dass ich sie nachher sprechen möchte.«

Ein paar Minuten später kam Lily mit einem Notizblock in Calvins Büro und setzte sich auf den Holzstuhl.

»Habe ich heute noch irgendwelche anderen Termine, bevor dieser geheimnisvolle Mr. Moore auftaucht?«, fragte Calvin.

»Nein, Mr. Millet«, antwortete Lily. »Es ist nicht viel los unten.«

»Es ist Dienstagvormittag. Warum sollte viel los sein? Ich denke, ich laufe ein wenig die Gänge auf und ab und versuche, jemandem etwas Teures zu verkaufen. Wenn ich Ihren Mr. Moore vergesse, würden Sie mich dann bitte anpiepsen?«

»Ja, Mr. Millet.«

»Ach, und noch etwas, Lily.«

Calvin griff in seine Schublade, holte ein Scheckbuch heraus und schrieb etwas darauf. Lily wartete schweigend.

Als er fertig war, sagte Calvin: »Wenn Mr. Moore gekommen ist, angenommen, er kommt wirklich, möchte ich, dass Sie mit diesem Scheck zur Bank gehen und ihn in Bargeld eintauschen.«

Sie sah auf den Scheck und bemerkte: »Wir haben keine zehntausend Dollar auf dem Scheckkonto, Mr. Millet.«

»Das weiß ich, Lily. Gehen Sie und lösen Sie ihn trotzdem ein. Wenn Sie Schwierigkeiten haben, geben Sie mir Bescheid.«

»Ja, Mr. Millet, ich sage Ihnen Bescheid, sobald ich zurück bin.«

Auf dem Weg aus dem Büro hielt Calvin einen Moment inne und klopfte Lily kurz auf die Schulter. Lily hielt den Blick auf ihren Notizblock geheftet; sie wusste, dass sie sonst in Tränen ausbrechen würde.

Später aß Lily mit ihrer besten Freundin Lulu Tiller zu Mittag. Vielleicht erinnern Sie sich noch an Lulu, sie ist die Tierärztin der Stadt – die, die mit den Tieren reden kann. Danach besuchte Lulu Loretta im Bold Cut, und dann rief mich Loretta an, sodass meine Information ganz frisch war, als Mr. Moore bei Sonnenuntergang ins Come Again zurückkehrte. Aber ich greife der Geschichte vor.

Um fünf nach halb elf vormittags trat Vernon Moore durch die »Willkommen-Kauf«-Tür von Millet's Kaufhaus und ging auf direktem Weg nach oben. Er trug einen schwarzen, zweireihigen Blazer mit goldenen Knöpfen, ein weißes Hemd mit goldenen Manschettenknöpfen, eine neonblaue Krawatte und eine hellgraue Hose. Unter dem Arm hatte er eine kleine, teuer aussehende Aktenmappe aus Leder.

Lily brachte ihm ein Eiswasser und ließ ihn im Büro Platz nehmen, dann piepste sie Calvin an, der wenige Minuten später heraufkam.

Als er das Büro betrat, sah er, dass sein Besucher den Holzstuhl näher an den Schreibtisch herangerückt hatte. Er streckte seine Hand aus und sagte: »Ich bin Calvin Millet. Ihr Name kommt mir bekannt vor, Mr. Moore, aber ich kann ihn nicht einordnen. Sind wir uns schon einmal begegnet?«

Die beiden Männer schüttelten die Hände. Mr. Moore erwiderte: »Nein, ich glaube nicht. Ich würde mich sicher an Sie erinnern.«

Calvin betrachtete noch ein paar Sekunden das Gesicht seines Besuchers, dann dessen Kleidung. »Sie kleiden sich wie ein Banker, Mr. Moore, aber auf Ihrer Visitenkarte steht, dass Sie ein Handlungsreisender sind. Wie kann ich Ihnen weiterhelfen?«

»Danke für das Kompliment, Mr. Millet, aber ich bin nur ein reisender Vertreter. Ich verkaufe Glücksspiele.«

Die beiden Männer setzten sich, und Calvin sagte: »Mr. Moore, gestern habe ich diesen Tag, Dienstag, zum offiziellen ›Kein-Scheiß‹-Tag in meinem Büro erklärt, und bisher hat es funktioniert. Mein Bankbetreuer war heute Morgen ganz aufrichtig zu mir, und ich kann mich nicht erinnern, wann das das letzte Mal der Fall war. Deshalb lassen Sie mich aufrichtig zu Ihnen sein: Ich habe keinen Handlungsreisenden mehr gesehen, seit ich ein Kind war und mein Großvater diesen Laden geführt hat. Das war vor dreißig Jahren.«

»Da haben Sie sicher Recht, aber ich betreibe ein sehr profitables Geschäft.«

»Wirklich? Auch in Städten wie Ebb?«

»Ich bin unabhängig, Mr. Millet. Ich gehe dorthin, wohin mich mein Radarsystem schickt.«

»Tja, ich bin nicht sicher, ob Ihr Radargerät richtig funktioniert hat, als Sie sich entschieden haben, nach Ebb zu kommen. Ich bin in letzter Zeit nicht besonders in Kauflaune.«

»Ich verstehe. Die Zeiten sind nicht die besten, aber es wird Sie nicht viel Zeit kosten, sich meinen Vorschlag anzuhören.«

»Lassen Sie mich ehrlich sein: Ich bin kein geeignetes Gegenüber. Ich bin momentan nicht im Mindesten an Spielen interessiert, egal, um welche es sich handelt.«

»Darf ich fragen, warum? Ich habe mir Ihr Kaufhaus angesehen; es wirkt sehr gut geführt.«

Calvin verdrehte die Augen und antwortete: »Frühling ist der falsche Zeitpunkt, um bei einem Kaufhaus auf dem Land vorzusprechen. Ich dachte, das wüssten Sie. Den Bauern geht um diese Zeit das Geld aus, deswegen kaufen sie nur das Nötigste. An Ihrer Stelle würde ich es im Herbst noch einmal versuchen. Dann sind alle wieder mehr in Kauflaune.«

»Ich weiß, dass Ihr Geschäft saisonabhängig ist, Mr. Millet. Dennoch, sollten Sie an irgendwelchen meiner Spiele interessiert sein, kann ich Ihnen sehr großzügige Konditionen anbieten. Wenn sie sich gut verkaufen, dann werden Sie feststellen, dass sich Ihre finanzielle Lage dadurch eher entspannt als verschärft. Wenn sie sich nicht gut verkaufen, dann können Sie mir alles zurückbringen, ohne auch nur einen Cent zu zahlen. Was haben Sie zu verlieren?«

Calvin lachte und erwiderte: »Na, schön. Ich gebe auf.

Welche Art von Spielen verkaufen Sie? Darf ich Sie Vernon nennen? Und bitte nennen Sie mich doch Calvin. Ich bin kein großer Anhänger von Formalitäten.«

»Ich auch nicht, Calvin. Danke. Wie ich schon sagte: Ich verkaufe Glücksspiele: Karten, Würfel, traditionelle Brettspiele. Ich beziehe sie aus der ganzen Welt ...«

Calvin rutschte auf seinem Stuhl nach vorne und stützte die Ellbogen auf den Tisch. »Verkaufen Sie auch Videospiele? Sie wissen schon, das ist es, was die Kinder heutzutage wollen, und ihre Väter auch.«

»Nein, ich verkaufe keine Videospiele. Ich mag sie nicht besonders.«

Calvin rutschte wieder zurück. »Das ist verdammt altmodisch von Ihnen, Vernon. Warum nicht?«

»Weil diese Spiele unseren Kindern nicht ein Jota über das richtige Leben beibringen. Stattdessen führen sie sie in eine phantastische Welt, die viel zu gewaltsam und gleichzeitig zu sinnlich ist. Ich bin der Meinung, dass der wiederholte Gebrauch von Videospielen unsere Kinder darauf programmiert, künstliche Stimulation vorzuziehen. Diese Spiele verwischen bei den Schwächeren die Grenze zwischen Phantasie und dem richtigen Leben. Lehrer und Bücher können möglicherweise nicht mehr mithalten. Die Unfähigkeit, zuzuhören und sich zu konzentrieren, ist eine Krankheit bei unseren Kindern heutzutage, und ich glaube, das hängt ursächlich mit den Videospielen zusammen.«

»Sie finden also, wir sollten sie aus unseren Läden verbannen?«

»O nein. Ich denke, wir sollten unseren Kindern mehr lehrreiche Alternativen anbieten.«

Calvin riss die Augen auf. »Wie Karten und Würfel? Sie sind der Meinung, wir sollten unseren Kindern das Zocken beibringen?«

Mr. Moore schmunzelte. »Es gibt sehr viele Karten- und Würfelspiele, die nichts mit dem Glücksspiel im klassischen Sinne zu tun haben, und sie lehren unsere Kinder wertvolle Dinge über die Natur der Wahrscheinlichkeit.«

Calvin wippte ein paar Mal auf seinem Stuhl vor und zurück, dann sagte er: »Ich stimme Ihnen zu, was die Videospiele angeht, Vernon, aber es hat keinen Sinn, etwas verkaufen zu wollen, was meine Käufer nicht interessiert. Einzelhandel ist heutzutage keine Nische mehr. Ich muss Umsatz machen, um profitabel zu bleiben.«

»Selbstverständlich. Sagen Sie, wie sieht es mit Ihrem momentanen Umsatz aus, Calvin?«

»Schleppend. Wie ich schon sagte, um diese Jahreszeit ist nicht viel los.«

»Ich verstehe. Wenn ich fragen darf, verkaufen Sie hier im Kaufhaus viele internationale Waren?«

»Nein.«

»Darf ich fragen, warum das so ist?«

»Die Leute vom Land kaufen lieber amerikanische Produkte, zumindest wenn sie es sich aussuchen können.«

»Wie ist es mit Geschenkartikeln?«

»Da ist es anders, aber auch dafür ist es jetzt die falsche Jahreszeit.«

»Spielen nicht viele ältere Leute in dieser Gegend immer noch gerne Karten?«

Das Letzte, was Calvin wollte, war, seinem Besucher irgendeine positive Antwort zu geben. Widerstrebend sagte er:

»Wahrscheinlich haben Sie Recht, was die Babyboom-Generation betrifft. Die jüngeren Leute und die Kinder allerdings nicht. Sie schauen lieber fern oder machen Videospiele.«

»Welche Kartenspiele sind denn bei Ihren älteren Kunden beliebt?«

»Im Corn Palace wird viel Binokel gespielt, aber die Leute hier spielen auch gerne Poker oder Pitch. Früher habe ich selbst gepokert. Jetzt nicht mehr. Mir fehlt die Zeit dazu.«

Calvin sah auf seine Uhr. Mr. Moore sagte: »Ich verstehe. Aber im Hinblick auf Ihre älteren Kunden, würden Sie vielleicht gerne einige wirklich ungewöhnliche Kartenblätter und Accessoires von anderen Kontinenten sehen? Es wird nur eine Minute dauern, und ich verspreche Ihnen, es wird Ihnen gefallen.«

»Das würde ich gerne, Vernon, aber ich kann nicht erkennen, wie Ihre Spiele mein Geschäft beleben sollen.«

»Sie sagten doch, Ihre Umsätze wären niedrig. Ich nehme an, Sie haben zurzeit auch wenig Laufkundschaft, nicht wahr?«

»Ja, wie ich schon erwähnte, es liegt an der Jahreszeit.«

»Und wie lange haben Sie schon diese Schilder in den Schaufenstern?«

»Ungefähr einen Monat.«

»Was haben Sie vor, um mehr Kundschaft anzusprechen?«

Calvin antwortete nicht. Mr. Moore fuhr fort: »Nun, wie wäre es mit einer neuen, internationalen Produktserie, die Ihren Kunden Spaß machen wird, sie aber kein Vermögen kostet?«

Calvin versuchte, die Wirkung einer negativen Antwort

abzuschätzen, und entschied, dass ihm die Kraft dazu fehlte. Also antwortete er: »Na schön. Ich schaue sie mir an. Warum auch nicht?«

Mr. Moore öffnete seine Aktenmappe, holte einen Katalog heraus, stand auf und reichte ihn Calvin. Der blätterte darin und war tatsächlich erstaunt über das, was er sah: dutzende von Kartenspielen aus Italien, Russland und Thailand, fein gearbeitete Cribbage-Bretter aus exotischen Hölzern, Backgammon-Sets aus Mahagoni, weißer Esche und Bambus, Poker-Chips in handgeschnitzten Kästchen und elegante, handgeschnitzte Würfel aus seltenen Hölzern und Steinen.

»Das sind sehr ungewöhnliche Artikel. Woher beziehen Sie sie?«

»Auf die altmodische Art und Weise, Calvin: Ich reise ins Herstellungsland. Wenn ich etwas Kreatives finde, das gut gemacht und nicht überteuert ist, stelle ich einen persönlichen Kontakt zum Künstler her. Alle meine Produkte sind exklusiv. Sie werden kein Stück aus diesem Katalog im Internet finden und Ihre Kundschaft auch nicht.«

»Verstehe. Sie scheinen einen kritischen Blick zu haben, Vernon, das muss man schon sagen. Und Ihre Preise sind vernünftig. Vor einigen Monaten wäre ich wahrscheinlich ein guter Abnehmer gewesen. Jetzt allerdings muss ich wohl leider passen. Vielleicht ein andermal.«

Mr. Moore setzte sich wieder. »Ich kann Sie gut verstehen, Calvin. In meinem Beruf ist gutes Timing alles. Wenn ich fragen darf: Was hat sich in den letzten sechzig Tagen geändert?«

Erneut ging Calvin im Geiste die Liste höflicher, politisch korrekter Erwiderungen durch, aber er brachte es einfach nicht über sich, also sagte er: »Heute ist ›Kein-Scheiß‹-Tag, deswegen biete ich Ihnen Folgendes an: Ich sage Ihnen die Wahrheit, wenn Sie es auch tun. Es bleibt unter uns und dauert nur zehn Minuten. Ich möchte nicht, dass einem von uns noch schwindlig wird von all der unverfälschten Ehrlichkeit.«

»Das ist ein Angebot.«

»Gut. Sie zuerst. Wer sind Sie wirklich? Und wenn Sie jetzt wieder mit dieser ›Ich verkaufe Glücksspiele‹-Platte anfangen, dann enden Ihre fünf Minuten sofort, und unsere Unterredung ist beendet. Ich möchte wissen, was Vernon Moore wirklich antreibt.«

»In Ordnung, Calvin. Um die Wahrheit zu sagen, ich war früher Finanzvorstand. Einzelhandelsverband RSA, Retail Stores of America. Sagt Ihnen der Name etwas?«

»Natürlich, ich bin auch in diesem Geschäft. Habe ich nicht irgendwo gelesen, dass sich die Gesellschaft vor einiger Zeit in Schwierigkeiten gebracht hat?«

»Richtig. Ich war für die Finanzen verantwortlich, kurz bevor die Gesellschaft wegen Bankrottverschleierung angezeigt wurde. Im weiteren Verlauf wurde ich auch in die Prozesse hineingezogen, die von der Aufsichtsbehörde und jedem dahergelaufenen Anwalt der Gegend geführt wurden.«

»Damit war Ihre Karriere zu Ende?«

»Ja.«

»Was für eine furchtbare Geschichte, Vernon.«

»In der Tat, Calvin, es reichte, um mein Leben zu verändern.«

»Ich verstehe. Aber warum diese Branche?«

»Das ist eine sehr gute Frage. Ich liebe die Unberechenbarkeit des Lebens auf der Straße. Ich genieße es, mein eigener Herr zu sein, ohne jede Störung. Wenn ich eines mit den Jahren gelernt habe, dann das: Ungewissheit, in vernünftigen Maßen, ist die wahre Würze des Lebens.«

Calvin kaute ungefähr eine Minute an dem, was er gerade gehört hatte. Mr. Moore wartete geduldig. Schließlich meinte Calvin: »So habe ich die Sache noch nie betrachtet, Vernon, aber jetzt, wo ich darüber nachdenke, bin ich absolut sicher, dass Sie damit völlig falsch liegen – hinsichtlich der Ungewissheit, meine ich. Da würde ich ja Pest und Cholera vorziehen.«

»Tatsächlich? Warum?«

Calvin wusste, dass er jetzt an der Reihe war, aber er hatte keine Lust, von der Rolle des Fragenstellers in die des Befragten zu wechseln. Er erwiderte daher: »Hätten Sie gerne noch ein Glas Wasser oder eine Tasse Kaffee? Ich nehme einen.«

»Geht das von unseren zehn Minuten Wahrheit ab?«

»Heute nicht, Sie kommen also sicher auf Ihre Kosten. Aber holen wir uns erst einen Kaffee. Wir können hinunter in die Halle zum Kaffeeautomaten gehen.«

Als sie wieder in Calvins Büro saßen, sagte Mr. Moore: »Sie wollten mir von Ihrem Kaufhaus erzählen.«

»Das Geschäft läuft so, wie es jedes Jahr um diese Zeit läuft. Wenig Kunden, der Umsatz ist im Keller, und ich bin knapp bei Kasse. So ist das eben in dieser Branche.«

»Irgendwie habe ich aber das Gefühl, dass dieses Jahr etwas anders läuft als sonst.«

»Sie waren mal bei der RSA«, sagte Calvin, »also wissen Sie ja, dass unser Geschäft saisonabhängig ist.«

»Ja. Und dennoch habe ich das Gefühl, dass hier mehr dahintersteckt und Sie in diesem Jahr unter ungewöhnlichem Stress stehen. Wenn ich zu neugierig bin, ziehe ich diese Frage zurück, aber ich habe das Gefühl, Sie möchten darüber reden.«

»Ich glaube, Ihre Intuition lässt Sie schon wieder im Stich. Millet's geht es gut. Seine finanzielle Situation ist für diese Jahreszeit nicht ungewöhnlich. Das ist alles.«

Mr. Moore lehnte sich zurück, schloss die Augen und dachte über das soeben Gehörte nach. Dann fragte er: »Was ist mit Ihrer Tochter Lucy?«

Calvin schoss nach vorne. »Meine Tochter Lucy? Wer hat Ihnen von ihr erzählt? Egal. Es war Wilma Porter, nicht wahr?«

»Ja.«

»Was zur Hölle hat sie Ihnen gesagt? Was auch immer es war, es ist das, was alle Leute hier in der Stadt denken.«

»Sie sagte, Lucy sei sehr, sehr krank, und sie sei das Licht in Ihrem Leben.«

Calvin biss sich auf die Lippe und erwiderte: »Haben Sie jemals einen geliebten Menschen verloren?«

»Natürlich. Meine Eltern leben schon lange nicht mehr.«

»Eltern sterben erwartungsgemäß zuerst. Das ist eine Regel. Was wäre, wenn Sie eine Tochter hätten, die vor Ihnen stirbt? Was wäre, wenn Sie zusehen müssten, wie sie direkt vor Ihren Augen dahingerafft wird?«

Mr. Moore dachte darüber nach, erwiderte aber nichts.

»Nun, raus damit. Wie würden Sie sich fühlen?«

»Ich bin sicher, ich wäre am Boden zerstört. Ich kann mir eine solche Verzweiflung nicht vorstellen.«

Calvin biss sich wieder auf die Lippe. »Sie haben es genau getroffen. Lucys Arzt rief mich gestern Morgen aus der Mayo-Klinik an, um mir mitzuteilen, dass er nicht mehr weiter wisse. Alles aus. Der Tank ist leer, der Brunnen ist trocken, wir haben keine Munition mehr. Doktor Wiley hat diese Diagnose gestern Abend bestätigt. Wissen Sie, was das heißt? Das bedeutet, dass die Mayo-Klinik Lucy aufgegeben hat, diese Scheiß-Mayo-Klinik, und sie war unsere letzte Hoffnung.«

Für eine Weile schwiegen beide, dann sagte Calvin: »Ich kann Ihre Schwierigkeiten von damals nachvollziehen, aber ich sehe, dass Sie darüber hinweg sind. Mir fehlt ein solches Selbstbewusstsein, wenn es um meine Tochter geht. Um Himmels willen, sie ist gerade mal elf Jahre alt und leidet im Endstadium an einer Krankheit, die noch nicht mal einen Namen hat!«

Calvin stand auf und ging hinter seinem Schreibtisch auf und ab. »Es gibt verdammt noch mal keine Entschuldigung. Sie ist erst elf, um Gottes willen! Nein, ich nehme das zurück. Seit gestern Morgen um Viertel vor neun bin ich ein überzeugter, verdammter Atheist. Kein Gott würde so etwas je zulassen.«

»Wie viel Zeit bleibt ihr noch?«, fragte Mr. Moore.

»Zwei Tage, zwei Wochen, zwei Monate. Niemand weiß, was geschieht, wenn die neuesten Wunderdrogen abgesetzt werden. Eigentlich haben sie nichts bewirkt, außer dass sie beinahe ihre Nieren zum Kollabieren gebracht haben. Deswegen hat Doktor Wiley die Dosis gestern herabgesetzt. Niemand weiß, wie lange sie noch leben wird.«

»Haben Sie es ihr gesagt?«

»Ja, klar. Würden Sie das etwa fertig bringen?«

»Ich bin sicher, das wäre sehr hart.«

»Tja, ich hatte gestern die Möglichkeit, und ich habe daran gedacht, ihr die Wahrheit zu sagen – ungefähr eine Millisekunde lang. Wissen Sie, was ich ihr stattdessen erzählt habe?«

»Was?«

»Ich habe ihr gesagt, es sei gesetzlich verboten, dass kleine Mädchen vor ihren Vätern sterben. Das ist alles, was ich rausgebracht habe.«

Mr. Moore beugte sich vor und sagte: »Das war einfallsreich, Calvin. Sehr einfallsreich. Aber sagen Sie, sind Sie denn absolut sicher, dass Lucys Leben vorbei ist?«

»Davon können Sie ausgehen, zum Teufel noch mal.«

»Was ist mit einem Leben nach dem Tod?«

»Ein Leben nach dem Tod? Sagten Sie ein Leben nach dem Tod, Vernon? Was für ein blödsinniger Witz! Kein Gott würde es je zulassen, dass meine Tochter mit elf Jahren dahingerafft wird! Wenn es keinen Gott gibt, dann gibt es auch keinen Himmel. Schluss, aus, Ende.«

Calvin stand hinter seinem Schreibtisch und fing leise an zu weinen. Mr. Moore stammte aus einer Nicht-in-den-Arm-nehmen-Generation, deshalb versuchte er, die Unterhaltung auf eine abstraktere Ebene zu steuern. »Es ist verwirrend, Calvin. Nur ein gütiger Gott würde ein solches Paradies auf der Erde erschaffen, aber kein gütiger Gott würde je so viel Schmerz und Leid zulassen. Dieses eine kleine Paradoxon, das Paradoxon des gütigen Gottes, hat Millionen von spät berufenen Atheisten und Agnostikern hervorgebracht, genau wie Sie.«

Mr. Moores Kommentar schien zu helfen. Calvins Verzweiflung schlug in Wut um. »Die gottverdammten Atheisten haben Recht. Es gibt weder einen gütigen noch irgendeinen anderen Gott! Das Leben ist ein Unfall, und ein verdammt grausamer dazu!«

»Ich verstehe, warum Sie so empfinden, Calvin, wirklich. Aber was ist, wenn Sie Unrecht haben?«

»Habe ich nicht. Ich kann nicht verstehen, wie irgendein vernünftiger Mensch anders darüber denken kann.«

»Tatsächlich bin ich anderer Meinung«, gab Mr. Moore sanft zurück.

Calvin unterbrach sein Umherwandern und sah Mr. Moore direkt an. »Nun, das ist eine Enthüllung. Sie kommen mir nicht wie ein religiöser Mensch vor.«

»Bin ich auch nicht, zumindest nicht im herkömmlichen Sinne.«

»Noch eine Überraschung. Was zur Hölle sind Sie dann? Buddhist? Taoist? Zoroastrist?«

»Nein, Calvin, und auch keine andere Religion mit Kollektenteller und Website. Wenn es um Gott geht, behalte ich mir normalerweise eine eigene Meinung vor.« Mr. Moore machte eine kurze Pause und fuhr dann fort: »Aber ich glaube, ich kann Ihnen ein Angebot machen.«

»Ein Angebot? Von einem Kaufmann? Ich bin schockiert!«

»Was würden Sie sagen, wenn ich Ihnen beweisen könnte, dass es einen gütigen Gott gibt?«

»Entschuldigen Sie, Vernon, aber warum sollte ich auch nur einen einzigen, kleinen, mikroskopischen Furz darauf geben, ob Sie das können oder nicht?«

»Ganz einfach. Wenn es einen gütigen Gott gibt, dann gibt es auch ein Leben nach dem Tod. Wenn es ein Leben nach dem Tod gibt, dann kann Ihre Lucy hoffen. Sagen Sie mir, warum haben Sie Lucy gestern angelogen?«

Calvin antwortete nicht. Mr. Moore tat es an seiner statt. »Weil Sie ihr Hoffnung geben wollten. Hat sie es Ihnen geglaubt?«

Wieder keine Antwort.

»Natürlich nicht, denn Ihre Geschichte war nicht glaubhaft. Würden Sie Ihrer Tochter nicht lieber etwas erzählen, woran sie glauben kann?«

Nach einigen Sekunden der Stille antwortete Calvin: »Natürlich würde ich das gerne. Aber wie wollen Sie mir beweisen, dass es ein Leben nach dem Tod gibt? Nicht mit dem üblichen religiösen Gewäsch; ich lasse mir so etwas nicht mehr einreden, da können Sie Gift drauf nehmen. Außerdem haben Sie ja selbst gesagt, Sie seien kein religiöser Mensch.«

»Bin ich auch nicht. Ich bin aber der Meinung, dass das Paradoxon des gütigen Gottes mit ganz einfachem, gesundem Menschenverstand zu lösen ist. Und mit ein wenig Einfühlungsvermögen. Ich glaube, wir brauchen ein wenig Einfühlungsvermögen.«

»Einfühlungsvermögen? Für wen?«

»Für Gott, Calvin.«

»Einfühlungsvermögen für Gott! Wie zum Teufel soll ich das denn aufbringen? Ich glaube ja noch nicht mal an ihn.«

»Es wird nicht schwierig, vertrauen Sie mir.«

»Ihnen vertrauen? Wozu? Was habe ich denn davon?«

»Calvin, wenn ich Ihnen beweisen kann, dass es einen gütigen Gott gibt, werden Sie in der Lage sein, Ihrer Tochter echte, ehrliche Hoffnung zu geben.«

Mr. Moore nippte an seinem Kaffee. Calvin nahm sich einen Moment Zeit, um sich über die Tragweite dieses Vorschlags klar zu werden, und erwiderte schließlich: »Meine Tochter könnte hoffen. Wirklich hoffen. Ist es das, was Sie sagen?«

»Genau das.«

»Indem Sie mir beweisen, dass es ein Leben nach dem Tod gibt?«

»Ich kann beweisen, dass es höchst wahrscheinlich ist.«

»Wahrscheinlich?«

»Sehr wahrscheinlich. Sie werden überzeugt davon sein.«

Calvin dachte wieder einen Moment nach und sagte dann: »Sind Sie wirklich sicher?«

Mr. Moore zuckte mit den Schultern und antwortete: »Ja.«

»Kein religiöses Geschwätz?«

»Gesunder Menschenverstand, Calvin, und eine Prise Einfühlungsvermögen.«

»Ist das eine Unterrichtsstunde oder eine Predigt, oder was soll das werden?«

»Eine Diskussion, ein Dialog.«

»Ist er kompliziert?«

»Ein wenig. Und er hat Folgen. Wir sollten uns Zeit nehmen.«

»Folgen? Was zum Teufel meinen Sie mit Folgen, Vernon?«

»Ich biete Ihrer Tochter Hoffnung an. Was haben Sie zu verlieren?«

Calvin dachte einen Moment lang über den Vorschlag nach und erwiderte schließlich: »Schön. Einverstanden. Ich sehe zwar nicht, wie Sie mich überzeugen wollen, aber ich werde einen Versuch wagen. Wie viel von meiner Zeit brauchen Sie genau für diese weltliche Reise zu einem freundlicheren, gütigeren Gott?«

»Das weiß ich nicht genau. Wie viel Zeit haben Sie?«

Calvin warf einen Blick auf seinen Schreibtisch. »Im Vertrauen, das Kaufhaus wird nächsten Montag versteigert. Die Reste meines Hauses auch. Das bedeutet, dass in Ebb die Hölle los sein wird. Vorausgesetzt, Sie können die großen Neuigkeiten für sich behalten, was bedeutet, dass Sie weder Wilma Porter noch irgendeinem anderen weiblichen Wesen über zwölf Jahren im Umkreis von einhundertfünfzig Kilometern davon erzählen, dann kann ich Ihnen bis Samstag jeden Morgen eine Stunde einräumen. Mehr Zeit habe ich leider nicht. Sollte sich die erste Stunde jedoch als genauso verwirrend herausstellen wie diese hier, dann ist Ihre Zeit gleich um. Ist das ein fairer Vorschlag?«

Mr. Moore dachte einen Augenblick nach und erwiderte dann: »Ich biete Ihrer Tochter ein Leben nach dem Tod an und Sie mir nur wenige Stunden, Calvin? Sie tun so, als würden Sie mir einen Gefallen erweisen. Warum?«

Calvin wandte den Blick ab und schüttelte den Kopf, bevor er antwortete: »Ich bin nicht sicher, Vernon. Ich weiß nicht, wer zum Teufel Sie wirklich sind und was Sie von mir wollen. Ich weiß nicht, was ich meiner Tochter Lucy erzählen soll. Ich habe keine Ahnung, was ich mit meinem Leben anfangen werde, wenn sie von mir gegangen ist. Zum Teufel, ich weiß nicht einmal, wie viel von meinem Leben noch übrig sein wird, wenn sie nicht mehr da ist. Ich weiß überhaupt nichts mehr.«

»Dann könnten Sie vielleicht auch etwas Hoffnung gebrauchen.«

»Das wäre wirklich schön, Vernon, aber das Millet-Hoffnungskonto wurde gestern Morgen um acht Uhr fünfundvierzig aufgelöst. Ich habe keinen Tropfen Hoffnung mehr.«

»Nun, ich habe einen guten Vorrat davon. Wenn Sie es zulassen, dann verkaufe ich Ihnen in den nächsten Tagen ein gesundes Maß davon, genug für Sie und Ihre Tochter.«

»Und was werden Sie im Gegenzug fordern, sollte es Ihnen gelingen, mir etwas Hoffnung zu verkaufen?«, fragte Calvin.

Mr. Moore zuckte mit den Schultern. »Nichts.«

»Nichts? Ich dachte, Sie sind Kaufmann?«

»Wenn ich Sie davon überzeugen kann, dass es für Lucy Hoffnung gibt, dann wäre ich Ihnen nicht böse, wenn Sie mir ein paar Spiele abkaufen würden, genauer gesagt: Ich wäre Ihnen dankbar.«

»Meine finanzielle Situation ist gerade nicht auf ihrem Höhepunkt. Das habe ich Ihnen schon gesagt.«

»Ich bin sicher, wir werden eine Lösung finden, Calvin.«

»Gut. Haben Sie an einen bestimmten Betrag gedacht?«

»Nein, nein. Lassen Sie Ihr Gewissen entscheiden.«

»Das ist eine seltsame Antwort von einem Kaufmann, das heißt, es passt sehr gut zu Ihrem gesamten Besuch. Aber abgemacht. Wenn Sie mir Hoffnung geben können, kaufe ich Ihnen vielleicht ein paar Brettspiele und Poker-Chips ab – auf Kredit –, vorausgesetzt, ich verkaufe den Laden nicht vorher.«

»Sehr schön, Calvin. Eine letzte Frage noch: Ist Clem Tucker ein potenzieller Käufer?«

»Für das Kaufhaus?«

»Ja.«

»Da bin ich mir ziemlich sicher, aber wie zum Teufel ...«

»Nur eine Vermutung. Ich wollte nicht neugierig erscheinen. Ich weiß Ihre Zeit sehr zu schätzen.«

Mr. Moore stand auf und streckte die Hand über den Tisch. Calvin ergriff sie und bemerkte: »Sie sind ein ungewöhnlicher Mann, Vernon Moore, das kann jeder sehen. Aber glauben Sie wirklich, Sie können mir Hoffnung verkaufen? Das ist eine seltsame und schwierige Aufgabe.«

»Wir werden die Antwort in ein paar Tagen wissen. Bis morgen früh können Sie sich schon mal Gedanken zu willkürlich gesetzten Grenzen machen.«

»Willkürlich gesetzten Grenzen?«

»Genau.«

Calvin schüttelte den Kopf. »In Ordnung, Vernon, schön. Ich mache mir Gedanken zu willkürlich gesetzten Grenzen. Lily sollte inzwischen von der Bank zurück sein. Würden Sie sie beim Hinausgehen bitten, unser Treffen für morgen früh in meinen Terminkalender einzutragen? Und danach soll sie gleich zu mir kommen. Wir müssen unsere eigene willkürlich gesetzte Grenze diskutieren.«

Mr. Moore lächelte, die beiden Männer schüttelten nochmals die Hände, und dann verließ der Kaufmann ohne weitere Umstände Calvins Büro.

Wenige Sekunden später kam Lily herein.

»Und?«, fragte Calvin.

»Annie hat den Scheck angenommen, Mr. Millet, aber sie

wollte ihn mir nicht auszahlen. Sie hat in ihren Computer geschaut und gesagt, Ihr Konto sei vorübergehend gesperrt.«

»Das heißt, sie hat sich geweigert.«

»Ja.« Und nach einer kurzen Pause fügt Lily an: »Sie scheinen nicht überrascht zu sein, Mr. Millet. Wir hatten ja schon schlechte Zeiten, aber bisher wurden unsere Schecks immer ausbezahlt.«

Calvin wusste zwar, dass eigentlich »Kein-Scheiß«-Tag war, aber er wusste auch, dass es Momente gab, in denen es angemessener war, ein wenig an der Wahrheit vorbeizureden. »Buford und ich spielen ein wenig Katz und Maus, Lily, das ist alles. Er will mehr Geld, und ich will mehr Geld. Es ist nur ein Spiel. Wie Annie schon gesagt hat: Die Kontosperrung ist vorübergehend.«

Lily ist keine Frau, die sich leicht auf den Arm nehmen lässt, also fragte sie: »Können Sie mir verraten, wer das Spiel gewinnt, Mr. Millet?«

»Natürlich. Ich werde es Ihnen sagen: Ich werde gewinnen. Das tue ich doch immer, nicht wahr?«

Lily lächelte schwach. »Ja, Mr. Millet, Sie gewinnen immer.«

»Sehr richtig. Würden Sie bitte die Tür schließen, wenn Sie hinausgehen? Und bitte halten Sie alle Anrufe für eine halbe Stunde zurück, ist das möglich?«

Lily bejahte und schickte sich an, das Büro zu verlassen. Als sie an der Tür war, drehte sie sich noch einmal um und fragte: »Wie war der Besuch von Mr. Moore? Ich habe ihn für morgen wieder eingetragen.«

»Tja, ich weiß nicht, wie er war. Ich weiß noch nicht mal, was er wirklich war.«

»Wie meinen Sie das?«

»Er ist ein Finanzmensch, Lily, er war früher im Einzelhandel tätig. Wann haben Sie das letzte Mal von einem Finanzbeamten gehört, der sich als Vertreter selbstständig macht? Ist das nicht das Gleiche, als ob sich ein Prinz in eine Kröte verwandelt? Himmel, wann haben Sie überhaupt zuletzt einen Handlungsreisenden gesehen? Ich meine, in welchem Jahrhundert?«

»Ich kann mich nicht erinnern, je einem begegnet zu sein, Mr. Millet.«

»Ich auch nicht, zumindest nicht mehr seit meiner Kindheit. Vielleicht war er hier, um sich das Kaufhaus anzuschauen. Manche Aufkauf-Gesellschaften gehen erstaunlich weit, um die genauen Umstände eines potenziellen Kaufobjekts herauszubekommen. Wenn das der Fall sein sollte, dann hat er eine seltsame Art, seinen Geschäften nachzugehen.«

»Soll ich ihn aus Ihrem Kalender streichen?«

»Himmel, nein! Wenn er von einem Kaufinteressenten vorgeschickt wurde, dann möchte ich ihn definitiv dabeihaben. Nebenbei ist er das letzte Geheimnis, das mir noch geblieben ist. Alles andere ist nur eine Frage der Zeit.«

KAPITEL 8

Unter Gleichgesinnten

Später an diesem Vormittag brachte ich ein paar frisch gebackene Erdnussbutterkekse bei Hank Wiley, dem Arzt der Stadt, vorbei. Hank ist ein großer, behaarter Bär von einem Mann, vielleicht fünfundfünfzig oder sechzig Jahre alt – das weiß keiner so genau –, und er ist Witwer. Seine Frau Emma starb vor zehn Jahren an Brustkrebs. Ich weiß, dass er sich deswegen Vorwürfe macht. Wie kommt es, dass so viele von uns sich Vorwürfe wegen Dingen machen, die sie nicht beeinflussen können, auf der anderen Seite aber Leute zur Verantwortung ziehen für Sachen, die sie selbst in der Hand haben? Ich werde es wohl nie erfahren.

Doktor Wiley hatte eine Karriere als Militärarzt hinter sich, als er nach Ebb kam. Um die Wahrheit zu sagen, wurde er vom Bezirksrat hierher berufen. Er ließ sich in einem großen Haus mit integrierter Praxis etwa vier Blocks von meinem Haus entfernt nieder. Eines der oberen Schlafzimmer funktionierte er in eine Art Reliquienschrein für seine Frau um. Er hat es mir einmal gezeigt. Der Raum ist voll gestopft mit Fotos von seiner Frau, ihren Kleidern und kleinen

Nippesgegenständen aus ihrem gemeinsamen Leben. Es ist wahrscheinlich das traurigste Zimmer, das ich je gesehen habe.

Wie jeder andere hier in der Stadt hat auch Hank seine Eigenheiten. Eine davon ist sein Appetit. Er kann mehr essen als jeder Mann, den ich im Leben getroffen habe, Bauern und Landarbeiter eingeschlossen, aber es hat keinen Einfluss auf sein Gewicht. Er hat schon immer ungefähr hundertfünfundzwanzig Kilo gewogen, seit ich ihn kenne.

Außerdem ist Hank nicht besonders gut darin, Entscheidungen zu fällen. Sie könnten denken, das sei für einen Arzt von Nachteil, aber er sagt, dass er ohnehin nie etwas zu entscheiden hat; er muss nur die möglichen Alternativen kennen. Ich selbst wäre ja skeptisch, aber seine Patienten halten sich meistens ganz gut – außer der armen Lucy Millet.

Wie auch immer, Hank erzählte mir an diesem Vormittag die schrecklichen Neuigkeiten von Lucy. Ich nehme an, ich habe so etwas schon geahnt, aber ich brach trotzdem in Tränen aus. Er war selbst kurz davor, verkniff es sich aber, da er ansonsten einen schriftlichen Verweis von der Ärztekammer bekäme. Wir tranken zusammen Tee, aßen ein paar Kekse und trauerten ein bisschen, dann brach ich zum Corn Palace auf, wo ich Loretta zum Essen treffen wollte. Ich schätze, ich war ziemlich spät dran. Als ich ankam, war sie bereits beim dritten Glas mit sechs Landarbeitern von Hereford Haven. Die Leber dieser Frau wird einmal in der Hall of Fame für innere Organe enden. Ich musste sie am Kragen zu einer Sitzgruppe ziehen, damit wir in Ruhe reden konnten.

Als wir mit dem Essen fertig waren, kannte Loretta die schlechten Neuigkeiten von Lucy und ich die von Lilys Besuch bei der Bank. Loretta erzählte mir auch, dass Mr. Moore auf einen Teller Chili und ein Glas Cola im Corn Palace gewesen war. Sie sagte, sie hätte ein bisschen mit ihm geflirtet, was wahrscheinlich die größte Untertreibung des Informationszeitalters war, aber er konnte sich aus ihren Klauen befreien, bevor sie ihm etwas über seinen Besuch bei Calvin Millet entlockt hatte.

Das bedeutete, dass nun ich am Zug war, und ich ging geradewegs nach Hause, um ihn in einen Hinterhalt zu locken: selbst gebackene Milchbrötchen, selbst gemachte Marmelade und ein großes Glas meines besten Eistees, die Sorte, bei der jeder Teebeutel einzeln in Folie gepackt wird. Aber sobald ich zu Hause ankam, klingelte ununterbrochen mein Telefon.

Der erste Anruf kam von meiner jüngeren Tochter Winona, die in einem sehr aufgewühlten Zustand zu sein schien. Offenbar war Mona an diesem Morgen auf einen Kaffee bei ihr vorbeigekommen und völlig zusammengebrochen. Ich telefonierte sicher eine halbe Stunde mit Winona, was gar nicht einfach ist, wenn man nebenher Milchbrötchen bäckt. Das Gespräch wühlte mich ziemlich auf, aber das war für mich keine neue Erfahrung. Tatsächlich befand ich mich die ganze Zeit meiner Ehe über in einem aufgewühlten Zustand. Ich mochte diesen Zustand noch nie besonders, der emotionale Aufwand ist riesig, und man hat dann keine Zeit mehr für sich selbst. Deshalb ließ ich mich scheiden und zog zurück nach Ebb. Dann wurden meine Töchter erwachsen, heirateten und befanden sich fortan in einem aufgewühlten Zustand, vor allem meine Mona. Ganz meine Tochter.

Offensichtlich lebt jeder, den ich kenne, in dem einen

oder anderen emotionalen Zustand. Meine Dauermieterin Clara Tucker Booth Yune lebt in einem Zustand völliger Isolation. Leute wie sie treffen selten mit Gleichgesinnten zusammen. Der Kreis der Betroffenen ist sehr klein, und es gibt keine gemeinsame Sprache. Ihrem Bruder geht es ganz ähnlich, er hat es sich in seiner Einsamkeit gut eingerichtet. Meine beste Freundin Loretta lebt in einem Dauerzustand der Sehnsucht, zumindest wenn sie keinen Mann hat, und das ist momentan nicht der Fall. Etwa zwei Wochen, nachdem sie einen Mann kennen gelernt hat, wechselt sie normalerweise in einen Zustand der Enttäuschung über.

Doktor Wiley hat es sich in seiner Melancholie bequem gemacht, der Arme. Und Calvin Millet befindet sich immer auf der Kippe zwischen Resignation und Sorge. Die einzige Ausnahme stellt Lulu Tiller dar. Diese Frau, Gott segne ihre Seele, scheint in Lummerland zu leben. Ich nehme an, das kommt daher, dass ihre siebzehn besten Freunde Hunde, Katzen und Tiere vom Bauernhof sind.

Sobald ich herausgefunden habe, in welchem Zustand Mr. Moore sich bevorzugt befindet, lasse ich es Sie wissen. Bisher habe ich noch keine Ahnung.

Weil wir gerade von Männern reden: Clem Tucker rief an, als ich den Hörer gerade wieder aufgelegt hatte. Tja, das kam ziemlich unerwartet. Er hat mich nicht mehr persönlich angerufen, seit ich ihn durch seinen kleinen Anfall männlicher Menopause begleitet habe. Seitdem hat er immer jemand anderen für sich anrufen lassen, aber auch das kam nicht oft vor. Clem redet nicht gerne um eine Sache herum, das hat er noch nie getan, wenn Sie verstehen, was ich meine. Ohne ein einleitendes Wort sagte er: »Ich wusste, dass mir dein neuer Mieter schon mal irgendwo untergekommen war, Wilma. Jetzt weiß ich auch, warum.«

Geht es nur mir so, oder haben manche Leute einfach eine Art, die einen sofort misstrauisch macht? Ich antwortete: »Er *gehört* mir nicht, Clem-Liebling, er wohnt nur hier. Muss ich mir um seine finanzielle Situation Sorgen machen?«

»Das glaube ich nicht, aber es schadet nie, das nachzuprüfen.«

»Er hat mir eine Visa-Platin-Karte gegeben, dieser Mann ist unantastbar.«

Nun muss ich Ihnen etwas erzählen, was ich vor langer Zeit herausgefunden habe. Wenn Sie wie ich das Zentrum eines ländlichen Kommunikationsnetzwerkes sind, dann erzählen Ihnen die Leute manchmal etwas aus einem einzigen Grund: Sie wollen, dass es die Runde macht. Das ist nicht meine Art. Mein Geschäft ist die Information, aber ich wühle nicht im Dreck. Außerdem bin ich eine geduldige Frau, relativ gesehen, deshalb wartete ich ab, was Clem noch vorzubringen hatte.

Er sagte: »Offensichtlich hat er seine Geschäfte jetzt im Griff, aber das war nicht immer so. Er hat vor ein paar Jahren eine zentrale Rolle beim Zusammenbruch eines großen Einzelhandelsverbandes namens RSA, Retail Stores of America, gespielt.«

»Ich weiß.«

»Er hat dir davon erzählt?«

»Er hat es mir und Loretta gestern Abend im Stake House erzählt.«

»Hat er auch gesagt, dass er jemanden verpfiffen hat?«

Ich konnte spüren, wie sich meine Nackenhaare aufstellten, und sagte: »Das hat er uns auch erzählt, aber bei dir klingt es, als hätte er als Spion für die Russen gearbeitet. Ist er außerdem vielleicht noch ein Lustmörder?«

»Sei nicht zynisch, Wilma. Das war eine ernste Sache damals.«

»Du solltest dich schämen, Clement Tucker. Du hast keine Ahnung, was damals wirklich passiert ist, du weißt nur, was in den Zeitungen stand. Das ist ein großer Unterschied. Das solltest du eigentlich am besten wissen.«

»Ich denke, das tue ich, Wilma. Darf ich das so deuten, dass du diesen Vernon Moore magst?«

»Es ist sicher nicht leicht, ihn kennen zu lernen, und er vertritt einige Ansichten, die dir die Haare zu Berge stehen ließen, aber er ist ein eleganter und großzügiger Mann. Er hat eine Ausstrahlung, als hätte er seine Dämonen erfolgreich vertrieben. Das kann man nicht von vielen Männern sagen.«

Natürlich lag es Clem T. Tucker fern, dass ich damit auf ihn anspielte. Er antwortete: »Das ist sehr interessant, Wilma. Ich weiß deine Einschätzung zu würdigen. Ist er gerade da?«

»Nein«, erwiderte ich.

»Wann erwartest du ihn zurück?«

Eigentlich erwartete ich ihn jeden Moment zurück, doch ich sagte: »Vor neun Uhr, wenn ich die Tür abschließe. Er hat keinen Schlüssel.«

»Wenn er kommt, würdest du ihm dann bitte ausrichten, dass er mich im River House anrufen soll? Ich würde ihn gerne zum Frühstück einladen.«

Ich konnte nur den Kopf schütteln und mich fragen, was für einen Unsinn sich diese Männer wohl als Nächstes ausdenken würden, also hakte ich nach. »Dürfte ich ihm vielleicht mitteilen, warum? Bist du auf der Suche nach einem Verräter, der dir deine Bank führt?«

»Vielleicht. Sag ihm einfach nur, er soll mich anrufen. Okay?«

»Aber natürlich, Clem. Wann hast du eigentlich das letzte Mal deine Enkelin besucht?«

»Ich war heute Morgen dort. Und warum, glaubst du, habe ich gestern bei Calvins Kaufhaus vorbeigeschaut? Ich wollte ihm sagen, dass ich vorhatte, Lucy zu besuchen.«

Noch eine Überraschung. Ich konnte mich nicht erinnern, wann Clem Lucy zuletzt besucht hatte, und, glauben Sie mir, wenn er es getan hätte, hätte ich umgehend davon erfahren.

»Tatsächlich?«, sagte ich daher. »Wie reizend von dir. Wie geht es dem armen Ding?«

»Es geht ihr im Moment nicht besonders gut, aber ich bin immer noch optimistisch.«

»Wir beten alle für sie, Clem. Hattet ihr zwei Gelegenheit, miteinander zu sprechen?«

»Ja. Natürlich haben wir miteinander gesprochen. Und jetzt vergiss nicht, Vernon Moore zu bitten, sich bei mir zu melden, ja?«

Ich hatte gerade den Hörer aufgelegt, als Mona, meine älteste Sorge, anrief. Wir redeten kurz über Matthew und Mark, aber ich war mir sicher, dass sie noch etwas anderes auf dem Herzen hatte. Schließlich sagte sie: »Mama, kann ich morgen vorbeikommen? Ich werde nicht lange bleiben, ich möchte nur ein bisschen reden.«

»Natürlich, Liebling«, antwortete ich, »aber du weißt ja, dass es eine lange Fahrt hierher ist. Was ist mit den Jungen?«

»Ich bin sicher, jemand aus Marvins Büro kann sie nach der Schule abholen.«

»Du meinst, eine von diesen Barbiepuppen? Ist denn irgendeine von ihnen schon alt genug, um Auto zu fahren?«

Im selben Moment wusste ich, dass ich etwas Falsches gesagt hatte. Mona fing an, wie ein Baby zu schluchzen. Es gibt nichts, was für eine Mutter schwerer zu ertragen ist als das Weinen ihrer Kinder, deshalb versuchte ich, sie zu beruhigen. Ich war nicht sehr überzeugend – ich konnte noch nie gut Mitgefühl zeigen –, aber Mona gelang es, sich zusammenzureißen. Dann sagte sie plötzlich: »Die Schule ist fast aus, Mama. Ich muss jetzt aufhören. Wir sehen uns dann morgen früh.«

»Gut, Liebes. Fahr vorsichtig.«

»Natürlich, Mama.«

Nachdem ich aufgelegt hatte, fühlte ich mich richtig schuldig. Es war nicht nur der Kommentar über die Barbiepuppen gewesen. Ich wusste, dass ich eigentlich Mitgefühl mit meiner Tochter haben sollte, aber stattdessen waren meine Gedanken bei Vernon Moore. Ich weiß, was Sie jetzt denken, aber ich stellte mir vor, er wäre ein Berufskiller, der mir noch einen Gefallen schuldete, und ich beauftragte ihn, seinen Hammer auf Marvin Breck, auf sein ganzes Büro mit all diesen mageren, weiß angezogenen »Assistentinnen« niedersausen zu lassen und somit alle Probleme meiner Tochter zunichte zu machen.

In diesem Moment spazierte Mr. Moore höchstpersönlich in meine Küche. Ich war so mit meiner Tagträumerei beschäftigt gewesen, dass ich die Haustür nicht gehört hatte. Er trug seine Aktentasche in der linken Hand, die Jacke hatte er über seine rechte Schulter geworfen, und auf seiner Stirn war gerade mal ein ganz kleiner Anflug von Schweiß zu sehen. Als ich in seine kristallblauen Augen sah, veränderte sich die Handlung meines Tagtraums schlagartig.

Ich machte ihm einen Vorschlag. »Wenn Sie nur fünfzehn Minuten warten können, habe ich frische, selbst gebackene Milchbrötchen und selbst gemachte Marmelade zum Tee.«

»Danke, Wilma, das klingt wunderbar«, erwiderte er, »und es bleibt mir noch genug Zeit, um nach oben zu gehen und mir etwas Bequemeres anzuziehen.«

Nun, mein Herz setzte ein paar Takte aus. Einen Moment lang war ich sicher, er würde etwas Vertrauliches sagen. Ich schaltete den Anrufbeantworter ein und machte mich wieder ans Backen. Etwa zwanzig Minuten später kam Mr. Moore die Treppe herunter, in Jeans, Wanderstiefeln und einem hellbraunen, langärmligen Kaschmirpullover. Er sah aus wie aus dem Ei gepellt. Ich fühlte mich schmutzig neben ihm, als bräuchte ich dringend eine Dusche. Das kommt vom vielen Kochen und Putzen.

Mr. Moore setzte sich an den Küchentisch, und ich schenkte ihm sogleich Tee ein. Die Brötchen waren schon fertig, mussten aber noch abkühlen, deshalb blieb ich stehen. Ich wollte nicht mitten in unserer Unterhaltung aufspringen und herumrennen müssen. Das wäre unhöflich.

»Hat jemand für mich angerufen, während ich unterwegs war?«, fragte Mr. Moore.

»Ja, vor knapp einer halben Stunde«, antwortete ich. Bevor er nachfragte, fuhr ich schon fort: »Es war Clem Tucker. Haben Sie seinen Anruf erwartet?«

»Nein, eigentlich nicht.«

»Aber es überrascht Sie auch nicht, nicht wahr?«

»Ich denke nicht. Was wollte er denn?«

»Nun, zuerst wollte er mir Ihre Lebensgeschichte erzählen, die Zeitungsversion.«

Mr. Moore lächelte. »Tatsächlich?«

»Ja, aber dann fragte er, ob Sie morgen zum Frühstück ins River House kommen würden. Kritisieren die Leute oft Ihren Charakter gegenüber dritten Personen, um Sie anschließend im gleichen Telefongespräch zum Essen einzuladen?«

»Für gewöhnlich nicht, nein. Haben Sie seine Nummer?«

»Ja, natürlich. Er bat, dass Sie ihn so schnell wie möglich zurückrufen möchten.«

Mr. Moore nippte an seinem Eistee, aber seine Gedanken waren woanders. Ich sagte: »Nun?«

»Ich habe mich noch nicht entschieden, ob ich hingehe oder nicht, Wilma. Ich glaube, ich frage ihn erst, was er von mir will.«

Ich zögerte einen Moment, um sicherzugehen, dass ich mir meine Worte auch wirklich überlegt hatte. Eine Vorsichtsmaßnahme, die ich öfter ergreifen sollte. Mindestens zweimal am Tag. Schließlich fragte ich: »Können wir einen Moment lang vertraulich miteinander reden?«

»Natürlich.«

»Nun, ich weiß es nicht sicher, aber es könnte sein, dass Clems Einladung etwas mit einer Investition zu tun hat, die er kürzlich gemacht hat.«

»Einer Investition?«

»Denken Sie daran, diese Information ist nicht bestätigt, aber die Quelle ist zuverlässig. Offenbar hat Clem Tucker in Wal-Mart investiert.«

»Ist das wahr? Erlauben Sie mir die Bemerkung, dass eine Investition in Wal-Mart in dieser Gegend etwas widersprüchlich ist.«

»Es ist nichts anderes, als wenn das US-Militär Waren in Nordkorea kauft.«

»Ich verstehe, was Sie meinen, Wilma. Wie sicher sind Sie, dass Clem diese Untat wirklich begangen hat?«

»Ich weiß es nicht, Mr. Moore. Mindestens zu fünfundneunzig Prozent.«

»Wissen Sie, wie viele feindliche Aktien er gekauft hat?«

»Nein. Ich hatte gehofft, Sie könnten das vielleicht morgen früh herausfinden.«

Mr. Moore dachte einen Moment nach und erwiderte dann: »Darf ich meine Informationsquelle verraten?«

»Nein. Eine nette, geschiedene Frau würde ihren Job verlieren, wenn Clem das herausfinden würde. Ist das ein Problem? Müssen Sie das wissen?«

»Wahrscheinlich nicht, Wilma. Es hätte mich nur selbst interessiert.«

»Dann werden Sie ihn danach fragen?«

»Natürlich. Das gibt uns ein weiteres Gesprächsthema neben dem Aktienmarkt.«

»Darf ich Ihnen das Telefon bringen?«

»Nein, danke, ich rufe ihn später an. Wie war Ihr Tag?«

»Nun, ich habe diese Erdnussbutterkekse zu Doktor Wiley hinübergebracht.«

»Er hatte keine guten Nachrichten, nicht wahr?«

»Woher wissen Sie das?«

»Ich habe heute Morgen mit Calvin über Lucy gesprochen.«

»Calvin hat Ihnen etwas erzählt?«

»Ja. Er ist ein trauriger, verbitterter Mann. Ich kann ihm deswegen keinen Vorwurf machen.«

»Glauben Sie, er wird zurechtkommen? Lucy ist die Einzige, die ihm von seiner Familie noch geblieben ist, und ihre Tage sind gezählt, das arme Ding.«

»Ich weiß nicht, was er tun wird. Er schien am Ende zu sein.«

»Dann hat er Ihnen wohl nicht viele Spiele abgekauft?«

»Nein. Das war nicht das, was er brauchte. Er braucht Hoffnung.«

»Das ist wohl wahr«, sagte ich.

Mr. Moore sagte nichts mehr, während ich ein paar Milchbrötchen auf ein silbernes Tablett legte, das ich einmal auf einer Auktion oben in Hickman erstanden habe. Butter und Marmelade standen bereits auf dem Tisch, zusammen mit allem anderen, was wir brauchten, also setzte ich mich und fragte: »Werden Sie noch länger bleiben? Ich freue mich so über Ihre Gesellschaft.«

Mr. Moore strich Butter auf eines meiner Brötchen und erwiderte: »Ich freue mich auch über Ihre Gesellschaft, Wilma. Ich kann nicht lange bleiben, aber ich werde Ebb wohl nicht sofort verlassen. Ich muss Calvin Millet noch ein wenig Hoffnung verkaufen, ehe ich gehe.«

Also, in diesem Moment hätte man ein ganzes Klavierbein in meinen Mund schieben können, ohne dass auch nur ein einziger Splitter in meinem Zahnfleisch hängen geblieben wäre, aber auch das sollte ich wahrscheinlich niemals laut aussprechen. Stattdessen fragte ich: »Sagten Sie Hoffnung?«

»Ja. Die braucht er.«

»Wie in aller Welt wollen Sie das anstellen?«

Mr. Moore schluckte und erwiderte: »Diese Brötchen sind absolut sagenhaft, Wilma, und Calvin hat mich genau dasselbe gefragt.«

»Und was haben Sie ihm geantwortet?«

»Ich erklärte ihm, dass wir das Paradoxon des gütigen Gottes auflösen müssen. Das ist nicht alles, aber damit werden wir anfangen.«

Ich nehme an, ich hätte etwas wie »Was in aller Welt ist das?« sagen sollen, aber ich hatte nicht die Kraft dazu. Alles, was ich tun konnte, war, den Kopf zu schütteln und mich wieder einmal zu fragen, was für einen Unsinn sich diese Männer wohl als Nächstes ausdenken würden, und dann selbst noch ein warmes Brötchen zu essen.

KAPITEL 9

Am Abgrund

Das River House der Familie Tucker war während der Weltwirtschaftskrise von Clems Großvater als Jagd- und Fischereihaus gebaut worden. Es steht inmitten eines Eichen- und Walnusswäldchens auf einem Felsvorsprung über dem Missouri River, und es ist wahrscheinlich der zweitschönste Ort im südöstlichen Nebraska. Gott sei Dank hat Clem es nicht modernisieren lassen. All die Köpfe von toten Tieren im Speisesaal würden sich in seinem anderen Haus ziemlich seltsam ausmachen, dem in der Stadt mit all seinen komischen Verwinkelungen und merkwürdig geformten Fenstern.

Vernon Moore kam fünf Minuten zu früh am River House an, wie es seine Art war, und Clem öffnete die Tür selbst, wie es ganz und gar nicht seine Art war. Mr. Moore hatte sein schwarzes Jackett, ein blau gestreiftes Hemd mit weißem Kragen, eine rot-schwarz gemusterte Krawatte, eine hellbraune Hose und schwarze Lederschuhe an. Die Schuhe sahen sehr gut aus.

Clem trug eine schwarze Hose, schwarze Socken, schwarze Schuhe und einen schwarzen Seidenpullover. Manchmal zieht er sich gerne wie ein Filmproduzent an. Er hatte seine Haushälterin mit nach River House gebracht, eine rundliche Frau namens Marie Delacroix. Sie servierte ihnen frische Mango und Melone, gekühltes Pellegrino-Mineralwasser, Rührei, Zitronensorbet und Gourmetkaffee zum Frühstück. Mr. Moore bat um Eistee statt Kaffee. Marie, die es schaffte, so schnell wie keine vor ihr in den Nähclub aufgenommen zu werden und damit in dessen Geschichte einzugehen, betonte extra, wie höflich er war.

Zuerst tauschten die beiden Geschäftsmänner die üblichen Höflichkeitsfloskeln aus, aber nachdem das Obst serviert worden war, leitete Clem zu wichtigeren Themen über. »Sagen Sie, wie verlief Ihr Treffen mit Calvin Millet gestern?«

Mr. Moore musste erst herunterschlucken und erwiderte dann: »Es verlief gut. Ich denke, wir sind vorangekommen.«

»Tatsächlich? Ich muss sagen, ich bin ein wenig verwundert. Ich hätte nicht gedacht, dass Calvin ein gutes Geschäft für Sie ist.«

»Wirklich? Wir treffen uns heute wieder.«

»Nun, das ist ja außerordentlich interessant. Sie müssen sehr überzeugend sein.«

»Ich weiß nicht, ob das wirklich der Fall ist. Wie es so die Art von Kaufleuten ist, verlasse ich mich nicht zu sehr auf meine Überredungskünste. Ich stelle lieber Fragen und lasse mein Gegenüber reden. Auf diese Weise erfahre ich wesentlich mehr.«

»Zweifelsohne, Vernon, ich mache es genauso. Was haben Sie über Calvin Millet erfahren?«

»Er ist Ihr Schwiegersohn, nicht wahr?«

»Er ist mein ehemaliger Schwiegersohn.«

»Aber er ist der Vater Ihres Enkelkindes.«

»Richtig.«

»Und ich weiß, dass Sie neulich bei ihm waren, also wissen Sie ja bereits, wie es ihm geht. Er ist ein trauriger, verbitterter Mann, der dringend etwas Hoffnung braucht.«

»Das stimmt, Vernon. Glauben Sie, es hilft ihm weiter, wenn er Ihre Spiele kauft?«

»Nein. Zumindest nicht direkt.«

»Dann bin ich ein wenig verwirrt. Sagten Sie nicht gerade, dass Sie sich heute wieder mit ihm treffen?«

»Ganz recht.«

Clem hat eine sehr englische Art zu essen, die ich einerseits anmaßend und andererseits ein wenig abstoßend finde. Er legte das Messer und die nach unten gekehrte Gabel ab und fragte: »Warum?«

Mr. Moore kaute einen Moment lang weiter, bevor er antwortete: »Es schien mir das Logischste zu sein. Dieser Meinung bin ich immer noch.«

»Das ergibt für mich überhaupt keinen Sinn.«

»Es ist durchaus sinnvoll. Manche Leute haben die Vorstellung, Verkaufen wäre eine einmalige Veranstaltung. Das mag bei Gebrauchtwagen der Fall sein, aber ein Handel unter Geschäftsleuten ist ein Prozess, eine Abfolge von Einzelsitzungen, die man Verkaufskreislauf nennt.«

»Auch wenn Sie das, was Sie verkaufen, gar nicht verkaufen können?«

»Ein Besuch macht noch keinen Verkaufskreislauf aus, Clem, das ist alles, was ich sage.«

»Dann gehen Sie also davon aus, dass Sie heute oder morgen einige Spiele verkaufen werden?«

»Nein.«

Clem nahm sein Besteck wieder in die Hand und fragte: »Wenn wir dieses Thema vertiefen, Vernon, was, glauben Sie, wird geschehen: Kann ich Ihnen irgendwann folgen, oder verwirren Sie mich nur noch mehr?«

»Ich glaube, die zweite Alternative ist die wahrscheinlichere.«

»Nun, dann wäre ich Ihnen für Ihre Hilfe dankbar, denn ich kann Sie einfach nicht richtig zusammensetzen.«

»Zusammensetzen, Clem? Wie ein Puzzle?«

»Sehr richtig. Ich habe Sie nun zweimal getroffen, und ich weiß immer noch nicht, warum Sie hier sind. Wie ich höre, fahren Sie ein großes deutsches Auto, für das Sie zwischen Lincoln und Kansas City keine Ersatzteile finden werden. Sie tragen extrem teure Kleidung. Was für ein Jackett ist das? Armani?«

»Nein, Zegna. Ich finde, er hat ein unglaubliches Gespür für Stoffe, nicht wahr?«

»Und Ihre Uhr? Eine Rolex?«

»Für meinen Geschmack zu klobig. Es ist eine Omega.«

Clem runzelte die Stirn und fuhr fort: »Verstehen Sie, was ich meine? Und dennoch behaupten Sie, ein Handlungsreisender in Sachen Glücksspiele zu sein, nicht wahr?«

»So ist es.«

»Nun, der Witz an der Sache ist, dass der Besitzer des hiesigen Kaufhauses nicht an Ihren Produkten interessiert ist, aber Sie treffen sich dennoch heute wieder mit ihm. Stimmt das?«

»Exakt.«

»Nun, das verstehe ich nicht.«

»Das weiß ich, aber ich glaube, am Ende der Woche werden Sie sehen, wie alles zusammenhängt. In der Zwischenzeit bin ich mit der Situation vollkommen zufrieden.«

»Nun, ich nicht.«

»Warum sollte Sie das interessieren? Sie sind zu dick im Geschäft, als dass Sie sich um einen kleinen Kaufmann wie mich kümmern sollten.«

»Dem würde ich zustimmen, Vernon, wenn Sie wirklich ein kleiner Kaufmann wären. Zufälligerweise gibt es da aber noch eine andere Version der Geschichte, die mir sehr viel wahrscheinlicher zu sein scheint.«

»Tatsächlich? Wie interessant. Und welche ist das?«

»Ich weiß, dass Sie mal im Einzelhandel tätig waren. Bei den RSA. Ein Mann der Zahlen. Ich habe Nachforschungen angestellt. Es kann kein Zufall sein, dass ein hohes Tier aus dem Einzelhandelsfinanzwesen gerade dann zufällig nach Ebb kommt, wenn Millet's Kaufhaus auf der Kippe steht.«

»Steht Millet's auf der Kippe? Das entspricht nicht dem, was Calvin mir gestern erzählt hat.«

»Hatten Sie erwartet, er würde Ihnen reinen Wein einschenken? Wenn ich Sie recht verstanden habe, war das Ihr erstes Treffen.«

»Sie würden sich wundern, was mir die Leute alles anvertrauen. Manchmal kann ich es selbst kaum glauben.«

»Dann hat er Ihnen wahrscheinlich auch von meiner Enkelin Lucy erzählt.«

»Ja, das hat er.«

»Wie viel?«

»Alles, den neuesten Stand.«

Clem rief in Richtung Küche: »Würden Sie uns bitte noch Kaffee bringen, Marie?« Dann fügte er in normaler Lautstärke hinzu: »Was ist mit Ihnen, Vernon? Ist der Tee in Ordnung?«

»Danke, das Frühstück ist ausgezeichnet. Mein Kompliment.«

»Gerne. Marie ist eine erstklassige Köchin.«

»Wie haben Sie sie gefunden?«

»Über eine Vermittlungsfirma in Atlanta, die sich auf Haushälterinnen spezialisiert hat.«

»Das ist interessant. War es schwierig, sie zu einem Umzug nach Nebraska zu überreden?«

»Nein, überhaupt nicht. Ihre letzten beiden Arbeitgeber waren Profisportler. Ich glaube, sie wäre auch in die Mongolei gezogen, um für einen Erwachsenen zu arbeiten.«

Marie kam herein und ging wieder, ohne ein Wort zu sagen. Clem bemerkte: »Wenn Ihnen die Leute so viel anvertrauen, was haben Sie dann noch alles erfahren, seit Sie in Ebb sind?«

Mr. Moore nippte an seinem Eistee und betrachtete die Jagdtrophäen an der Wand des Speiseraums. Nachdem er achtzehn Stück gezählt hatte, antwortete er: »Ich habe gehört, dass Sie in Wal-Mart investiert haben.«

Gelassen erwiderte Clem: »Meine Investitionen sind meine Privatangelegenheit und vertraulich. Wo haben Sie das aufgeschnappt?«

»Das kann ich Ihnen nicht sagen.«

»Kommen Sie schon, irgendwo müssen Sie es ja gehört haben.«

»Richtig, aber es wurde mir im Vertrauen erzählt, Clem. Ich kann die Quelle nicht preisgeben.«

»War es eine Frau? Ich wette, es war jemand aus diesem verdammten Club.«

»Was für ein Club? Sie machen mich neugierig. Nach dem Wenigen, was ich über diese Gegend weiß, wäre eine Investition in Wal-Mart, nun, unpatriotisch.«

»Politik und Geschäft sind zwei verschiedene Dinge. Das wissen Sie so gut wie ich.«

»Ganz im Gegenteil, sie sind untrennbar miteinander verbunden. Das wissen wir beide.«

Clem runzelte wieder die Stirn. »Dann sind Sie also der Meinung, dass ich eine Art wirtschaftlichen Verrat begangen habe?«

»Ich weiß ja noch nicht einmal, ob Sie wirklich in Wal-Mart investiert haben. Ich habe eben nur einen Gedanken verfolgt.«

Clement lächelte und erwiderte: »Nun, dann lassen Sie ihn mal schnell wieder fallen. Wo sind Sie zur Schule gegangen, wenn ich fragen darf?«

»In Ohio. Und Sie?«

»Grinnel, dann die London School of Economics.«

»Wirklich? Hat es Ihnen in England gefallen?«

»Ja. Wenn mein armer verstorbener Papa nicht meine Corvette um einen Telefonmasten gewickelt hätte, wäre ich vielleicht immer noch dort.«

»Mein Beileid. Ich mag England auch, aber verliebt bin ich in Italien.«

»Tatsächlich? Warum?«

»Die Italiener haben einen unvergleichlichen Lebensstil.

Er ist ansteckend. Ich spüre es jedes Mal, wenn ich dort bin.«

»Wo gefällt es Ihnen am besten?«

»Überall. Rom, Toskana, Sardinien. Aber ich schätze, Neapel ist mein Favorit.«

»Sind Sie oft dort?«

»Mindestens einmal, manchmal zweimal pro Jahr.«

»Hm. Das muss eine Stange Geld kosten.«

»Um Geld geht es nicht. Geld ist mir egal.«

Clems Augen wurden groß, und er sagte: »Um Geld geht es nicht? So etwas habe ich noch nie von jemandem aus der Finanzbranche gehört.«

»Ich bin nicht mehr in dieser Branche. Schon seit Jahren nicht mehr.«

»Das mag ja sein, aber Handel ist ein hartes Geschäft. Haben Sie nie daran gedacht, zurückzukehren? Das hätte ich getan.«

»Früher habe ich daran gedacht. Ununterbrochen. Warum fragen Sie?«

»Das bleibt unter uns?«

»Natürlich.«

»Die Vermögensgesellschaft der Tuckers, die ich verwalte, umfasst inzwischen mehr als siebzig Millionen Dollar an Investitionen. Es nimmt meine gesamte Zeit in Anspruch, das alles zu verwalten, aber ich bin an einem Punkt in meinem Leben angelangt, wo ich andere Dinge tun möchte.«

»Wie nach England zurückkehren?«

»Vielleicht, aber nur auf einen Besuch. Diese Phase meines Lebens ist schon lange vorbei, aber nun möchte ich auch die jetzige Phase beenden. Ich weiß nur noch nicht genau, durch was ich sie ersetzen will.«

Mr. Moore sah sich im Zimmer um und fragte: »Gehen Sie auf die Jagd, oder stammen all diese Trophäen von Ihren Vorfahren?«

»An dieser Wand sehen Sie drei Generationen einzigartiger Trophäen, Vernon«, erklärte Clem stolz. »Ein Drittel davon gehört mir. Jagen Sie auch?«

»Nein. Ich könnte es nie als einen Sport ansehen.«

»Tatsächlich? Warum nicht?«

»Weil es für den modernen Jäger keinerlei Risiko mehr gibt, gibt es auch nur zwei mögliche Szenarien: Entweder verliert das Tier unnötigerweise sein Leben, oder es gibt ein Unentschieden. Die Gegner sind sich einfach nicht ebenbürtig. Was meinen Sie?«

Clem knirschte mit den Zähnen und antwortete: »Essen Sie denn kein Fleisch, Vernon? Ich dachte, ich hätte Sie vorhin ein Stück kanadischen Speck essen sehen.«

Mr. Moore ließ seinen Blick durch das Zimmer wandern und erwiderte: »Ich esse Fleisch, aber ich esse keine Antilopen, Mufflons, Elche oder irgendetwas anderes von dem, was Sie hier an Ihre Wand genagelt haben. Ich kenne auch niemanden, der das tut.«

»Aber Sie essen Lamm?«

»Ja, und es schmeckt mir. Aber ich esse kein Mufflon. Da ziehe ich eine Grenze.«

»Vielleicht ziehen Sie da eine Grenze. Andere Leute ziehen sie möglicherweise woanders.«

»Vielleicht, und das ist eines der großartigen Dinge an diesem Land: Wir haben die Möglichkeit, unsere eigenen

Grenzen zu ziehen. Gerade darin zeigt sich unsere Menschlichkeit. Wenn zumindest ein Viertel der Jäger bei der Jagd stirbt, dann bin ich bereit, sie als Sport anzuerkennen. Bis dahin aber betrachte ich sie als bedauerliche Form von übersteigertem Egoismus.«

»Sie haben mich zwar in Ihrer kleinen Schimpftirade gerade eben nicht persönlich angesprochen, aber ich fühle mich dennoch verletzt. Wie kommt das?«

»Ich nehme an, das liegt daran, dass Sie in mehr als einer Hinsicht ein Jäger sind.«

»In mehr als einer Hinsicht? Was meinen Sie damit?«

Mr. Moore zögerte einen Moment. »Versuchen Sie nicht gerade, selbst Millet's Kaufhaus zu kaufen?«

»Nein. Nein, das tue ich nicht. Wer hat Ihnen denn das eingeredet?«

»Nun, das ist nicht besonders weit hergeholt. Zum einen sind Sie der größte Investor in dieser Gegend, zum anderen steckt Calvin Millet gerade in finanziellen Schwierigkeiten, genauso wie sein Kaufhaus. Außerdem habe ich Sie gestern nach Ihrem Treffen mit Calvin aus dem Kaufhaus kommen sehen.«

»Ich habe Ihnen gesagt, warum ich dort war, Vernon. Ich wollte den Vater meiner Enkelin besuchen.«

»Und Sie haben mich zum Frühstück eingeladen. Es soll sonst nicht Ihrer Gewohnheit entsprechen, in der Gesellschaft von Reisenden zu frühstücken. Mir fällt dafür nur ein Grund ein: Sie glauben, ich könnte ebenfalls ein Kaufinteressent sein.«

»Sie überschätzen sich. Ich habe Sie eingeladen, um Sie besser kennen zu lernen. Ich bin schon fast fertig, aber Sie haben mir immer noch nicht gesagt, warum Sie nicht in die Finanzbranche zurückgekehrt sind.«

Mr. Moore betrachtete den Tisch und fragte: »Bieten Sie mir einen Job an, Clem?«

»Glauben Sie, ich bin ein Dummkopf? Sie wissen, dass ein solches Angebot verfrüht wäre. Falls Sie jedoch Interesse haben sollten, könnte ich in dieser Hinsicht etwas ins Rollen bringen, und wir unterhalten uns später weiter darüber.«

»Ich muss sagen, ich bin geschmeichelt. Aber bisher kennen Sie nur meine zweifelhaften Konversationsfähigkeiten, ansonsten wissen Sie nichts über meine Qualitäten.«

»Ich weiß ein paar sehr wichtige Dinge über Sie. Ich weiß, dass Sie studiert haben und über die Fähigkeit verfügen, sehr große Investitionen unter hohem Druck zu verwalten. Ich weiß auch, dass Sie ein ehrlicher, mutiger Mann sind. Wenn meine Informationen zur RSA-Affäre stimmen, haben Sie nur versucht, das Richtige zu tun.«

»Ist es das, was Sie wollen? Das Richtige tun? Ich habe in meinem Leben dutzende von Geschäftsleuten und Politikern kennen gelernt. Die große Mehrheit von ihnen hatte kein Interesse daran, das Richtige zu tun.«

»Ich weiß nicht, was Sie meinen. Meine Aufgabe ist es, das Familienvermögen zu erhalten. Ich brauche jemanden, der die Investitionen der Familie betreut.«

»Und die ganzen Verwaltungsaufgaben?«

»Die gehören natürlich dazu.«

Mr. Moore nickte. »Ich verstehe immer noch nicht, warum Sie so großes Interesse an mir haben.«

»Für einen klugen Mann sind Sie manchmal etwas

schwer von Begriff, Vernon. Schauen Sie sich um. Wie viele Maßschneider und Vier-Sterne-Restaurants sehen Sie? Was glauben Sie, wie oft ein Mann Ihrer Fasson in Ebb vorbeikommt?«

»Ich nehme an, Sie haben schon versucht, jemanden für diesen Job zu finden.«

»Richtig. Wenn ich auch nur einen anständigen Fondsmanager gefunden hätte, der der Aufgabe gewachsen wäre, dann säßen wir jetzt nicht hier.«

»Darf ich mir das überlegen?«

»Wollen Sie nicht wissen, was dabei für Sie herausspringt? Oder sind Sie wirklich nicht an Geld interessiert?«, fragte Clem.

Mr. Moore dachte einen Augenblick nach. »Darf ich Sie etwas fragen, bevor ich antworte?«

»Natürlich. Schießen Sie los.«

»Was waren die drei denkwürdigsten Erlebnisse in Ihrem Leben?«

Jetzt musste Clem einen Augenblick nachdenken. »Danach hat mich noch nie jemand gefragt, Vernon. Nun, wenn ich es mir recht überlege, dann waren die drei schönsten Augenblicke meines Lebens wohl diese: als ich das erste Mal Sex hatte, der Tag, an dem ich durch das Tor der London School of Economics schritt, und der Tag, an dem meine Tochter geboren wurde. Das war das erste und einzige Mal, dass ich uneingeschränkte Liebe für jemanden empfunden habe.«

»Stimmt es, dass Ihre Frau Sie wenig später verlassen hat?«

Clem schüttelte langsam den Kopf, bevor er leise antwortete: »Sie sind gut informiert, Vernon. Ja, sie hat mich verlassen. Auch meine Tochter hat mich und ihre Familie im

Stich gelassen, und das war eine verdammt peinliche Geschichte. Ich würde diese beiden Episoden nicht zu den schönsten Momenten in meinem Leben zählen.«

»Nein, bestimmt nicht. Sagen Sie, hatten Sie Ihre erste sexuelle Erfahrung mit einer Prostituierten?«

»Wie bitte? Zum Teufel, nein! Ich war noch nie ...«

»Welcher der genannten Augenblicke hatte dann etwas mit Geld zu tun? Suchen Sie sich einen aus.«

Nach einer kurzen Pause antwortete Clem kühl: »Offenbar keiner. Kommen Sie zur Sache und lassen Sie uns dann weitermachen.«

»In Ordnung. Obwohl Sie ein äußerst wohlhabender Mann sind, wie viel Zeit verbringen Sie damit, noch mehr Geld anzuhäufen? Und wie viel Zeit investieren Sie vergleichsweise dafür, wieder eine so schöne Erfahrung zu machen wie damals, bevor Ihre Frau und Ihre Tochter Sie verlassen haben? Wann hat das letzte dieser positiven Ereignisse stattgefunden? Vor dreißig, fünfunddreißig Jahren?«

Clem holte tief Luft und raunte: »Ich habe Sie verstanden.« Dann hellte sich seine Miene auf, und er sagte: »Darf ich daraus schließen, dass Sie für wenig Geld arbeiten werden?«

Mr. Moore lachte. »Für Sie? Auf keinen Fall.«

»Das hatte ich auch nicht erwartet. Wann kann ich mit einer Antwort rechnen?«

»Bis Freitag. Ist das in Ordnung?«

»Ich will ja keinen unterschriebenen Vertrag, sondern lediglich einen Hinweis, ob Sie Interesse haben. Sie scheinen mir ein entscheidungsfreudiger Mensch zu sein. Warum nicht gleich?«

Mr. Moore lächelte. »Sie wissen so gut wie ich, was für Konsequenzen eine Antwort haben kann. Aber ich mache Ihnen für morgen einen Vorschlag.«

»Schießen Sie los.«

»Spielen Sie Karten? Cribbage oder vielleicht Rommé?«

»Wir spielen im Country Club immer Hollywood Gin, Vernon. Warum? Spielen Sie?«

»Ja, und ich glaube, dass man bei einem Kartenspiel eine Menge über andere Menschen lernen kann. Wie sieht es aus? Morgen?«

»Ich weiß nicht. Ich muss morgen früh nach Lincoln zu einem Treffen mit einigen Staatsanwälten. Bei diesen Dingen weiß man vorher nie, wie lange sie dauern. Ich denke, Sie wissen, was ich meine.«

»Gewiss, aber ich habe den ganzen Nachmittag Zeit. Ihre Sekretärin könnte mich anrufen, wenn Sie wieder anzutreffen sind.«

Clem lächelte und wischte sich einen imaginären Krümel aus dem Mundwinkel. »Ich werde Sie selbst anrufen. Damit ist unsere Unterredung für heute beendet. Ich weiß es zu schätzen, dass Sie sich so kurzfristig Zeit nehmen konnten.«

Sie verabschiedeten sich. Mr. Moore sagte: »Das Vergnügen war ganz auf meiner Seite, und Maries Frühstück war eine Freude. Ich hätte da aber doch noch eine Frage.«

»Nur raus damit.«

»Auf der Hinfahrt habe ich gesehen, was für einen wunderschönen Blick über den Fluss Sie von hier aus haben. Würde es Ihnen etwas ausmachen, wenn ich noch ein wenig hier spazieren ginge?«

»Natürlich nicht. Nehmen Sie sich so viel Zeit, wie Sie

wollen. Ich schlage vor, Sie gehen durch den großen Saal und über die Veranda. Das ist der kürzeste Weg. Ich würde Ihnen den Weg selbst zeigen, aber ich habe noch Termine.«

Marie erzählte mir später, dass Mr. Moore zum Felsvorsprung wanderte und dort fünfzehn oder zwanzig Minuten blieb, ehe er zu seinem Auto zurückkehrte. Niemand weiß, worüber er nachdachte. Vielleicht über Clems Angebot. Ich habe nie nachgefragt.

In der Zwischenzeit rief Clem an und fragte mich nach dem neuesten Gerücht zu seinen Investitionen. Ich stritt ab, irgendetwas davon zu wissen – in Washington nennt man das wohl »glaubhaft leugnen« –, aber ich denke, Clem glaubte mir kein Wort. Es schien ihn aber auch nicht besonders zu ärgern. Er sagte mir nur, ich solle meinen Mund halten und ihn wissen lassen, falls ich etwas hörte – zum Wohle der Gemeinde natürlich.

Anschließend rief Clem Buford Pickett in der Bank an. Er sagte: »Hören Sie, Buford, ich weiß nicht, wer dieser Vernon Moore ist und warum er hier ist, aber ich bin mir verdammt sicher, dass er kein Handlungsreisender ist. Deshalb sollten wir davon ausgehen, dass es sich um einen Kaufinteressenten handelt. Das ist ein schlechter Zeitpunkt. Wir haben Calvin Millet genau da, wo wir ihn haben wollen, ein Mitbieter könnte mich eine Menge Geld kosten.«

»Ja, Mr. Tucker.«

»Ich möchte, dass Sie alle aktuellen Projekte hintanstellen und sich zusammen mit Ihrem Team ausschließlich diesem Mann widmen. Ich will alles wissen. Ob er an Schuppenflechte leidet, ob er entfernte Verwandte hat, die gerade in kolumbianischer Haft sitzen – einfach alles. Vor allem, wo er in den letzten sechs Jahren war und warum er hier in Ebb ist. Haben Sie Fragen?«

»Nein, Mr. Tucker.«

»Gut. Fangen Sie in Ohio an, dort hat er angeblich das College besucht. Wenn Probleme auftreten, rufen Sie mich persönlich an. Niemand außer Ihnen und Ihren Mitarbeitern darf etwas von unserem kleinen Projekt erfahren. Wenn irgendjemand in der Bank Fragen stellt, egal, wer, sagen Sie einfach, Sie arbeiten an einem Spezialauftrag. Haben Sie das verstanden?«

»Ja, Mr. Tucker.«

»Danke, Buford. Sie sind ein guter Mann. Lassen Sie mich alles wissen, was Sie über Vernon Moore herausbekommen – so schnell wie möglich.«

Als Nächstes rief Clem Dottie Hrnicek an, unseren weiblichen Sheriff. Man spricht ihren Nachnamen »Her-nuh-scheck« aus. Aus irgendwelchen Gründen gibt es eine ganze Menge Hrniceks in Nebraska, fragen Sie mich nicht, warum. Sie stammen aus einem dieser osteuropäischen Länder, die so arm waren, dass sie sich nicht das ganze Alphabet leisten konnten, vor allem nicht die Vokale.

Dottie hat die Figur eines Hydranten: kräftiger Brustkorb, breite Hüften und vorne flach. Sie trägt ihr rotes Haar kurz und mit einem Pony. Sie kam in den Achtzigern als Teenager nach Ebb, als ihr Vater versuchte, in der Main Street eine Eisdiele zu eröffnen, aber er ging ziemlich schnell Pleite, und sie zogen weiter nach Broken Bow, wo Dottie ihren Schulabschluss machte und in die Strafverfolgung ging.

Natürlich ist sie nach ihrer Scheidung wieder hierher zurückgezogen. In den letzten Jahren gab es Gerüchte, dass sich ihre nachehelichen sexuellen Neigungen geändert hätten. Das ist mir egal. Sie ist eine gute Polizeibeamtin und ein engagiertes Mitglied im Nähclub.

»Dottie, hier ist Clem Tucker. Darf ich im Vertrauen mit Ihnen reden?«

»Guten Morgen, Clement. Es ist mir ein Vergnügen. Was kann ich für Sie tun, Süßer?« Dottie nennt jeden Mann »Süßer«, egal, ob Verbrecher oder nicht, einschließlich Clement Tucker. Wenn der Papst nach Ebb käme, würde sie ihn auch »Süßer« nennen.

»Haben Sie von einem Vernon Moore gehört, der neuerdings in der Stadt ist?«, fragte Clem.

»Meinen Sie Wilma Porters neuen Gast?«

»Ja, genau den meine ich.«

»Loretta hat mir heute Morgen im Starbucks von ihm erzählt. Ich glaube, er hat sie ziemlich beeindruckt. Ich habe sie nicht mehr so aufgekratzt erlebt, seit sie damals zusammen mit vierzig ihrer besten Freunde einen Bus gemietet hatte und nach Grand Island zum Rodeo gefahren ist.«

»Ich meine es ernst. Haben Sie ihn überprüft?«

»Nein, Süßer, das habe ich nicht. Sollte ich? Was haben Sie denn über ihn gehört?«

»Er behauptet, er wäre ein Handlungsreisender, aber ich kann das einfach nicht glauben. Sie sind ausgestorben, wie die Dinosaurier, und das gibt mir Grund zu der Befürchtung, dass seine Absichten hier in Ebb nicht ehrenhaft sind. Wissen Sie, er war vor ein paar Jahren in einen großen Einzelhandelsskandal verwickelt.«

»Nein, Clement, das wusste ich nicht. Was wollen Sie damit sagen?«

»Nun, Dottie, Sie würden der Stadt einen großen Dienst erweisen, wenn Sie den Hintergrund dieses Mannes überprüfen würden. Wenn er ein Handlungsreisender ist, muss er ja eine Art Genehmigung haben, oder?«

»Er braucht lediglich eine Gewerbeerlaubnis, Süßer. Sie haben selbst sicher an die fünfzig Stück davon.«

»Das stimmt wohl. Aber würden Sie überprüfen, ob er zumindest eine hat?«

»Dazu sehe ich keine Veranlassung. Ich habe keine Hilfssheriffs, die im Bezirksgericht herumlungern und nach Arbeit suchen.«

»Sie würden mir einen großen Gefallen tun.«

»Einen Gefallen? Ihnen? Und was wäre die Gegenleistung, Süßer?«

»Was hätten Sie denn gerne?«

»Wie wäre es mit Ihrer öffentlichen Unterstützung im Wahlkampf dieses Jahr?«

Das verschlug Clem erst einmal die Sprache. Schließlich erwiderte er: »Wie wäre es stattdessen mit einer Unterstützung Ihrer Kampagne? Wie Sie wissen, versuche ich, mich aus der Lokalpolitik herauszuhalten.«

»Jaja, jeder weiß das«, sagte Dottie. »Geben Sie mir Bescheid, wenn Sie Ihre Meinung geändert haben. Ich muss noch ein paar Bösewichte einbuchten.«

»Dottie …«

»Und fahren Sie vorsichtig, Süßer. Ich möchte heute nichts von tief fliegenden Porsches hören, verstanden?«

»Verdammt, Dottie …«

Sie legte auf und rief mich sofort an. Wir plauderten über Calvin und Lucy Millet, dann erzählte ich ihr die Einzelheiten über Mr. Moore, und schließlich überprüfte sie ihn an ihrem Computer.

In der Zwischenzeit telefonierte Clem mit Loretta. »Welchem Umstand verdanke ich diese Ehre?«, fragte sie. »Sie haben erst nächste Woche Termin.«

»Ich habe von Wilma gehört, dass Sie Vernon Moore kennen, Loretta.«

»Das stimmt, und er ist etwas ganz Besonderes. Für einen Mann seines Alters ist er ziemlich gut drauf.«

»Was noch?«

»Warum wollen Sie das wissen? Was ist los?«

»Ich habe allen Grund zu der Annahme, dass er nicht das ist, was er vorgibt zu sein. Ich versuche herauszubekommen, wovon er wirklich lebt.«

»Himmel, Clem, warum haben Sie das nicht gleich gesagt? Natürlich ist er nicht das, wofür er sich ausgibt! Haben Sie seine Kleidung gesehen? Außerdem ist er intelligent und hat sehr spezielle Ansichten, zu speziell für einen Handlungsreisenden.«

»Das ist sehr interessant.«

»Ja, nicht wahr? Aber warum interessiert Sie das, lieber Clem? Es muss wirtschaftlich von Bedeutung sein, sonst würden Sie mich nicht persönlich anrufen. Plant er eine feindliche Übernahme der Bank? Das wäre ein Stück aus einer griechischen Tragödie, nicht wahr?«

»Das ist meine Stadt. Es wird hier keine Übernahmen geben, weder feindliche noch sonst irgendwelche. Aber ich mag Leute nicht, die sich deutsche Autos und italienische

Mode leisten können und damit herumrennen und vorgeben, sie wären etwas, was sie nicht sind. Zumindest nicht, solange ich nicht weiß, was sie wirklich vorhaben.«

»Ist das alles, Clem? Da steckt doch mehr dahinter. Ich kann mich nicht erinnern, wann Sie mich das letzte Mal persönlich angerufen haben. Hat Ihre Sekretärin schon wieder gekündigt?«

»Das ist alles, bis auf weiteres. Lassen Sie es mich wissen, wenn Sie etwas erfahren, hören Sie?«

»Noch in derselben Minute, Clem.«

»Danke.«

»Ich sehe Sie dann nächste Woche zu Ihrem Termin?«

»Natürlich.« Sobald sie aufgehängt hatten, rief mich Loretta an und erzählte mir die ganze Unterhaltung. Ich berichtete ihr von Dottie Hrniceks Anruf. Wir redeten immer noch, als Dottie noch einmal anrief, also nahm ich sie in die Leitung.

Es stellte sich heraus, dass Mr. Moore eine vorschriftsmäßige Gewerbeerlaubnis hatte, aber Dottie meinte, das allein müsse noch nicht heißen, dass er auch wirklich ein Handlungsreisender war. Es müsse noch nicht einmal bedeuten, dass er Geschäftsmann war. Es bedeute lediglich, dass er in Nebraska Geschäfte machen durfte, wenn er wollte.

Dottie berichtete Loretta und mir außerdem, dass Mr. Moore nicht vorbestraft war – nicht einmal einen Strafzettel hatte er bekommen –, und dass er ein Bankkonto hatte, das selbst einem Bankpräsidenten Gänsehaut verursacht hätte. Natürlich erzählte sie Clem nichts davon. Niemand aus dem Nähclub würde das je tun, jedenfalls nicht, ohne es vorher mit mir zu besprechen.

KAPITEL 10

Einfühlungsvermögen für Gott

Um Punkt zehn Uhr fünfundzwanzig stand Mr. Moore wieder vor Lilys Schreibtisch. Calvin war bereits da und winkte seinen Gast herein. Sobald Mr. Moore das Büro betreten hatte, sagte Calvin: »Guten Morgen, Vernon«, und streckte die Hand über den Schreibtisch.

Mr. Moore schüttelte sie und antwortete: »Ja, es ist ein schöner Tag, nicht wahr? Ich war gerade bei Clem Tucker im River House frühstücken, und der Blick von seinem Garten aus ist atemberaubend. Wenn ich ein gutes Buch und einen Picknickkorb dabeigehabt hätte, wäre ich jetzt wohl immer noch dort.«

»Sie waren im River House? Das ist in dieser Gegend eine hohe Ehre, Vernon. In ganz Hayes County hatten bisher vielleicht ein Dutzend Leute dieses Vergnügen, mich eingeschlossen. Was war der Anlass, wenn ich fragen darf?«

»Ich bin mir nicht sicher. Vielleicht war es nur ein gemeinsames Frühstück zweier alter Männer, die sich gerne teuer kleiden.«

Calvin, der ein blaues Jeanshemd, Jeans und Cowboystiefel trug, widersprach nicht. Stattdessen sah er auf die Uhr und fragte: »Sind Sie immer zu früh dran?«

»Ja, das muss ich zugeben. Das geht auf eine Beobachtung zurück, die ich als junger Mann beim Militär gemacht habe. Ich fand heraus, dass pünktlich sein zwar notwendig, aber beinahe unmöglich ist – also dass ich immer entweder zu früh oder zu spät dran war. Ich fand auch heraus, dass es zwei Arten von Menschen gibt: solche, die zu früh, und solche, die zu spät dran sind. Anhänger der ersten Gruppe, vornehmlich Sergeants, regten sich immer über die Zuspätkommer auf. Aus irgendwelchen Gründen sind Sergeants besonders empfindlich gegenüber Verspätungen. Deswegen entschied ich mich dafür, zur Gruppe der Zufrühkommer zu gehören. Seitdem ist mein Leben entspannter.«

Calvin lächelte und fragte: »Ist das ein Beispiel für Ihre willkürlich gezogenen Grenzen?«

»Wie ich sehe, haben Sie Ihre Hausaufgaben gemacht, Calvin. Sie haben Recht. Ich habe mich dafür entschieden, die Grenze auf der Seite des Zufrühkommens zu ziehen, wo es genügend Spielraum gibt. Das ist mir lieber, als zu versuchen, sie genau zum jeweiligen Zeitpunkt zu ziehen, was willkürlich eng ist und das Risiko des Zuspätkommens enorm steigert.«

»Offenbar funktioniert es.«

»Ja, das tut es.«

Lily brachte Eiswasser für Mr. Moore herein. Mr. Moore bedankte sich, und Calvin sah wieder auf seine Uhr.

Mr. Moore nippte an seinem Wasser und sagte: »Wären Sie gerne woanders?«

»Nein, nein. Ich bin nur aufgeregt. Haben Sie von Stress

gesprochen? Ich bin in letzter Zeit immer nervös. Können wir anfangen? Sie sagten, Sie würden mir Hoffnung verkaufen. Ich bin ein Kunde. Sie sind dran.«

»In Ordnung, aber Ihre Formulierung macht mich nachdenklich. Ich bin kein altmodischer Priester, der Sie mit einer spirituellen Rede hypnotisieren wird. Das wäre der Weg zu blindem Glauben. Unser Ziel ist vernunftbedingter Glaube, und er kann nur durch logisches Denken erreicht werden.«

»Was ist mit gesundem Menschenverstand?«

»Das ist dasselbe, meinen Sie nicht?«

»Na schön. Wenn ich mich recht erinnere, ist unsere erste Station wieder eine willkürlich gezogene Grenze. Richtig?«

»Nicht ganz. Zuerst müssen wir das Paradoxon des gütigen Gottes prüfen. Erinnern Sie sich?«

»Ich erinnere mich an das Wesentliche, aber ich kenne es nicht genau.«

»Es lautet folgendermaßen, Calvin: ›Nur ein gütiger Gott würde Himmel und Erde erschaffen.

Aber kein gütiger Gott würde so viel Schmerz und Leid auf Erden zulassen. Deshalb gibt es keinen gütigen Gott!‹«

»Aha, ich habe verstanden.«

»Gut. Wenn wir das Paradoxon lösen wollen, müssen wir logischerweise am Anfang beginnen. In Ordnung?«

»Was meinen Sie damit?«

»Wir müssen mit der ersten Prämisse anfangen, Calvin: Nur ein gütiger Gott würde Himmel und Erde erschaffen.«

»Warum müssen wir damit anfangen? Damit bin ich nicht einverstanden.«

»Wenn ich mich recht erinnere, sind Sie deshalb nicht damit einverstanden, weil Ihre Tochter schon in so jungen Jahren so viel Schmerz und Leid ertragen musste.«

»Ganz genau.«

»Nun, das ist die zweite Behauptung. Wie die meisten Leute scheinen Sie es für unumstößlich zu halten, dass kein gütiger Gott jemals so viel Schmerz und Leid zulassen würde.«

»Das würde er nicht, da bin ich sicher.«

»Ich verstehe Ihre Gefühle, aber es handelt sich dabei eher um eine emotionale Reaktion als um eine logische Schlussfolgerung. Warum versuchen wir es nicht mal mit der Logik? Das heißt, Sie müssen zunächst die erste Behauptung akzeptieren. Ansonsten hängen wir fest.«

»Na schön. Ich lasse es so stehen. Nur ein gütiger Gott würde Himmel und Erde erschaffen. Machen wir weiter.«

»Gut. Haben Sie als Kind je Baseball gespielt?«

Calvin schüttelte den Kopf. »Die Frage kommt sehr unerwartet, aber: Ja, natürlich habe ich das.«

»War Ihr Trainer ein ehemaliger Baseballprofi? Meiner war einer.«

»Ja. Wenn ich mich recht erinnere, hat er am Peru College gespielt.«

»Gut. Jetzt lassen Sie mich eine Frage stellen: Was wäre passiert, wenn er jedes Mal selbst als Pitcher eingesprungen wäre, wenn die gegnerische Mannschaft an der Reihe war?«

»Wie bitte? Das ist absurd.«

»Warum?«

»Das ist doch ganz klar: Wir waren Kinder. Wir hätten nichts über Teamgeist oder harte Arbeit gelernt oder über

Gewinnen und Verlieren oder über Fairness. Das Einzige, was wir gelernt hätten, wäre gewesen, jedes Mal den Trainer zu rufen, wenn wir Schwierigkeiten hatten.«

»Sie haben absolut Recht, und das bedeutet, dass Sie jetzt bereit für die nächste Ebene sind.«

»Und die wäre?«

»Für die nächsten Minuten, Calvin Millet, möchte ich, dass Sie Gott sind.«

Calvin verzog das Gesicht. »Das ist der Einfühlungsteil, von dem Sie gestern geredet haben, nicht wahr?«

»Ja.«

»Nun, das ist ein ganz schöner Sprung, aber ich bin bereit.« Calvin wedelte mit seiner rechten Hand vor Mr. Moore herum, als hielte er einen Zauberstab, und sagte: »Simsalabim, meine Lucy ist gesund.«

»Nicht so schnell, Gott.«

»Mein Vorgänger tat dasselbe für Lazarus und seinen eigenen Sohn. Ich kann es für meine Tochter tun. Was wäre einfühlsamer als das?«

»Sein Sohn bekam nur eine Wochenendkarte, und Sie haben selbst gesagt: keine religiösen Sprüche.«

Calvin lehnte sich zurück und verschränkte die Arme vor der Brust. Mr. Moore fuhr fort: »Sie sind jetzt Gott; Sie sind allmächtig. Sie haben Himmel und Erde geschaffen, und jetzt laufen dort überall diese zarten Wesen herum, die ab und zu einen Anflug von Intelligenz zeigen. Was tun Sie mit ihnen?«

»Was meinen Sie?«

»Greifen Sie jedes Mal ein, wenn es für Ihre Mannschaft eng wird?«

»Nein. Natürlich nicht.«

»Füttern und pflegen Sie sie wie Haustiere?«

Calvin überlegte einen Moment. »Nein. Das ist nicht nötig. Sie können für sich selbst sorgen; sogar die Käfer am unteren Ende der Nahrungskette.«

»Das stimmt, aber es gibt andere Wege, wie Sie helfen könnten. Würden Sie ihnen zum Beispiel alle modernen Bequemlichkeiten zur Verfügung stellen?«

»Vielleicht, Vernon. Aber wenn ich darüber nachdenke – nein. Ich würde es nicht tun. Ich möchte, dass sie sich von den anderen Tieren unterscheiden, indem sie selbst neue Dinge entwickeln. Deswegen habe ich diesen Kreaturen ja ein Gehirn mitgegeben.«

»Ausgezeichnet. Aber ich wette, Sie würden sie vor Krankheiten schützen, nicht wahr?«

Calvin zögerte keine Sekunde. »Ja, auf jeden Fall. Ich weiß, worauf Sie hinauswollen, Vernon, aber ich bin ein gütiger Gott, im ursprünglichen Sinn. Ich würde Krankheiten ausrotten.«

»An dieser Stelle würden Sie also die Grenze ziehen. Sie würden die Menschen sich selbst überlassen, nur die Krankheiten würden Sie ausrotten.«

»Ja. Das ist richtig.«

»Wie ist es mit Krieg? Allein im Zweiten Weltkrieg sind mehr als vierzig Millionen Menschen gestorben, die meisten davon unter furchtbaren Umständen. Würden Sie nichts gegen Krieg tun?«

»Doch, auf jeden Fall.«

»Und was? Die Waffen ausrotten? Dann müssten Sie auch jede Erfindung unmöglich machen, denn die Grenze zwischen friedlichem und aggressivem Gebrauch ist bei vielen

Dingen verwischt. Denken Sie nur an Flugzeuge und Messer.«

»Gut. Wenn die Biester unbedingt wollen, sollen sie Krieg spielen. Aber keine Krankheiten.«

»Wie ist es mit Unfällen? Könnten Ihre Menschen bei Unfällen sterben oder verletzt werden?«

»Teufel, ich schätze, ich müsste auch das zulassen. Sonst würde ich wieder hineinpfuschen.«

»Stimmt, aber wie ist es mit Verbrechen? Vergewaltigung, Mord, Diebstahl, Kindesmissbrauch?«

»Nein. Ich würde nichts davon dulden. Das könnte ich nicht.«

»Wirklich? Wie in aller Welt wollten Sie das verhindern?«

»Ich würde einfach jeden neu programmieren, vor allem Männer, sodass niemand mehr einem anderen schaden will.«

»Ah, wieder eine ausgezeichnete Antwort. Mit anderen Worten: Sie würden den freien Willen aufheben.«

Es folgte eine lange Pause, in der Calvin sich nicht zu einer Antwort bemüßigt fühlte. Schließlich sagte Mr. Moore: »Natürlich könnten Sie Ihren Geschöpfen mit ewiger Verdammnis drohen, wenn sie böse wären. Das würde vielleicht gegen einen Teil der Verbrechen helfen.«

»Na schön. Ich müsste Unfälle und Verbrechen zulassen – aber was die Krankheiten angeht, bleibe ich dabei. Auf meinem Planeten würde es keine Krankheiten geben – das hat mit freiem Willen nichts zu tun.«

»Gut. Sie haben gewonnen. Keine Krankheiten.«

Calvin beugte sich vor und lächelte. »Wirklich? Toll! Das bedeutet, Sie haben verloren, Vernon.«

»Wirklich? Oder haben Sie vielleicht nur die Grenze woanders gezogen?«

»Wie meinen Sie das?«

»Es gibt auf Ihrer Erde immer noch Schmerzen und Leid. Tonnenweise. Sie haben sich entschieden, Krieg, Verbrechen und Unfälle zu dulden. Wie könnten Sie, ein gütiger Gott, jemals so viel Schmerz und Leid zulassen?«

»Ich musste ja, Sie haben mich dazu gebracht. Wir sind Schritt für Schritt so weit gekommen.«

»Korrekt. Sie haben Ihre Menschen von den Tieren unterschieden, indem Sie ihnen Intelligenz gaben. Damit sie diese Intelligenz nützen können, gaben Sie ihnen auch noch den freien Willen. Aber in dem Moment, in dem Sie ihnen den freien Willen zugestanden haben, konnten Sie nicht verhindern, dass sie sich gegenseitig Schmerzen und Leid zufügten, entweder absichtlich oder aus Versehen.«

»Stimmt, aber ich habe eine Menge Schmerz und Leid ausradiert, indem ich Krankheiten ausgerottet habe. Auch Aids, das gibt es auf meinem Planeten nicht.«

»Gut, aber Sie haben nichts anderes getan, als die Grenze zu verschieben. Auf Ihrer Erde gibt es immer noch schrecklich viel Schmerz und Leid, und diese Situation hat zwei Seiten. Ich bin sicher, es könnte weniger Schmerz und Leid auf Erden geben, aber ich bin genauso sicher, es könnte auch mehr geben.«

»Was soll das heißen?«

»Was wäre, wenn wir auf einem Planeten lebten, wo die Höchsttemperatur bei minus fünfzehn Grad liegt und die Elektrizität noch nicht erfunden wäre? Was wäre, wenn wir von tollwütigen, Fleisch fressenden Käfern so groß wie

Mähdrescher gejagt würden? Was wäre, wenn wir keine zweiten Zähne bekämen und nur noch das Zahnfleisch hätten, sodass wir ab dem Alter von elf Jahren nur noch Suppe und Joghurt essen könnten? Mir scheint, die Dinge in Sachen Schmerzen und Leid könnten noch viel schlechter stehen.«

Calvin wusste, dass er logischerweise zustimmen musste, aber er brachte es nicht über sich. Mr. Moore wartete. Schließlich sagte Calvin: »Sie sind also der Meinung, die Dinge könnten noch viel schlimmer stehen.«

»Ganz genau. Es könnte um vieles schlimmer aussehen. Natürlich könnte es auch besser aussehen. Was, wenn es zum Beispiel weder Kälte noch Hitze, weder Hunger noch Krankheit, weder Krieg noch Verbrechen, weder Videospiele noch Geschwindigkeitsbegrenzungen und keine lärmigen Jumbojets geben würde? Dann wäre die Welt ein viel, viel besserer Ort, nicht wahr?«

Calvin blieb stumm. »Nun?«, hakte Mr. Moore nach.

»Stimmt«, sagte Calvin.

»Genau«, erwiderte Mr. Moore. »In einer solchen Welt wären wir unserer Sinne, unserer Gefühle und jeder Hoffnung auf Selbstverwirklichung beraubt. Wir wüssten nie, dass uns warm ist, weil wir die Kälte nicht kennen. Wir wüssten nie, dass wir glücklich sind, weil wir die Traurigkeit nicht kennen. Wir würden uns nie erfüllt fühlen, weil alles für uns gemacht würde. Unser freier Wille wäre so eingeschränkt, dass man ihn umbenennen müsste. Wir müssten ihn ›teilweise freien Willen‹ nennen oder ›bedingt freien Willen‹.«

»Ich habe verstanden«, antwortete Calvin.

»Gut. Dann haben Sie als der gütige Gott des Tages die Wahl: Entweder Sie geben Ihren Geschöpfen einen freien

Willen, wodurch ihnen eine Menge Schmerz und Leid erwachsen wird, oder Sie eliminieren ihren Schmerz und ihr Leid, allerdings um den Preis ihres freien Willens. Sie können nicht beides haben. Wofür entscheiden Sie sich?«

Da Calvin nicht antwortete, fuhr Mr. Moore fort: »Der freie Wille ist die größere Gabe, aber im Interesse eines freien Willens müsste ein gütiger Gott Schmerz und Leid zulassen. Die einzige Frage ist, wo er die Grenze ziehen würde. In dieser Hinsicht sind wir übereingekommen, dass die Dinge zwar besser aussehen könnten, aber auch um vieles schlechter. Mit anderen Worten: Unser Gott war, nun, gütig zu uns.«

Calvin fühlte sich wie beim Zahnarzt. Leise gab er zu: »Ich nehme an, so ist es.«

Mr. Moore fuhr fort: »Das sind gute Neuigkeiten, keine schlechten. Es bedeutet, dass es einen gütigen Gott geben kann.«

»Nun gut. Es mag einen gütigen Gott geben, aber während er so verdammt nett zum Rest von uns war, hat er meine Tochter fertig gemacht.«

»Sie haben vollkommen Recht, Calvin.«

Calvin lehnte sich vor und erwiderte: »Tatsächlich? Finden Sie das wirklich?«

»Ja, das Leben ist ungerecht, sehr ungerecht.«

»Es ist verdammt ungerecht, womit wir wieder am Anfang wären.«

»Nein, Calvin, das sind wir nicht. Vom logischen Standpunkt aus haben wir ein ganz anderes Problem. Das Dilemma besteht nicht mehr in der Existenz von Schmerz und Leid; wir haben das als Bedingung unseres freien Willens erkannt. Unser neues Problem ist die elende Ungerechtigkeit des Lebens. Wie können wir uns mit der Mühsal eines afrikanischen Kindes abfinden, das keine Perspektive hat und eine Lebenserwartung von zweiundvierzig krankheitsgezeichneten Jahren am Rande des Hungertods, wenn es gleichzeitig Menschen gibt, die in die Aristokratie hineingeboren werden und ein fettes, haltloses und krankheitsfreies Leben bis ins hohe Alter hinein führen?«

»Amen. Und jetzt werden Sie mir erklären, dass ein gütiger Gott Ungerechtigkeit zulassen würde, nicht wahr? Inzwischen wäre ich nicht mal mehr überrascht, wenn Sie mir erzählten, er würde es genießen.«

»Tatsächlich werde ich Ihnen nichts dergleichen erzählen. Nicht diesmal. Ich glaube nicht, dass ein gütiger Gott Ungerechtigkeit auch nur im Entferntesten tolerieren würde.«

»Wie zum Teufel erklären Sie dann die Sache mit Lucy?«, warf Calvin unwirsch ein.

Ehe Mr. Moore antworten konnte, stürzte Lily mit besorgter Miene ins Büro und sagte: »Mr. Millet, da ist ein Anruf für Sie auf Leitung eins. Es ist Schwester Nelson. Sie sagt, sie müsse Sie sofort sprechen.«

Calvin sah auf. »Würden Sie mich beide entschuldigen?«

»Natürlich«, entgegnete Mr. Moore. Lily schloss die Tür hinter ihnen und kehrte an ihren Schreibtisch zurück. Mr. Moore saß still auf einem Stuhl daneben.

Nach wenigen Augenblicken kam Calvin aus seinem Büro gestürzt, seine Aktentasche in der Hand, und rief atemlos: »Ich muss sofort nach Hause, Lily. Bitte nehmen Sie alle Anrufe für heute entgegen.«

Mr. Moore stand auf. Calvin sah ihm in die Augen. »Ihr gütiger Gott geht mir langsam auf die Nerven, Vernon.«

»Es gibt eine Lösung. Ich verspreche es Ihnen. Es gibt Hoffnung«, entgegnete Mr. Moore.

»Nun, die Hoffnung wird warten müssen, denn Lucy hat plötzlich einen furchtbaren Schmerzanfall.«

Mr. Moore fragte: »Bis morgen, also?«

»Verdammt, nein. Verdammt, ich weiß es nicht. Ich weiß es einfach nicht. Fragen Sie Lily morgen früh. Wenn ich in der Arbeit bin, können wir uns treffen, aber ich werde nicht hier sein, wenn sich Lucy nicht entschieden besser fühlt.«

»Lucy verdient es, die Wahrheit zu erfahren«, sagte Mr. Moore mit Nachdruck. »Sagen Sie ihr heute die Wahrheit, oder kommen Sie morgen wieder ins Büro.«

»Kümmern Sie sich um das verdammte Geschäft, Lily«, rief Calvin. Dann warf er Mr. Moore einen finsteren Blick zu und rannte die Treppe hinunter.

Wie ich Ihnen schon erzählt habe, hatte Calvin ein kleines Haus in Carson, einer trostlosen kleinen Ortschaft, gemietet. Das Haus selbst ist so groß wie eine Schuhschachtel mit verblichenen grünen Schindeln und einem alten grauen Dach. Ein Esszimmer hat es nicht, auch keine Veranda. Nur eine kleine Garage am Ende einer mit Schlaglöchern übersäten, gekiesten Auffahrt. Es gibt eine kaputte Schaukel, einen dürren Baum und einen verrosteten Gastank hinter dem Haus. Als ich das letzte Mal dort war, war der Rasen nicht mehr gemäht worden, seit Reagan im Amt war, und die Nachbarn züchteten Hühner, was je nach Windrichtung für einen scheußlichen Gestank sorgte.

Als Calvin dort ankam, warteten Doktor Wiley und

Schwester Nelson im Vorzimmer auf ihn. Er stürzte zur Tür herein und fragte: »Wie geht es ihr? Was ist los?«

Doktor Wiley hob die Hand und wollte etwas sagen, aber Calvin kam ihm zuvor: »Sagen Sie mir bloß nicht, ich soll mich beruhigen, Hank; ich bin gerade gar nicht in der Stimmung dafür.«

Schwester Nelson sprang ein: »Wir müssen eine wichtige Entscheidung fällen, Calvin, eine sehr wichtige Entscheidung, Lucy betreffend. Sie können entweder ruhig oder aufgeregt sein, das liegt bei Ihnen.«

Calvin ließ sich auf einen alten, verschlissenen Sessel fallen, der früher einmal grün gewesen sein musste.

Hank wartete einen Moment und sagte dann: »Sie hat furchtbare Schmerzen …«

»Dann tun Sie etwas dagegen, Doktor!«, brauste Calvin auf.

»Das ist genau die Entscheidung, die wir treffen müssen«, warf Schwester Nelson ein. »Wenn der Doktor ihr mehr Schmerzmittel gibt, wird sie schlafen.«

»Und weiter?«

»Sie wird in diesem Zustand bleiben. Sie wird nicht mehr aufwachen können.«

Calvin stützte seinen Kopf auf seine Hände. Schwester Nelson trat zu ihm, setzte sich auf die Lehne des Sessels und legte ihm die Hand auf die Schulter.

Doktor Wiley sagte: »Wir müssen eine Entscheidung fällen, Calvin, aber ich glaube, wir haben keine Wahl. Lucy hat in diesem Moment furchtbare Schmerzen. Sie krümmt sich und schwitzt und zittert. Ihre Zähne sind so fest zusammengebissen, dass sie kaum sprechen kann.«

Calvin sprang auf. »Ich muss sie sehen.« Dann ging er direkt in ihr Zimmer, gefolgt von Doktor Wiley und Schwester Nelson.

Die kleine Lucy schlief in einem speziellen Krankenhausbett und hatte meistens eine Infusion in einem Arm. Beide Arme waren schon vom Ellbogen bis zu den Handrücken entzündet. Jetzt lag sie auf der Seite, die Knie zur Brust hochgezogen, und zitterte wie ein frierendes Küken, obwohl sie mit einer Steppdecke und einer rosafarbenen Wolldecke bis unters Kinn zugedeckt war. Calvin setzte sich an die Bettkante und legte ihr die Hand auf die Stirn.

Lucy sah auf und sagte: »Du hast geschw-schwindelt, Papa. Ich habe Schwester Ne-Nelson gefragt. Es gibt kein Gesetz, das sagt, dass Kinder nicht zuerst sterben können.«

»Das ist ein ganz neues Gesetz, Herzchen«, antwortete Calvin. »Schwester Nelson hat einfach noch nicht davon gehört. Stimmt das nicht, Louise?«

Schwester Nelson versuchte zu lächeln und antwortete: »Dein Vater hat Recht, Lucy. Doktor Wiley hat mir erst heute Morgen davon erzählt.«

Lucy antwortete nicht. Calvin sagte: »Wie fühlst du dich, Liebling?«

»Alles t-tut weh. Meine Beine und mein Rücken, sie tun w-wirklich richtig weh.« Sie biss die Zähne zusammen und schloss wieder die Augen.

»Möchtest du, dass dir Doktor Wiley etwas gegen die Schmerzen gibt?«

»J-ja.«

»Danach wirst du schlafen. Ist das in Ordnung?«

Lucy blieb steif in ihrem Bett liegen, zitternd wie ein Blatt im Sturm. Alles, was sie herausbrachte, war »Hm«.

»Gut, Liebling. Wir lassen dich schlafen. Ich sehe später nach dir, einverstanden?«

Lucy sagte nichts mehr. Calvin strich ihr mit den Fingern durchs Haar und nickte dann Doktor Wiley zu. Schwester Nelson stand auf und drehte an einem Knopf an Lucys Infusion, dann ließen sie und Doktor Wiley Calvin mit seiner Tochter allein.

Nach etwa zwanzig Minuten kam er ins Vorzimmer zurück. »Es sieht aus, als würde sie schlafen«, sagte er und setzte sich wieder.

Schwester Nelson sagte leise: »Ich glaube, es gab keine andere Möglichkeit.«

»Sie hat Recht, Calvin. Wir hatten keine Alternative mehr.«

Calvins Kopf schoss in die Höhe. »Was meinen Sie damit?«

»Es gab keine andere Möglichkeit mehr. Sie wissen es, ich weiß es. Lucys Zustand wird sich nicht bessern. Wenn wir sie aufwachen lassen, wird sie mindestens so starke Schmerzen haben wie eben, wenn nicht noch mehr.«

»Sind Sie sicher, Hank? Wie können Sie da so sicher sein? Sie wissen ja noch nicht einmal, was sie hat. Wie zum Teufel können Sie da wissen, dass es keine Rettung gibt?«

»Wir haben diese Einsicht so lange wie möglich herausgeschoben, Calvin. Sie haben mehr versucht, um Ihre Tochter zu heilen, als alle Eltern, die ich jemals getroffen habe. Aber wir sind am Ende.«

»Sie schlagen vor, dass ich aufgeben soll?«

»Ich schlage vor, dass Sie beten. Das ist alles, was uns noch bleibt.«

»Zu wem soll ich beten? Ich habe gerade eine Stunde mit einem mir völlig fremden Mann verbracht, der mich davon überzeugt hat, dass ein gütiger Gott Schmerz und Leid zulassen würde. Können Sie sich das vorstellen? Teufel, wenn Gott hinter all diesem Schmerz steckt, was hat Beten dann überhaupt für einen Sinn? Worum bitte ich, um einen Dachträger für Skier?«

Doktor Wiley wusste nicht, was er darauf antworten sollte.

»Doktor Wiley muss zurück in die Stadt, Calvin«, sagte Schwester Nelson. »Vielleicht können Sie beide Ihre Diskussion heute Abend am Telefon weiterführen. Wäre das nicht besser?«

»Kein Problem«, antwortete Calvin. »Lucy schläft ruhig, und ich bin verdammt schlecht gelaunt. Es tut mir Leid, dass ich so ungehalten bin. Ich hoffe, Sie können das verstehen.«

»Natürlich, Calvin, ich verstehe das. Können Sie heute schlafen? Möchten Sie ein Beruhigungsmittel?«

»Nein, ich möchte meinen Schmerz und mein Leiden genießen, jede verdammte Minute davon.« Damit stürmte Calvin Millet aus der Tür und sprang in seinen Jeep. Niemand weiß, wohin er gefahren ist. Niemand hat je danach gefragt.

KAPITEL 11

Die Ebb-Familie

Meine Tochter Mona kam um kurz nach elf am Come Again an, und ich konnte schon auf den ersten Blick aus dem Fenster sehen, dass etwas nicht in Ordnung war. Sie trug einen alten grauen Trainingsanzug, ausgeleierte Socken und schmutzige Turnschuhe, und ihre Haare sahen aus, als hätten sich zwei räudige Katzen darin gerade einen Kampf geliefert. Keine verheiratete Frau, die so aussieht, ist an ihrem Mann interessiert, zumindest nicht in körperlicher Hinsicht, aber Mutterliebe ist unabhängig vom Erscheinungsbild. Ich nahm sie am Tor in Empfang und umarmte sie lange, dann führte ich sie in die Küche zum Tee. Noch bevor wir uns gesetzt hatten, fing sie schon an, über ihre Kinder zu jammern.

Deine Kinder bleiben ein Leben lang deine Kinder. Ich unterbrach sie sofort. »Mona«, sagte ich, »du bist nicht den ganzen Weg hierher gefahren, um mir von den Jungs zu erzählen. Ich habe gestern mit deiner Schwester gesprochen. Ich weiß, dass etwas Unschönes passiert ist. Ist es dieser Zahnarzt?«

»Nein, nicht wirklich.«

»Was ist es dann, Liebling?«

»Es geht nicht um Marvin, Mama. Nicht wirklich. Ich bin das Problem.«

Das ließ mich mit den Zähnen knirschen. »Wir Porters sind weder Juden noch Iren, Mona. Wir sind Amerikaner. Das bedeutet, dass wir nicht uns selbst, sondern jemand anderen beschuldigen, wenn etwas schief läuft. Also, was hat Marvin getan?«

»Nichts, Mama, das ist das Problem. Marvin verhält sich genau so, wie man es von ihm erwarten würde, und ich bin davon tödlich gelangweilt.«

Es schien mir nicht der geeignete Zeitpunkt für die Wiederholung vorehelicher Ermahnungen zu sein, deshalb sagte ich: »Erklär mir das, Mona. Red nicht länger um den heißen Brei herum.«

»Du weißt, dass ich die Kinder liebe, aber ...«

»Es geht hier nicht um die Kinder, Mona. Das sieht jeder. Komm schon. Spuck's aus.«

»Ich langweile mich zu Tode, Mama. Mit Marvin. Er tut nichts anderes, als Zahnlöcher zu füllen, Werbespots anzuschauen und Golf zu spielen. Er liest nichts als den Sportteil und die Sportillustrierte. Er weigert sich, etwas anderes als rotes Fleisch und Kartoffeln zu essen. Er kennt kein anderes Thema als Sport und Zahnfleischentzündungen. Wenn ich noch einen einzigen Vortrag über den richtigen Gebrauch von Zahnseide beim Abendessen hören muss, brennt bei mir eine Sicherung durch. In jedem Regal meines Hauses liegt mindestens eine Packung Zahnseide, als müsste er dafür Werbung machen. Wir schlafen jeden Sonntagmorgen miteinander, natürlich nur, wenn das Frühstück nicht dazwischenkommt, und es ist immer die gleiche Routine. Er hat seinen Spaß, während ich noch auf halber Strecke bin. Im Urlaub will er immer nur in unser Sommerhaus am Lake McConaughy fahren. Das haben wir seit unserer Hochzeit jedes Jahr gemacht – jedes verdammte Jahr. Jeden Morgen, wenn er zur Arbeit geht, trägt er denselben weißen Kittel, nur die Farbe seiner Hosen ändert sich. An den Wochenenden trägt alles oberhalb seiner Gürtellinie die Aufschrift »Nebraska« oder »Huskers«. Wir gehen nicht ins Kino, wir kaufen DVDs. Auf diese Weise kann Marvin sie sich immer wieder anschauen, vorausgesetzt, es kommen genügend Sex- und Gewaltszenen vor, um seine Aufmerksamkeit zu fesseln. Ich habe keinen Mann geheiratet, Mama, ich habe eine ewige Wiederholung geheiratet. So nenne ich ihn schon heimlich. Wiederholung Breck. Neulich ist es mir mal herausgerutscht, aber er hat es nicht gemerkt, weil er nicht zugehört hat.«

»Hast du daran gedacht, noch einen weiteren Eheberater aufzusuchen?«

»Nein. Nicht nach unserer ersten Erfahrung. Ich weiß immer noch nicht, von wem sich der Mann mehr angezogen fühlte, von Marvin oder von mir.«

»Wie ist es mit einem Pfarrer?«

»Ein katholischer Priester? Ja, tolle Idee. Warst du auch bei einem, bevor du meinen Vater verlassen hast?«

»Ja, wir waren tatsächlich bei einem.«

»Nun, ich glaube, ich weiß die Antwort bereits, aber was kam dabei raus?«

»Es war sehr pietätvoll«, sagte ich sachlich.

»Ja, genau. Liebe, Ehrerbietung und Gehorsam. Was für

ein ausgemachtes, anachronistisches Geschwätz. Weißt du, Mama, ich werde es mit einem Spaziergang, einem Gespräch und einem vegetarischen Abendessen pro Woche versuchen.«

Ich wusste, dass mir langsam die Argumente ausgingen, was bedeutete, dass ich verständnisvoll reagieren musste. Das ist es, was man von uns Müttern erwartet, aber es ist nicht meine stärkste Seite, wie Sie sich vielleicht denken können. Obendrein hatte mich Mona auch noch an meinen Exmann erinnert. Mit allem Mitgefühl, das ich aufbringen konnte, sagte ich: »Langeweile ist ein selbst verschuldeter Zustand, Liebes. In diesem Fall hast du dich in diesen Zustand begeben, indem du diesen einfach gestrickten Sohn eines Langweilers geheiratet hast. Sag mir die Wahrheit: Hast du wirklich ernsthaft versucht, Marvin aus seinen ewigen Wiederholungen herauszureißen?«

»Ich habe vor einigen Jahren angefangen, japanisch zu kochen, aber Marvin wollte es nicht mal probieren. Ich habe hundert Dollar für die Kosmetikerin ausgegeben, neue Dessous gekauft und einen Pornofilm ausgeliehen, aber der Sex blieb der gleiche, und der Film ist verschwunden. Ich musste ihn bezahlen. Erst vor einer Woche habe ich die Kinder zu Winona gebracht und ein Candlelight-Dinner mit Marvin arrangiert, aber gleich danach hat er irgendein Basketballspiel eingeschaltet. Ich habe abgewaschen und bin allein ins Bett gegangen.«

Meine Tochter schüttelte langsam den Kopf und fuhr fort: »Es ist mir nie aufgefallen, bevor wir nach Omaha gezogen sind, aber weißt du was? Marvin ist eine genaue Kopie seines Vaters. Er wiederholt nicht nur ständig sein eigenes Leben, er wiederholt das Leben seines Vaters. Was hat das Leben für einen Sinn, wenn alles, was man tut, nur eine Wiederholung der Wiederholung ist?«

Irgendwie hatte ich das Gefühl, dass wir noch nicht ganz zum Kern der Sache vorgedrungen waren. »Sag mir die Wahrheit«, meinte ich, »betrügt dich Marvin?«

Mona musste darüber keine Sekunde nachdenken. Vollkommen emotionslos antwortete sie: »Ich glaube schon, Mama. Er kommt in letzter Zeit oft spät von der Arbeit nach Hause. Aber um ehrlich zu sein, es ist mir eigentlich egal. Irgendwie hoffe ich sogar, dass er eine Affäre hat, irgendetwas Illegales auf dem Zahnarztstuhl mit Lachgas und stumpfen Geräten, mal was anderes als diese alte, bescheuerte Missionarsstellung. Ich schwöre, ich würde dem Mädchen sogar Geld zahlen, damit er zur Abwechslung mal etwas Interessantes täte.«

Wenn es eine Frau nicht mehr kümmert, ob ihr Ehemann sie betrügt, dann ist es für diese Ehe meistens zu spät. Aber ich musste mich noch ein letztes Mal versichern: »Liebst du ihn, Lieb...«

»Nein, Mama.«

Falls ein Hauch von Unbestimmtheit in ihrer Stimme lag, bemerkte ich ihn nicht. Ich fragte: »Was ist mit Marvin? Liebt er dich?«

»Wenn er das tut, dann liegen seine Definition von Liebe und meine Definition von Haushaltsgerät gefährlich nahe beieinander.«

Ich dachte einen Moment darüber nach und sagte dann: »Was willst du ...«

Offensichtlich hatte sie darüber bereits nachgedacht. Bevor ich auch nur mit der Wimper zucken konnte, antwortete sie: »Ich möchte in Europa leben, jenseits des Äquators, ich möchte Peru und Neuseeland sehen, die großen Kunstgalerien der Welt besuchen, Tiefseetauchen lernen.«

»Was ist mit Matthew und Mark?«

»Sie können mitkommen.«

»Ist das durchführbar?«

»Wir machen ja nicht alles auf einmal. Frag doch nicht so dumm.«

Wenn man als Mutter flügge geworden ist, bekommt man eine spezielle Kind-in-Gefahr-Antenne, die einen bereits im Vorfeld warnt, aber man kann trotzdem nie voraussagen, wie man sich fühlt, wenn es dann so weit ist. Ich fühlte mich eigentlich ganz gut. »Wie lange hegst du schon diese Gedanken, Liebes?«

»Seit über fünf Jahren. Seit Mark zur Schule geht.«

Fünf Jahre klingen nach einer langen Zeit, doch für leidende Ehefrauen ist es ziemlich genau der Durchschnittswert. Insgeheim fragte ich mich, warum wir Frauen uns überhaupt jemals in die Abhängigkeit der Institution Ehe begeben.

Als ich Winona und Mona in North Platte aufzog, war mein Mann Al so gut wie nie zu Hause. Aber auch wenn er zu Hause war, war er es nicht, wenn Sie verstehen, was ich meine. Im Grunde musste ich meine Kinder alleine großziehen, genau wie Mona das jetzt tut. Das ist es nämlich, was Ehe für viele Frauen bedeutet, egal, ob sie berufstätig sind oder nicht: die Kinder alleine aufziehen. Allerdings würden Monas Jungs hier in Ebb von einer erweiterten Familie aufgezogen werden. Ich würde helfen, Loretta würde helfen, Hank Wiley, Dottie Hrnicek, Lulu Tiller, Buzz Busby und alle Mitglieder des Nähclubs würden helfen. Jeder Lehrer, vom Kindergarten bis zum Schulabschluss, würde diese Jungen bei Vor- und Nachnamen kennen, genauso wie die ganze Ebb-Familie. Nach ihrem Schulabschluss wären die beiden so verwöhnt, dass wir froh wären, sie in einen Bus zu setzen, der sie aus der Stadt fortbringt. Aber bis dahin würden sie geliebt und gehätschelt und jede Minute beaufsichtigt werden. Vielleicht bedarf es keiner ganzen Stadt, um ein Kind aufzuziehen, aber das Ergebnis wäre hinterher bestimmt besser.

Für den Moment stellte ich ein paar Kleinigkeiten auf den Tisch, sodass Mona und ich uns in Ruhe über das Mittagessen hinüberfuttern konnten. Während wir aßen, schweifte unsere Unterhaltung zu Winona ab, die von ihrer eigenen Situation auch nicht gerade begeistert ist, und zu den letzten Neuigkeiten aus Ebb. Mona zeigte sich sehr interessiert an Calvin. Er war in der Oberstufe gewesen, als sie an die Schule gekommen war, deswegen kannten sie einander kaum, aber sie hatte schon immer aus der Ferne für ihn geschwärmt. Natürlich wusste sie schon von seiner Scheidung und dem Tornado, aber ich hatte ihr noch nicht das Neueste über Lucy erzählt.

Als es zwei Uhr war – Zeit für Mona, nach Hause zu fahren –, merkte ich, wie ihre Stimmung sank. Ich wollte sie gerade umarmen, als Hank Wiley anrief. Ich glaube, er wollte einfach nur reden, deswegen versprach ich, ihn später zurückzurufen. Dann kam Vernon Moore in meine Küche gewandert, angezogen wie ein erfolgreicher Börsenmakler, aber mit freundlichem Gesichtsausdruck. Mona fuhr sich mit dem Ärmel über die Augen, und wir standen auf.

Mr. Moore lächelte, seine Augen sprühten, als er sagte:

»Guten Tag, Wilma. Das muss Ihre wunderbare Tochter Mona sein, von der Sie schon so oft gesprochen haben.«

Ich habe Ihnen ja erzählt, dass Monas äußeres Erscheinungsbild gerade zu wünschen übrig ließ, aber er streckte seine Hand aus und sagte: »Es ist mir eine große Freude, Sie kennen zu lernen.«

Mona sah mich an und schüttelte kleinlaut seine Hand, sagte aber kein Wort.

Fröhlich rief ich: »Guten Tag, Mr. Moore. Bitte entschuldigen Sie den Zustand meiner Küche. Ich habe Sie nicht so früh zurückerwartet.«

»Machen Sie sich deswegen bitte keine Gedanken«, wehrte er ab. »Ich bin nur kurz vorbeigekommen, um mir etwas Bequemeres für den Rest des Tages anzuziehen.«

Mona setzte sich wieder hin und starrte auf den Bohnen-Dip. Sie hatte noch immer kein Wort gesagt. Mr. Moore musterte sie einen Augenblick und sagte dann: »Sie haben zwei Söhne, nicht wahr, Mona?«

»Ja«, antwortete sie dem Bohnen-Dip, obwohl ich es kaum hören konnte. Unerwarteterweise nahm Mr. Moore ebenfalls Platz. »Ich erinnere mich, dass Ihre Mutter so etwas erzählt hat. Ich bin ein frustrierter Großvater. Würden Sie mir einen kleinen Gefallen tun? Würden Sie mir eine Geschichte über einen ihrer Jungs erzählen? Nur eine Minute.«

Mona sah mich mit einem Gesichtsausdruck an, der zu sagen schien: »Ist der noch ganz dicht?« Ich nickte und erklärte: »Mr. Moore ist ein Handlungsreisender, Mona, oder vielleicht ist er das auch nicht. Was er auch ist, er ist ein netter Mensch, und er ist ehrenwert. Das ist alles, was du wissen musst.«

Die Augen immer noch auf mich gerichtet, fragte Mona: »Was für eine Geschichte, Mr. Moore?«

»Eine lustige.«

Ich nickte wieder, also wandte sich Mona Mr. Moore zu und sagte: »Na gut. Von mir aus. Meine beiden Jungs, Matthew und Mark, sind vierzehn und elf Jahre alt. Als Matt zwei wurde, haben wir einen Scottish Terrier namens Macbeth angeschafft. Macbeth schläft meistens bei mir im Bett, also auf meiner Seite. Eines Nachts, es ist schon Jahre her, wurde ich plötzlich von einem lauten Geräusch geweckt. Natürlich war ich sofort hellwach, stieß meinen Mann Marvin an und fragte: ›Was war das?‹ Nun, Marvin liebt Macbeth nicht so sehr, wie ich es tue. Er antwortete: ›Ach, das war nur der Hund, Liebling. Er ist zu mir rübergekrochen, da habe ich ihn mit dem Fuß runtergestoßen.‹

›Das ist sehr interessant‹, entgegnete ich, ›denn Macbeth liegt hier neben mir.‹ Da lag er tatsächlich, ausgestreckt wie ein Mensch, den Kopf auf meinem Kopfkissen, aber links von mir, sodass Marvin ihn nicht sehen konnte. Natürlich sprangen mein Mann und ich sofort auf und stürzten zum Fußende des Bettes. Dort lag Mark, damals drei Jahre alt, auf dem Boden. Er trug seinen Schlafanzug, nuckelte an seinem Daumen und schlief wie ein Baby, seine Decke fest umklammert. Er war nicht aufgewacht, obwohl Marvin ihn aus unserem Bett getreten hatte.«

Mr. Moore lächelte und sagte: »Ich nehme an, er hat keine bleibenden Schäden davongetragen.«

»Nicht, dass ich wüsste. Ich habe ihn einfach in sein Bett hinübergetragen und zugedeckt.«

»Das war eine ausgezeichnete Geschichte. Danke. Aber

was ist mit seinem Bruder Matthew? Er ist inzwischen ein Teenager, nicht wahr? Sagen Sie, was soll er Ihrem Wunsch nach später einmal werden?«

Mona dachte kurz nach. »Ich möchte, dass er klug und aufmerksam gegenüber anderen wird. Ansonsten ist es mir egal, was er macht, solange ein bisschen Abenteuer dabei ist. Das wünsche ich meinen beiden Söhnen.«

»Das ist ein sehr guter Wunsch.«

Ohne darauf einzugehen, sagte Mona: »Meine beiden Großväter sind tot, Mr. Moore, und ich habe meinen Vater seit über zwanzig Jahren nicht gesehen, deswegen leiden meine Jungs an einem Mangel an guten Vorbildern. Würden Sie mir eine Geschichte über einen Mann mit Vorbildfunktion erzählen, der kein diplomierter Zahnarzt ist? Nur eine Minute, dann muss ich los.«

Mr. Moore lächelte. »In Ordnung, ich werde Ihnen von meinem Großvater erzählen, einem Mann namens Joe Moore. Er wurde in eine bettelarme Familie hineingeboren und genoss nur wenig Schulbildung. Er wuchs auf und wurde Farmpächter über genau fünfzehn Hektar Farmland in Ohio. Als der Eigentümer starb, überließ er das Grundstück meinem Großvater aus Dankbarkeit und Freundlichkeit. Großvater Joe war ein hagerer, schwächlich aussehender Mann, aber er erwirtschaftete mit diesem kleinen Grundstück genug, um fünfzig Jahre lang für meine Großmutter zu sorgen. Er zog meinen Vater groß, der später ein einflussreicher Mann in Tennessee wurde, und er gewann den Kampf gegen die Tuberkulose, bevor es Medikamente dagegen gab.

Dann, im Alter von einundneunzig Jahren, bekam mein

Großvater eine Lungenentzündung. Mein Vater brachte ihn ins Krankenhaus. Großvater Joe dachte, er wäre dort, um die anderen Patienten aufzumuntern, aber als sie ihm einen Krankenhauskittel anzogen, wusste er, was los war. Sobald mein Vater gegangen war, zog er seine Hose und Schuhe wieder an und schlich sich hinaus. Er vergaß seine Socken. Auf dem Heimweg kaufte er sechs Kühe und trieb sie zu Fuß nach Hause, sieben Kilometer. Er starb zwei Jahre später mit einem Lächeln im Gesicht. Die Autopsie ergab, dass er nur noch einen Lungenflügel hatte. Den zweiten hatte er im Laufe der Jahre in seinem Kampf gegen die Tuberkulose herausgehustet. Aber niemand wusste davon, weil er sich nie beschwert hatte.«

»Kannten Sie ihn gut?«, fragte ich.

»Nicht besonders, Wilma. Er war ein ruhiger, stoischer Mann. Aber wie mein Vater bin auch ich in seinem Schatten aufgewachsen. Seitdem habe ich dutzende von Geschäftsführern, Finanzgrößen und Politikern kennen gelernt, aber bis heute ist mein Großvater Joe der stärkste Mann, den ich je gekannt habe.«

»Das ist ein ziemlich ehrgeiziges Vorbild, Mr. Moore«, warf Mona ein.

»Ich versuche noch nicht einmal, ihm nachzueifern, Mona. Er ist außerhalb meiner Reichweite. Aber jedes Mal, wenn ich denke, mein Leben ist ein bisschen hart, versuche ich, mich an meinen Großvater Joe zu erinnern. Auch wenn ich ihn nicht gut gekannt habe, so hat er mir doch die Gabe der Perspektive gegeben.«

Mona stand auf. »Danke, Mr. Moore. Das war nett. Und es war ein Vergnügen, Sie kennen zu lernen.«

Er stand ebenfalls auf und erwiderte: »Das Vergnügen lag ganz auf meiner Seite. Kommen Sie gut nach Hause.«

»Tee, Mr. Moore?«, fragte ich. »Um vier Uhr?«

Er lächelte und antwortete: »Das ist sehr nett, Wilma, aber wollen wir uns nicht stattdessen im Starbucks treffen? Ich werde Ihre süßen Brötchen vermissen, aber Sie müssten hinterher nicht aufräumen.«

Dankbar nahm ich an und begleitete Mona hinaus auf den Gästeparkplatz, wo wir uns umarmten. Als sie gerade wegfahren wollte, steckte sie noch einmal den Kopf aus dem Autofenster und sagte: »Dieser Mann hat den Überblick, Mama. Was glaubst du, würde er mir raten?«

»Ich bin mir nicht sicher, aber ich denke, er hat dir schon einen Rat gegeben.«

»Glaubst du, Mama?«

»Ich weiß nicht, Liebes. Du musst deine Entscheidung selbst treffen. Ruf mich an, wenn du daheim bist, damit ich weiß, dass du gut angekommen bist.«

Da stand ich auf dem Parkplatz, nachdem Mona weggefahren war, und dachte nach, und zwar über Folgendes:

Die Amerikaner sind gesegnet. In unserer Kindheit sind die meisten von uns kaum mit etwas anderem konfrontiert als mit Möglichkeiten. Sollen wir dieses Kleid anziehen oder jenes? Sollen wir Mutter-Vater-Kind spielen oder lieber die Jungs ärgern? Sollen wir fernsehen oder ins Kino gehen?

Wenn wir größer werden, stehen wir vor anderen Entscheidungen. Sollen wir rauchen oder nicht? Sollen wir Hausaufgaben machen oder nicht, ungeschützten Sex haben oder nicht? Das sind einige der wichtigsten Entscheidungen in unserem Leben, aber es sind nicht die schwierigsten.

Manchmal müssen Erwachsene Entscheidungen treffen, die sie vor ein echtes Dilemma stellen. Eine allein erziehende Mutter, die von ihrem Chef ein unmoralisches, eindeutiges Angebot bekommt, steht vor einem solchen: Wenn sie zustimmt, verliert sie ihre Selbstachtung und er seinen Respekt ihr gegenüber. Wenn sie sich weigert, verliert sie möglicherweise ihren Job. Männer, denen angetragen wird, gegen das Gesetz zu verstoßen, wie damals Mr. Moore, sitzen im gleichen Boot. Sie können nur verlieren.

Der Test des Erwachsenwerdens besteht darin, sich nicht lähmen zu lassen, wenn es keine positive Alternative gibt. Man muss sich dann für das kleinere Übel entscheiden. Vor genau dieser Herausforderung stand meine Tochter gerade. Egal, was sie tat, sie würde ihren Ehemann und ihre Söhne verletzen und sich selbst genauso, aber sie musste sich für das kleinere Übel entscheiden.

Ich ging wieder ins Haus, um die Küche aufzuräumen, doch Hank Wiley rief mich an, ehe ich damit fertig war. Ich hatte Recht gehabt: Er wollte einfach nur reden. Nachdem er mir sein Problem auseinander gesetzt hatte, schlug ich ihm vor, mich und Mr. Moore im Starbucks zu treffen.

KAPITEL 12

Hanks Dilemma

Als ich im Starbucks ankam, saß Mr. Moore schon in einer Sitzgruppe in der Ecke, kümmerte sich um einen großen, dicken Frappuccino und las dabei in einem dünnen, kleinen Buch. Er schien völlig darin vertieft zu sein, deshalb ging ich an die Theke und bestellte einen Pfefferminzmokka, der wie Kaffee mit einem Hauch Pfefferminz schmeckte. Sobald ich zur Sitzgruppe zurückkehrte, sprang Mr. Moore auf und sagte: »Hallo, Wilma. Bitte, setzen Sie sich.«

Ich setzte mich ihm gegenüber und fragte: »Was lesen Sie?«

»Oh«, antwortete er, »ein Buch von Hesse, ein interessantes Werk mit dem Titel *Demian*.«

Ich musste nie aufs College gehen. Mit neunzehn Jahren kümmerte ich mich um ein Baby, ging einem Vollzeitjob nach und führte einem Mann den Haushalt, der sofort austickte, sobald er die Wörter »kochen« oder »putzen« auch nur hörte. Deshalb habe ich nie Hesse gelesen. Wenn Sie mich gefragt hätten, wer das ist, hätte ich auf einen Fernsehstar getippt. Oder noch besser, ich hätte Loretta gefragt. Sie hätte die richtige Antwort gewusst. Diese Frau hat mehr Bücher gelesen als zwei Hochschulprofessoren. Unschuldig fragte ich daher: »Was ist so interessant daran?«

»Er hatte ein so optimistisches Menschenbild. Er war davon überzeugt, dass wir an der Schwelle zur Großartigkeit stehen, aber die zwei nächsten großen Projekte der Menschheit waren die Weltwirtschaftskrise und der Zweite Weltkrieg. Ich bin auch nicht sicher, ob wir seitdem große Fortschritte gemacht haben.«

Nun, was sagt man auf so etwas? Ich bin mir sicher, dass ich es nicht weiß. Mit Erleichterung sah ich, wie Mr. Moore ein Eselsohr in die Seite machte, die er gerade gelesen hatte, und das Buch zur Seite legte. Er sagte: »Entschuldigen Sie bitte, Wilma. Manchmal scheint mir die innere Kraft für Philosophie zu fehlen. Wahrscheinlich sollte ich besser gehen und fernsehen.«

In diesem Moment fiel mir auf, dass ich Mr. Moore nie im Salon im Come Again gesehen hatte, wo mein einziger Fernseher steht. »Schauen Sie jemals fern?«, fragte ich.

»Früher schon, aber jetzt nicht mehr. Zu viel Gewalt, zu viel Werbung, zu viel künstliche Realität und zu viele Wiederholungen, das ganz besonders. Ich ziehe das Radio und ein gutes Buch vor. Wenn ich Radio höre oder ein Buch lese, erscheint das Lied oder die Geschichte vor meinem inneren Auge. Lesen bedeutet Stille. Es spricht eine ganze Menge für die Stille.«

Tja, jetzt habe ich eine andere Frage an Sie. Was erwidern Sie einem Mann, der gerade gesagt hat, dass Stille eine Menge für sich hat? In diesem Moment hatte ich keine Ahnung, und deshalb lächelte ich nur und wartete, ob er fortfahren würde. Natürlich sagte er nichts mehr, sodass wir beide plötzlich zwei Gesprächspartner ohne Gespräch waren. Ich weiß nicht, wie es Ihnen geht, aber ich habe mich nie besonders gut mit Körpersprache ausgekannt. Ich finde, die Leute sollten miteinander reden, und es ist mir unangenehm, wenn sie es nicht tun. Ich gab auf und sagte: »Ich bin froh, dass Sie meine Mona kennen gelernt haben.«

»Ich auch, Wilma. Sie scheint eine intelligente, fürsorgliche Frau zu sein.«

»Das stimmt, aber sie ist im Moment sehr unglücklich.«

»Ich hatte schon so einen Eindruck, aber es tut mir Leid zu hören, dass es tatsächlich so ist.«

»Übrigens«, fuhr ich fort, »ich dachte, Sie hätten Loretta und mir erzählt, Sie hätten keine Kinder. Wie können Sie da Enkelkinder haben?«

»Sie haben mich ertappt«, entgegnete Mr. Moore. »Ich habe keine Enkelkinder. In jenem Moment aber schien es mir, als bräuchte Ihre Tochter ein wenig Ablenkung, deshalb habe ich die Atmosphäre geschaffen, in der sie über ihre Jungen reden kann.«

Ich denke, ich hätte eigentlich nicht überrascht sein sollen, aber ich war es trotzdem. Dennoch hatte ich nicht das Gefühl, dass er mich anlügen würde. Ich sagte: »Ich nehme an, der Zweck heiligt die Mittel, aber – nur damit ich mir alles richtig zusammenreimen kann – hatten Sie wirklich einen Großvater namens Joe?«

Mr. Moore grinste. »Ja, und er war genau so, wie ich ihn beschrieben habe.«

»Gab es einen bestimmten Grund, Mona diese Geschichte zu erzählen?«

»Das kann ich nicht sicher sagen. Sie hat mich nach einem Vorbild gefragt, deshalb schien mir eine Geschichte über einen der Schwerverbrecher aus der Industrie, für die ich früher gearbeitet habe, unpassend zu sein.«

»Wollten Sie ihr damit einen Rat geben? Ich glaube, sie hat es so ausgelegt.«

»Nein, Wilma. Gute Ratschläge werden überbewertet, glauben Sie nicht?«

Nun, ich musste wieder den Kopf schütteln. Eigentlich dachte ich, er täte nichts anderes, als gute Ratschläge zu geben. »Dann muss ich mich entschuldigen, Mr. Moore«, sagte ich. »Ich habe Doktor Wiley eingeladen, uns hier zum Tee zu treffen, da er ein Problem hat, und ich dachte, Sie könnten ihm weiterhelfen.«

»Er ist der Arzt in der Stadt, nicht wahr?«

»Ja, und er ist ein guter Freund, der vor einem schwierigen Dilemma steht.«

»Meiner Erfahrung nach hilft es, über große Probleme zu reden. Wenn wir nur zuhören und vielleicht ein paar gute Fragen stellen, können wir ihm möglicherweise schon ein wenig weiterhelfen.«

Als ich gerade wieder den Kopf schüttelte, materialisierte sich Loretta plötzlich aus dem Nichts, einen Milchkaffee in der Hand. Ehe ich ein Wort sagen konnte, ließ sie sich neben mich auf das Sofa fallen und stieß mich mit ihrer Hüfte zur Seite, sodass sie Mr. Moore direkt gegenübersitzen konnte. Als sie es sich auf meinem Platz bequem gemacht hatte, sagte sie mit einem breiten Grinsen: »Nun, das ist aber eine Überraschung! Was habt ihr beiden vor? Darf ich mich anschließen?«

»Nein, Loretta«, sagte ich mit nur einem Hauch von Eis in der Stimme.

Loretta trug einen braunen Pullover mit V-Ausschnitt und keinen Büstenhalter. Ich glaube, ich habe Ihnen schon gesagt, dass sie schamlos ist, und ihre Art, sich anzuziehen – oder es eben gerade nicht zu tun –, schien Mr. Moores Aufmerksamkeit zu erregen. Zugegeben, kein Mann konnte daran vorbeisehen, außer er war blind oder tot. Da Mr. Moore keines von beidem war, lächelte er und sagte: »Du siehst heute besonders attraktiv aus, Loretta.«

Sie machte einen kleinen Buckel und erwiderte: »Ja, nicht wahr? Was liest du da, Vern?«

»Hesse.«

»Uff, das ist nichts für mich, mein Lieber. Ich bin mehr für Geheimnisse und Tod. Für James Lee Burke oder Walter Mosley. Hast du mal *Teufel im blauen Kleid* oder *Die schwarze Betty* gelesen? Wie ist es mit *Der weiße Schmetterling*?«

»Ja, alle drei.«

»Gut. Ich wollte nur sichergehen, dass du gut informiert bist und mich gestern Abend nicht an der Nase herumgeführt hast. Ich habe eine Frage an dich, Mr. Verpflichtende-Rassenübergreifende-Ehe.«

»Gib dein Schlimmstes.«

Loretta lächelte. »Willst du mich heiraten?«

Mr. Moore sah auf seine Uhr, bevor er antwortete: »Ja, natürlich. Jetzt habe ich gleich einen Termin, aber wir könnten morgen früh zum Standesamt gehen. Was meinst du?«

Loretta lehnte sich zurück und zog einen Schmollmund. Inzwischen haben Sie sicher schon gemerkt, dass Loretta ein

Kampfschmoller ist, aber Mr. Moore ignorierte sie und sagte an mich gewandt: »Braucht man hierzulande noch zwingend Eheringe, Wilma?«

»Ich glaube nicht«, antwortete ich. »Es heiraten nicht mehr viele Leute in Ebb. Sie gehen dazu woandershin und kommen dann zurück, wenn sie es hinter sich gebracht haben. Ich sage Ihnen eines: Wenn Sie Loretta Parsons heiraten, dann brechen Sie damit der Hälfte aller Männer in Hayes County das Herz.«

Loretta setzte sich auf und fragte: »Nur der Hälfte?«

Ich klimperte mit den Wimpern und sagte: »Die andere Hälfte verzehrt sich nach mir, Liebes. Das weißt du.«

In genau diesem Moment kam Hank Wiley an unseren Tisch. Er trug einen abgetragenen braunen Tweedanzug, Cowboystiefel und einen hellbraunen Stetson mit einem Schweißrand. Ich habe ihm einmal angeboten, das Ding zu waschen, aber das wollte er nicht.

Den verschwitzten Hut in der Hand, sagte er: »Hallo Wilma, hallo Loretta. Eine so große Gesellschaft hatte ich nicht erwartet.« Er sah mich nicht direkt an, und ich bin nicht sicher, ob er bemerkt hat, dass Mr. Moore auch anwesend war. Seine Augen waren auf Lorettas Brust fixiert.

Haben Sie je eine Katze beobachtet, die einen Vogel erblickt? Sie wird einen Augenblick lang zu Stein, macht sich nur etwas größer. Man könnte nun meinen, ein Arzt müsste es besser wissen, noch dazu ein Mann in Hanks Alter, aber er war vollkommen gelähmt und starrte auf Lorettas Busen. Wahrscheinlich wäre er noch zehn weitere Minuten so stehen geblieben, hätte ich nicht gelächelt und gesagt: »Loretta hat nur Ihren Platz vorgewärmt, Hank. Sie muss zurück in ihren Salon, Shamponieren und Gehirnwäsche, nicht wahr, Liebes?«

Sie ignorierte mich und wandte sich an Mr. Moore. »Denk über meinen Antrag nach, Vern.«

»Aber …«

»Ich weiß, was du gesagt hast, aber du hast es nicht so gemeint.«

Mr. Moore lächelte: »Lass uns morgen noch einmal darüber reden.«

»Ruf mich an, mein Lieber.« Loretta warf Hank ein umwerfendes Lächeln zu, als sie aufstand, aber ich glaube, er hat es nicht wahrgenommen. Seine Augen hingen immer noch an ihrem Körper – bis sie an der Tür war. Loretta war so gnädig, sich an der Tür noch einmal umzudrehen, sich in Pose zu werfen und zu winken, ehe sie ging. Dann sagte ich: »Hank Wiley, Sie sollten Mr. Vernon Moore kennen lernen. Er ist der Gast im Come Again, von dem ich Ihnen erzählt habe.«

Mr. Moore beugte sich vor, um Hände zu schütteln, dann nahmen beide wieder Platz, Hank neben mir, wo Loretta gesessen hatte. Allerdings nicht lange, denn er hatte vergessen, sich etwas zu trinken zu bestellen. Ich begleitete ihn – er lässt sich von zu viel Auswahl manchmal verwirren –, und Mr. Moore las ein wenig, während wir weg waren.

Als wir zurückkamen, erzählte ich Mr. Moore, was ich über Hank wusste – was eine ganze Menge war –, und ich erzählte Hank alles, was ich über Mr. Moore wusste – was um einiges weniger war. Dann fing Hank an, über das Wetter zu reden, woraus ich schloss, dass ich das Gespräch auf die richtige Spur bringen musste.

»Hank, mein Lieber«, sagte ich, »erzählen Sie mir und Mr. Moore von Ihrem Dilemma. Er ist ein kluger Mann mit einigen unkonventionellen, aber interessanten Ansichten, und er wird alles, was er an diesem Tisch hört, für sich behalten. Das verspreche ich Ihnen.«

»Ich ebenso«, pflichtete mir Mr. Moore bei. »Was auch immer Sie sagen, es bleibt unter uns.«

Das schien Hank zu entspannen, und er setzte an: »Ich weiß nicht, warum mich das so beschäftigt. Mit Problemen wie diesem sind wir Ärzte dauernd konfrontiert.«

»Worum geht es?«, fragte ich.

Hank runzelte die Stirn und begann, seine Hände zu kneten. Nach einigen Sekunden sagte er: »Eine Patientin von mir liegt im Sterben, Wilma, und plötzlich hat sie schreckliche Schmerzen. Ich habe drei Möglichkeiten: Heute habe ich sie mit so viel Schmerzmitteln ruhig gestellt, dass sie davon in einen medikamentös verursachten Tiefschlaf gefallen ist. Morgen könnte ich die Dosis wieder reduzieren, dann könnte sie zwar ihre Umgebung wahrnehmen, hätte aber wahrscheinlich schreckliche Schmerzen. Ihr bleibt nur noch sehr kurze Zeit, deshalb wäre meine dritte Möglichkeit, ihr auf ihrem Weg zu helfen.

Bei alten Menschen ist es nicht so schwer, diese Entscheidung zu treffen. Sie hatten ihre Zeit, und der Preis, etwas früher zu gehen, scheint nicht so hoch zu sein. Aber diese Patientin ist gerade mal elf Jahre alt, sie hatte noch nichts vom Leben. Ich weiß einfach nicht, was ich tun soll.«

Natürlich wusste ich, dass er von der kleinen Lucy sprach. Ich musste mich sehr zusammenreißen, um meine Tränen zurückzuhalten.

Mr. Moore warf mir einen mitfühlenden Blick zu und sagte: »Das ist eine Entscheidung, die einem das Herz bricht, Doktor Wiley, aber ist es wirklich Ihre Entscheidung?«

»Nein, Gott sei Dank nicht. Die Entscheidung liegt bei ihrem Vater. Aber ich muss ihm einen Rat geben, und ich weiß nicht, was ich ihm sagen soll.«

Ich saß still da. Der Kloß in meinem Hals hinderte mich am Sprechen. Mr. Moore fuhr fort: »Glauben Sie, das ist richtig? Glauben Sie, der Vater des Mädchens sollte diese Entscheidung treffen?«

»Natürlich, wer sollte es sonst tun? Ich vielleicht?«

»Nein, nicht Sie. Aber es gibt noch eine Alternative. Warum soll das kleine Mädchen nicht selbst darüber entscheiden?«

»Wie bitte?«

»Es ist nur eine Frage, aber vielleicht lohnt es sich, einmal darüber nachzudenken.«

Hank sah mich an. »Er hat tatsächlich ungewöhnliche Ansichten.«

Dann fügte er hinzu: »Sie ist erst elf Jahre alt, Mr. Moore.«

Der antwortete: »Ich kann Wilma nicht davon überzeugen, mich Vernon zu nennen, aber bitte tun Sie es doch. Ich weiß, dass Ihre Patientin erst elf Jahre alt ist, aber ist das wirklich der entscheidende Punkt?«

»Ich kann Ihnen nicht folgen, Vernon. Ich weiß nicht, wie ich eine solche Entscheidung in die Hände eines Kindes legen sollte.«

»Ist sie ein kluges kleines Mädchen?«

»Ja, das ist sie.«

»Weiß sie von ihrem Zustand? Ist sie sich bewusst, dass sie todkrank ist?«

»Nein, zumindest glaube ich das nicht. Ich habe mit ihrem Vater darüber gesprochen, aber ich habe ihr sicherlich nichts gesagt, und ich glaube, er hat es auch nicht getan.«

»Was haben Sie dann weiter vor, Doktor? Wollen Sie sie in einen langsamen, nebligen Tod schicken, ohne dass sie überhaupt davon weiß?«

»Ich schätze ja. Haben Sie eine bessere Idee?«

»Ja. Lassen Sie sie den Rest ihres Lebens leben.«

»Was genau meinen Sie damit?«

»Sie sagten, ihr bleibe nicht mehr viel Zeit, und es gelte, eine wichtige Entscheidung zu treffen. Warum soll man sie das letzte Kapitel ihres Lebens nicht bewusst leben lassen? Warum lassen Sie sie diese endgültige Entscheidung nicht selbst treffen?«

»Sie ist ein Kind, und sie steht unter starken Schmerzmitteln.«

»Lässt die Betäubung nicht irgendwann nach? Gibt es keine Möglichkeit, sie in einen erträglichen, bewussten Zustand zu bringen, der es ihr erlauben würde, noch ein paar Tage oder Wochen mit ihrem Vater zu verbringen?«

»Ich weiß es nicht. Ich weiß es einfach nicht.«

»Sind Sie allen Möglichkeiten nachgegangen? Gibt es wirklich keinen Weg?«

Hank verschränkte die Arme und warf die Lippen auf wie ein Fisch. Schließlich sagte er: »Nun, vielleicht. Vielleicht geht es. Vielleicht könnte ich ihr eine Epiduralanästhesie geben. Das würde den Schmerz in ihren Beinen betäuben, aber nur für eine gewisse Zeit, und es hilft nicht gegen die Rückenschmerzen. Es ist außerdem sehr teuer und für dieses Krankheitsbild eigentlich nicht vorgesehen, daher wird Calvins Versicherung dafür nicht aufkommen. Ich glaube nicht, dass er sich noch weitere teure Behandlungen leisten kann, und es würde Lucys Gesundheit auch nichts nützen. Ihr Zustand kann sich jetzt nur noch verschlechtern.«

»Aber sollte sie nicht die Chance haben, ihre letzten Tage zu erleben? Ich kann hier weder für Lucy noch für ihren Vater sprechen, doch wäre ich in ihrer Lage, wäre es mein größter Wunsch, meine letzten Tage mit dem Menschen zu verbringen, den ich am meisten liebe; egal, was es kostet. Und wenn ich in dieser Lage wäre, dann wäre das Letzte, was ich wollte, dass jemand anders meine letzte, wichtigste Entscheidung für mich trifft. Diese Entscheidung rührt an den Kern des menschlichen Lebens. Sie ist die letzte Ausübung unseres freien Willens, eine der größten Gottesgaben. Ich glaube nicht, dass Kinder davon ausgenommen sind.«

»Dann muss ich ihr also sagen, dass sie stirbt?«, fragte Hank.

»Nein. Das muss ihr Vater tun, aber Sie müssen ihm dabei helfen.«

»Das ist Ihr Rat?«

»Ich kann nur ein wenig Einfühlungsvermögen verlangen, Doktor Wiley. Ich kann Sie nur dazu auffordern, einzusehen, dass Ihr Dilemma in Wirklichkeit das von Lucy ist, und dass Sie es durch ihre Augen sehen müssen.«

»Aber ich an ihrer Stelle hätte Todesangst. Sie etwa nicht?«

Mr. Moore sah Hank an, als könnte er direkt durch ihn hindurchblicken. »Darum geht es eigentlich, nicht wahr? Sie betäuben nicht ihre Schmerzen, sondern ihre Angst.«

Hank wand sich und murmelte etwas, das sehr nach »vielleicht« klang.

Mr. Moore hörte es auch. Er sah Hank an und sagte: »Was wäre, wenn Lucy keinen Grund hätte, Angst zu haben?«

Nun, das ließ mich aufhorchen. Hank fragte: »Keinen Grund zur Angst? Sie wird sterben.«

»Ich weiß.«

»Das macht keinen Sinn. Überhaupt keinen. Sie müsste Todesangst haben. Sogar ein Elitesoldat hätte Todesangst.«

»Nein, das müsste sie nicht. Niemand sollte Angst vor dem Tod haben.«

Hank sah wieder mich an. »Ist dieser Mann eine Art religiöser Fanatiker?«

Ich schüttelte den Kopf, also sagte Hank: »Gut. Und warum nicht?«

»Hoffnung ist der Gegenpol zu Angst, Doktor Wiley. Wenn wir ihr Hoffnung geben können, wird sie keine Angst haben.«

»Hoffnung? Was für eine Art Hoffnung?«

»Rationale Hoffnung, vernünftige Hoffnung.«

»Wie bitte?« Hank sah mich wieder an und fragte: »Verstehen Sie etwas von alldem, Wilma? Ich nämlich nicht. Was meinen Sie mit vernünftiger Hoffnung?«

»Ich kann diese Frage beantworten, aber das nimmt einige Zeit in Anspruch. Wie viel Zeit haben Sie?«

»Ich? Warum? Warum fragen Sie?«

»Ich mache Ihnen einen Vorschlag. Wenn ich Sie davon

überzeugen kann, dass es für Lucy Hoffnung gibt, dass es logisch ist, an ein Leben nach dem Tod zu glauben, wäre Ihr Dilemma dann ein wenig einfacher zu lösen?«

»Ja, Vernon, sicherlich. Aber das wäre ein ziemlich ehrgeiziges Projekt.«

»Das habe ich schon einmal gehört, aber schließlich werde ich nicht versuchen zu beweisen, dass es ein Leben nach dem Tod gibt, sondern nur, dass es wahrscheinlich ist. Das ist genug Grund zur Hoffnung, sogar für Optimismus. Wäre eine hohe Dosis Hoffnung ein paar Stunden Ihrer Zeit wert?«

Ich wollte schon Ja sagen, aber Hank entgegnete: »Ich weiß nicht. Ich bin kein religiöser Mensch.«

»Ich auch nicht, Doktor.«

»Sie auch nicht? Dann …«

»Gesunder Menschenverstand. Das ist alles, was wir benötigen.«

Der gute Doktor antwortete nicht. Wie ich schon sagte, er trifft nicht gerne Entscheidungen. Mr. Moore fügte hinzu: »Was haben Sie zu verlieren?«

Hank dachte einen Moment über Mr. Moores Vorschlag nach, wandte sich dann an mich und fragte: »Nun, was denken Sie, Wilma?«

Ich gebe Ihnen jetzt gleich eine Ohrfeige, Hank Wiley, dachte ich. Aber ich lächelte freundlich und schlug vor: »Warum treffen wir uns heute Abend nicht alle zum Abendessen im Come Again? Sie beide können dann in meiner Küche sitzen und reden. Auf diese Weise kann ich zuhören, während ich koche. Vielleicht Spaghetti mit Fleischbällchen. Wie klingt das?«

Wenn es irgendeinen Mann gibt, der wirklich mit dem Magen denkt, dann ist es Doktor med. Hank Wiley. Er antwortete: »Nun, wenn Sie es so sagen, was habe ich dann zu verlieren?«

Hank tauchte gegen sieben Uhr in meiner Küche auf. Mr. Moore war natürlich schon da. Wir redeten die ganze Zeit während des Abendessens und bis in die Nacht hinein, bis Calvin Millet Hank um zehn Uhr anpiepste. Hank rief ihn von meinem Küchentelefon aus zurück. Ich musste ihn nicht danach fragen, was Calvin gesagt hatte, denn die Unterhaltung war auch so klar nachzuvollziehen.

Hank sagte: »Hallo, Calvin. Sie haben versucht, mich zu erreichen? Ich rufe aus dem Come Again an. Ich esse hier mit Wilma und Vernon Moore zu Abend.«

Wir saßen still da, während Hank Calvin zuhörte. Dann sagte er: »Ja, er ist ein sonderbarer Mann. Wie geht es Lucy?«

Langes Schweigen.

Dann sagte Hank: »Das ist gut. Das ist das Beste, was wir im Augenblick für sie tun können.«

Schweigen.

Hank: »Ja, ich werde ihm sagen, dass Sie es nicht einrichten können, aber ist das klug?«

Schweigen.

Hank: »So wie sie im Moment unter Schmerzmitteln steht, merkt sie nicht, ob Sie in Carson oder in Costa Rica sind. Sie wird Sie nicht vermissen, wenn Sie ein paar Stunden in die Stadt kommen.«

Schweigen.

»Ich weiß, es geht auch um Ihren Seelenfrieden, aber ich

glaube, Ihrem Seelenfrieden geht es besser, wenn Sie sich mit Vernon Moore treffen.«

Schweigen.

Hank: »Wie bitte?«

Schweigen.

Hank: »Nein, wir haben keine Details ihres Zustands besprochen, das ist vertraulich. Wir hatten eine philosophische Diskussion. Ich wünschte, Sie wären dabei gewesen.«

Schweigen.

Hank: »Steigen Sie von Ihrem hohen Ross, Calvin Millet, und hören Sie mir eine verdammte Minute lang zu. Wenn auch nur die Hälfte von dem, was er sagt, stimmt, dann gibt es Hoffnung für Lucy. Nicht die Art Hoffnung, die wir uns beide für sie wünschen, aber es gibt Hoffnung.«

Schweigen.

Hank: »Wir diskutieren über das zweite Paradoxon, die so genannte logische Folge aus der Ungerechtigkeit. Haben Sie schon mit ihm darüber geredet?«

Schweigen.

Hank: »Nun, ich denke, Sie sollten es tun. Ich wäre nicht im Traum auf die Lösung gekommen, aber es macht Sinn, so, wie er es darstellt.«

Schweigen.

Hank: »Ich weiß. Er hat noch eine andere Idee, über die wir sprechen sollten.«

Schweigen.

Hank: »Ich möchte darüber nicht am Telefon reden, aber es ist ein interessanter Vorschlag. Vor drei Stunden hätte ich es noch als idiotischen Einfall bezeichnet, aber da bin ich mir nun nicht mehr so sicher.«

Schweigen.

Hank: »Warum hören Sie sich nicht einfach an, was dieser Mann zu sagen hat?«

Schweigen.

Hank: »Gut. Ich kann ihn morgen früh nach Carson bringen. Wie ich schon sagte, Lucy wird nicht merken, was Sie tun. Sie ist zu stark sediert und wird es auch bleiben, solange wir nichts an ihrer medikamentösen Einstellung ändern. Das ist genau der Punkt, über den wir reden müssen.«

Schweigen.

Hank: »Wir können morgen darüber sprechen. Ich werde Vernon mitbringen. Ich bin auch Ihr Hausarzt, und ich bin der Ansicht, dass Sie krank sind. Sie sind krank vor Trauer. Hier ist mein Rezept: Hören Sie Vernon Moore für eine Stunde zu.«

Schweigen.

Hank: »Nur eine Stunde, Calvin. Was haben Sie zu verlieren?«

Schweigen.

Hank: »Überprüfen Sie die Werte auf ihrem Monitor und gehen Sie dann ins Bett. Sollte irgendetwas nicht stimmen, wird Schwester Nelson einen Alarm hören und sofort zur Stelle sein.«

Schweigen.

Hank: »Acht Uhr dreißig. Ich werde da sein. Erholen Sie sich jetzt ein bisschen.«

Schweigen.

Hank: »Ich weiß, aber es nützt Lucy nichts, wenn Sie die ganze Nacht aufbleiben. Wenn ich Ihnen das nächste Mal ein Beruhigungsmittel anbiete, sollten Sie vielleicht kurz darüber nachdenken. Erinnern Sie mich morgen daran, dann lasse ich Ihnen etwas da, womit man ein Nilpferd einschläfern kann.«

Schweigen.

Hank: »Wir werden um acht Uhr dreißig da sein. Gehen Sie jetzt zu Bett.«

Nachdem Hank aufgelegt hatte, sprach er kurz mit Mr. Moore, und sie vereinbarten, nach dem Frühstück, das ich vorbereiten würde, jeder im eigenen Auto loszufahren. Dann kehrten wir zu unseren philosophischen Themen zurück und machten erst um zwei Uhr nachts Feierabend. Die letzten zwei Stunden hörten Mr. Moore und ich Hank zu, der über seine verstorbene Frau Emma redete, Gott hab sie selig. Meine Güte, er ließ es alles heraus. Es kam in Schüben. Ich habe noch nie einen Mann so weinen sehen, aber als es Zeit war, nach Hause zu gehen, fühlte er sich weit besser. Das hat er selbst gesagt.

Das brachte mich zum Nachdenken. Nicht über Hank oder Mona oder Calvin oder Lucy oder Loretta oder Clement. Es brachte mich auf den Gedanken, ob Mr. Moore nicht ein wenig Zeit mit Clara verbringen sollte. Wenn es irgendjemand nötig hatte, sich mit ihm zu treffen, dann sie. Aber wie in aller Welt sollte ich das einfädeln?

KAPITEL 13

Das letzte Paradoxon

Hank kam um sieben Uhr morgens am Come Again an, genau wie ausgemacht. Er wirkte munter, und auch Mr. Moore war guter Dinge. Ich dagegen fühlte mich nach weniger als vier Stunden Schlaf wie einmal durch den Fleischwolf gedreht. Beim Frühstück erzählte Hank Mr. Moore von seinem Plan, sich mit einigen Kinderanästhesisten aus dem Umkreis zu treffen, und dann fuhren die beiden Männer direkt nach Carson. Als sie dort ankamen, gingen Calvin und Hank in Lucys Zimmer, um sich zu unterhalten, während Mr. Moore und Schwester Nelson in der Küche Kaffee tranken.

Die Küche in diesem Haus ist bedrückend weiß. Sie hat fleckig-weiße Wandschränkchen, einen abgestoßenen weißen Emailleherd, eine türkisfarbene Arbeitsplatte im Stil der Fünfzigerjahre, die sich an den Ecken schon nach oben wölbt, und einen türkis-weißen Schachbrettboden aus gewachstem Linoleum. Auch der Kühlschrank ist weiß und ein verräterisches Zeichen dafür, dass das Haus gemietet ist. Er ist schon so alt, dass das Gefrierfach noch Metallfächer hat, und es hängen keine Postkarten oder Magneten an der Tür. Nicht ein einziger. Auch der Küchentisch ist weiß gestrichen, obwohl meist ein Tischtuch darauf liegt, um die Flecken zu verdecken. Ansonsten ist gerade genug Platz für drei alte Aluminiumstühle mit türkisfarbenen Plastiksitzflächen.

Wenn es für diesen Raum überhaupt eine Rettung gibt, dann ist es Schwester Nelson. Louise ist eine zierliche Person, nicht größer als ein Meter fünfzig, und sie ist sehr mager. Ich wette, sie trägt Größe vierunddreißig. Aber sie sprüht vor Energie, Optimismus und Witz, und sie kann reden wie ein Wasserfall.

Sie weiß sogar, wie man Cribbage spielt. Mr. Moore forderte sie zu einem Spiel auf, während Hank und Calvin miteinander sprachen. Sie hatten kein Spielbrett, deshalb schrieb Mr. Moore die Ergebnisse auf einen gelben Notizzettel. Sie hat einen Dollar gewonnen, aber ich frage mich, ob er sie nicht hat gewinnen lassen.

Nach dem Spiel ging Schwester Nelson in Lucys Zimmer, um mit Hank zu reden, deshalb kam Calvin auf einen Kaffee in die Küche. Ich habe später gehört, dass er völlig verzweifelt wirkte. Er hatte sich nicht rasiert, sein Haar war ungewaschen und stand unordentlich vom Kopf ab, dicke schwarze Ringe lagen unter seinen Augen. Jeans und Pullover sahen aus, als hätte er darin geschlafen, was wahrscheinlich tatsächlich der Fall gewesen war.

Ich weiß nicht, wie ein normaler Kaufmann reagiert hätte, wenn er seinen potenziellen Kunden in einem solchen Zustand vorgefunden hätte. Mr. Moore jedenfalls musterte Calvin und sagte: »Haben Sie vor, Lucy zu folgen?«

»Was meinen Sie damit?«, knurrte Calvin.

»Ich habe mich nur gefragt, ob Sie uns mit Lucy zusammen verlassen wollen. Sie sehen so aus.«

»Oh, vielen Dank, Vernon. Das ist wirklich verdammt feinfühlig von Ihnen. Aber wenn ich Sie recht verstanden habe, dann gibt es ein Leben nach dem Tod, und ich riskiere nicht besonders viel.«

»Calvin, ich sagte, ein Leben nach dem Tod sei wahrscheinlich. Und bevor Sie das Leben, das Sie jetzt haben, riskieren, sollten wir uns über mögliche Konsequenzen unterhalten.«

»Nun ja. Wissen Sie was, lassen Sie uns über die Konsequenzen der Tatsache reden, dass meine elfjährige Tochter vor meinen Augen stirbt und ich nichts dagegen tun kann.«

»Das sollten wir tatsächlich tun. Genau darüber sollten wir sprechen. Aber wir haben die Wahrscheinlichkeit eines Lebens nach dem Tod noch nicht ausreichend behandelt. Wir müssen uns zuerst mit dem zweiten Paradoxon beschäftigen.«

»Ich kenne kein zweites Paradoxon, Vernon.«

»Es gibt auch kein zweites, wenn Sie nicht das erste lösen, Calvin. Das haben Sie schon getan. Jetzt müssen wir zum zweiten Paradoxon des gütigen Gottes übergehen, ich nenne es gerne die logische Folge aus der Ungerechtigkeit.«

Calvin schüttelte resiginiert den Kopf. »Das haben Sie gestern bereits erwähnt, nicht wahr? Und Hank hat gestern Abend auch davon gesprochen. Sie lernen schnell neue Leute kennen, stimmt's, Vernon?«

»Das ist mein Job. Ich bin Kaufmann.«

»Also, für einen Kaufmann verkaufen Sie ziemlich ungewöhnliche Dinge, aber Doktor Wiley sagt, er wird keine weiteren Maßnahmen für Lucy mit mir diskutieren, bevor ich nicht mit Ihnen gesprochen habe. Also lassen Sie uns über das zweite Paradoxon reden. Wie nannten Sie es, die ›logische Folge aus der Ungerechtigkeit‹? Ich habe keine Ahnung, was zum Teufel das bedeuten soll, aber ich bin ganz Ohr – ich habe nämlich das Gefühl, dass ich im Moment von ziemlich viel Ungerechtigkeit betroffen bin.«

»Da stimme ich Ihnen zu, Calvin.«

»Das ist interessant. Wirklich interessant. Wenn ich mich recht erinnere, dann sagten Sie doch gestern, dass kein gütiger Gott das zulassen würde.«

»Das habe ich nicht gesagt.«

»Was war es dann? Ich will es wissen. Ich will wissen, wie Ihr Gott fair zu meiner Lucy sein kann. Sie können mir nicht erzählen, dass sie in den Himmel kommt, das verstößt gegen die Spielregeln. Kein religiöses Geschwätz, das hatten Sie mir versichert.«

»Daran werde ich mich auch halten. Warum spielen wir nicht eine Runde Karten?«

Calvin lachte. »Oh, das ist eine tolle Idee. Hat Schwester Nelson Sie nicht gerade abgezockt?«

»Ja, aber das war beim Cribbage. Warum spielen wir nicht eine Runde Poker?« Mr. Moore ergriff den Kartenstapel und fing schweigend, mühelos und gleichmäßig zu mischen an.

Calvin betrachtete seine Hände und sagte: »Trügen mich meine Augen, oder haben Sie das schon mal geübt? Haben Sie das gestern Abend mit Wilma und Hank gemacht? Karten gespielt?«

»Ja, eine Zeit lang«, antwortete Mr. Moore. »Ich habe sogar dieselben Karten benutzt. Die logische Folge aus der Ungerechtigkeit lässt sich wesentlich einfacher anhand eines Kartenspiels verstehen. Sind Sie bereit?«

»Klar, warum nicht? Teilen Sie aus.«

»Ich denke, ich sollte zuerst die logische Folge aus der Ungerechtigkeit formulieren.«

»Meinetwegen. Legen Sie los mit dieser verdammten logischen Ungerechtigkeitsfolge.«

»Sie lautet folgendermaßen«, erklärte Mr. Moore: »›Nur ein gütiger Gott würde Himmel und Erde erschaffen. Aber kein gütiger Gott würde so viel Ungerechtigkeit auf Erden zulassen. Deshalb gibt es keinen gütigen Gott.‹«

Calvin hörte so aufmerksam zu, wie es ihm in seinem Zustand möglich war. Dann erhob er seine Kaffeetasse und sagte: »Schön gesagt und verdammt wahr.«

»Tatsächlich ist es das nicht, Calvin, aber mit dem zweiten Paradoxon verhält es sich genauso wie mit dem ersten: Wir können es nicht überwinden, ohne seine Voraussetzung zu akzeptieren: Nur ein gütiger Gott würde Himmel und Erde erschaffen.«

»Ich erinnere mich daran, Vernon, und ich nehme es Ihnen immer noch nicht ganz ab, aber ich habe heute Morgen nicht die Kraft für einc weitere Auseinandersetzung, also fahren Sie fort.«

»In Ordnung. Das bedeutet, dass wir die zweite Behauptung angreifen müssen und sie nicht als unantastbar ansehen dürfen.«

»Auch daran kann ich mich erinnern. Kein Problem. Lassen Sie uns die Ungerechtigkeit angreifen. Ich werde die Ungerechtigkeit zu einem scheußlichen, grünen, klebrigen Matsch zertreten.«

»Aber Sie erinnern sich auch noch daran, dass wir Schmerz und Leid nicht verhindern können? Das ist eine wichtige Voraussetzung.«

»Richtig, Vernon, ich weiß. Machen wir weiter.«

»Gut. Wie wäre es jetzt mit einem kleinen Spiel unter Freunden?«

»Das ist in Ordnung, aber spielen wir nicht um einen Einsatz? Ich habe gehört, gegen Sie kann man gut gewinnen.«

»Ich denke, der Einsatz ist bereits hoch genug, meinen Sie nicht?«

Calvin runzelte die Stirn. »Teilen Sie die Karten aus. Die Zeit läuft.«

Mr. Moore gab jedem fünf Karten. Calvin sah sein Blatt an und sagte: »Nachdem wir um nichts spielen, kann ich Ihnen ja sagen, dass ich ein verdammt schlechtes Blatt habe.« Auf Mr. Moores Aufforderung hin legte er seine Karten auf den Tisch. Eine Drei, eine Fünf, eine Sieben, eine Neun und eine Dame. Nur die Drei und die Dame hatten dieselbe Farbe: Pik.

Mr. Moore sagte: »Sie haben Recht, Calvin. Ein schlechteres Blatt hätten Sie kaum bekommen können. Zum Glück können Sie ja Karten eintauschen, wenn Sie wollen. Ziehen Sie. Bis zu vier Karten.«

»Nun, dann nehme ich die volle Ladung, geben Sie mir vier Karten.« Er drehte die Drei, die Fünf, die Sieben und die Neun um und reichte sie Mr. Moore, der sie auf einen kleinen Stapel zur Seite legte. Dann teilte er ihm vier neue Karten aus: drei Damen und einen König. Auf einen Schlag hatte Calvin vier Damen.

»Wie ich sehe, hat sich Ihr Glück gesteigert«, sagte Mr. Moore.

»Ja, in der Tat. Ich verwette meinen Laden auf dieses Blatt, Vernon. Was haben Sie?«

Mr. Moore drehte seine Karten um: Drei, Vier, Fünf, Sechs und Sieben in Herz, Straight Flush, ein beinahe unschlagbares Blatt. »Sie würden mir Ihr Kaufhaus schulden, wenn ich nicht wüsste, dass Sie es nicht ernst gemeint haben. Offenbar kann Glück ziemlich relativ sein, nicht wahr?«

»Ihre Methoden kommen mir ein wenig verdächtig vor, Vernon. Ich glaube allmählich, Sie können austeilen, was immer Sie möchten. Stimmt das?«

»Wenn es so wäre, Calvin, wie hätte ich dann gegen Schwester Nelson verlieren können? Außerdem gibt es keinen Einsatz, deshalb können Sie nicht wirklich verlieren. Warum versuchen wir es nicht noch einmal? Warum spielen Sie diesmal nicht für Lucy?«

»Das hört sich interessant an. Ich habe gerade das Kaufhaus verspielt, also bin ich bestens qualifiziert, jetzt für meine sterbende Tochter zu spielen. Teilen Sie aus.«

Mr. Moore verteilte wieder Karten, und Calvin bekam eine Drei, eine Vier, eine Sechs, eine Acht und eine Zehn. Nur die Drei und die Acht hatten dieselbe Farbe, also kein Flush. Calvin behielt die Zehn und zog vier neue Karten. Er bekam eine Zwei, wieder eine Drei, eine Fünf und eine Sieben und sagte: »Das sind genau Lucys Karten. Sie sind verdammt schlecht. Was haben Sie?«

»Das spielt eigentlich gar keine Rolle«, entgegnete Mr. Moore. Er deckte drei Buben und zwei Asse auf. »Versuchen wir es noch einmal. Sie spielen immer noch für Lucy.«

»Hat das irgendeinen Sinn?«

»Ja«, erwiderte Mr. Moore und gab Calvin ein weiteres Blatt. Wieder hatte er keine Zwillinge und auch keine anderen Stiche. Er tauschte seine vier niedrigsten Karten ein, aber auch diesmal wurde das Blatt nicht besser. »Teilen Sie noch einmal aus«, sagte Calvin. Mr. Moore reichte ihm weitere vier, die alle ähnlich unbrauchbar waren. »Wie lange müssen wir damit noch weitermachen?«, fragte Calvin. »Alles, was Sie erreicht haben, ist, mich davon zu überzeugen, dass Sie austeilen können, was Sie wollen. Was soll das?«

»Sie haben früher schon einmal gepokert, nicht wahr?«, fragte Mr. Moore.

»Ja.«

»Also hatten Sie auch schon mal solche Blätter, wie ich sie Ihnen gerade ausgeteilt habe?«

»Ja, sicher. Obwohl ich mich nicht erinnern kann, schon einmal so viele unglaublich schlechte Blätter hintereinander gehabt zu haben.«

»Genau, Calvin. Das ist der Punkt. Wenn die Karten zufällig ausgeteilt werden, dann bekommen Sie sowohl gute als auch schlechte Blätter. Ihr Glück gleicht das auf lange Sicht gesehen aus.«

Calvin antwortete nicht. Mr. Moore ermunterte ihn: »Denken Sie nach, Calvin. Sie müssen schon öfter ein sehr gutes Blatt gehabt haben. Seien Sie ehrlich. Es ist wichtig.«

Calvin lehnte sich zurück und dachte eine Zeit lang nach. Dann zuckte er mit den Schultern und sagte: »Wissen Sie, ich habe mich das auch schon manchmal gefragt. Aber ich muss zugeben, dass Sie Recht haben. Ich hatte schon jede

Menge wirklich faule Blätter, aber ich hatte auch schon erstaunlich gute.«

»Können Sie sich an einige davon erinnern?«

»Klar, an ein paar. Vor ein paar Jahren in Las Vegas hatte ich eine echte Glückssträhne. Die beste, die ich je hatte. Ein Vierling. Ich habe eine hübsche Summe Geld gewonnen. Ich nehme an, ich hatte Glück, dass Sie nicht mitgespielt haben.«

In diesem Moment steckte Doktor Wiley seinen Kopf zur Tür herein und sagte: »Lucy schläft ruhig, Schwester Nelson behält sie im Auge. Ich habe heute Telefonkonferenzen mit einigen Krankenhäusern an der Ostküste, deshalb fahre ich jetzt nach Ebb zurück. Wenn etwas passiert, kann mich Schwester Nelson erreichen, und ich komme direkt hierher zurück.«

Calvin stand auf und schüttelte dem Doktor die Hand. »Danke, Doktor«, sagte er. »Ich versuche, bei Ihrer Rückkehr in einer besseren geistigen Verfassung zu sein. Wann können wir uns wieder unterhalten?«

»Ich melde mich heute Abend bei Ihnen, Calvin. Wir müssen eine Entscheidung treffen, Sie und ich, und ich denke, wir sollten das heute Abend tun.«

»Ich sehe immer noch nicht ein, warum wir das nicht gleich entscheiden können.«

Doktor Wiley sah zu Mr. Moore hinüber und antwortete: »Weil ich die Beratungen brauche, die ich für heute Vormittag angesetzt habe, um sicherzugehen, dass ich unsere Möglichkeiten kenne. Ehrlich gesagt, würde Ihnen ein weiteres Gespräch mit Mr. Moore auch nicht schaden.«

Calvin wollte protestieren, aber der Doktor unterbrach

ihn: »Heute Abend. Nicht früher und unter der Voraussetzung, dass Sie und Mr. Moore mit Ihrer Dikussion zu einem Ende gekommen sind.«

»Was zum Teufel kann er mir erzählen, das ich noch nicht weiß?«, fragte Calvin.

»Er wird Ihnen eine neue Sicht der Dinge vermitteln.«

»Was ist mit der Hoffnung? Wo ist die geblieben?«

»Das ist die neue Sichtweise. Jetzt beruhigen Sie sich, und setzen Sie sich. Wir werden uns später unterhalten.«

Doktor Wiley verschwand, und Calvin sagte: »Tja, den haben Sie an der Angel, Vernon. Er ist ein neuer Mensch. Vielleicht sollten Sie ihm ein paar Spiele verkaufen.«

»Er ist kein geeigneter Kunde. Aber Sie sind es, und Sie wollten mir gerade von Ihrem großartigen Blatt erzählen. Wie viel haben Sie mit dem Vierling gewonnen?«

Calvin setzte sich wieder und antwortete: »Soweit ich mich erinnere, ungefähr siebzig Dollar.«

»War das der größte Gewinn, den Sie je gemacht haben?«

»Oh, nein, nein, dazu habe ich zu viel in Las Vegas gespielt. Ich habe sicher ein Dutzend Mal um die hundert oder zweihundert Dollar gewonnen, vielleicht auch mehr.«

»Dann nehme ich an, Sie haben auch viel verloren?«

»O ja, darauf können Sie wetten. An ein Blatt kann ich mich noch genau erinnern. Eine kleine, alte Dame in einem schwarzen Kleid und Perlenkette schlug meinen Flush mit einem Full House: Zehner gegen Siebener. Sie hat die eine Zehn einfach so aus dem Ärmel gezogen. Das werde ich nie vergessen.«

»Um wie viel ging es damals?«

»Hundert, vielleicht hundertfünfzig Dollar.«

Mr. Moore beugte sich ein wenig vor. »Das war ein großer Verlust, Calvin. Kann man dennoch sagen, dass sich Ihr Pech und Ihr Glück im Spiel unter dem Strich die Waage halten? Wie ich schon erwähnte – das ist ein sehr wichtiger Punkt.«

Calvin seufzte. »Ich nehme an, es ist so.«

»Warum?«

»Warum? Was meinen Sie mit ›warum‹, Vernon? Der Grund ist doch offensichtlich. Sie haben es doch gerade selbst gesagt. Ich habe schon hunderte Partien Poker gespielt, vielleicht sogar tausende. Natürlich hatte ich Glück und Pech. Wer hätte das nicht?«

»Sie haben vollkommen Recht, Calvin. Das macht Sinn, denn die Natur ist auf lange Sicht gesehen völlig fair. Aber jetzt würde ich Sie bitten, mir einen Gefallen zu tun.«

»Warum habe ich das Gefühl, ich sollte mich anschnallen? Was für einen Gefallen?«

»Ich möchte, dass Sie Ihr Glück anhand von einem einzigen Pokerblatt einschätzen. Ich werde es Ihnen jetzt austeilen. Wenn Sie möchten, können Sie auch selbst geben.«

»Bemühen Sie sich nicht, Vernon. Das ist eine idiotische Bitte. Warum sollte ich mein Glück anhand eines einzigen Blattes einschätzen, wenn ich schon tausende von Partien gespielt habe?«

Mr. Moore legte seine Karten auf den Tisch und erwiderte: »Sind Sie sich da absolut sicher?«

»Ja, natürlich.«

»Warum tun Sie dann genau das mit Lucy?«

Für einen Moment erstarrte Calvin, dann antwortete er: »Da müssen Sie mir weiterhelfen, Vernon, ich sehe da keinen Zusammenhang.«

»Das ist nicht weiter schlimm. Ich habe ihn auch lange Zeit nicht gesehen, aber jetzt tue ich es. Das menschliche Verhalten ist immer kurzfristigen Schwankungen unterworfen. Die Dinge kommen durch viele verschiedene Ereignisse ins Gleichgewicht. Wir erhalten keinen Abschluss, indem wir eine Quiz-Frage beantworten, sondern indem wir mehrere Prüfungen ablegen. Wir versuchen nicht, einen Fisch zu fangen, indem wir ein einziges Mal die Angelleine auswerfen, sondern wir tun es immer und immer wieder. Und wir spielen nie eine einzelne Partie Poker, denn eine einzige Partie ist weder ein Indikator für unser Können noch für unser Glück. Stimmen Sie mir zu?«

»Ja, natürlich.«

»Nun, wenn wir klug genug sind, darauf zu kommen, glauben Sie dann nicht, ein allwissender Gott ist es ebenso?«

»Was wollen Sie mir sagen, Vernon?«

»Fairness kann nicht kurzfristig auftreten, Calvin, nicht in einem Universum, das auf Unsicherheit ausgelegt ist. Ironischerweise kann Fairness aber langfristig statistisch gewährleistet werden, aber nur auf einem Weg: durch viele verschiedene Ereignisse. Was ist, wenn jedes individuelle Leben nichts ist als ein Pokerblatt?«

»Wollen Sie mir erzählen, wir bekommen verschiedene Leben?«

»Ja.«

»Das ist grotesk!«

»Warum? Welcher Grundsatz Ihres breit angelegten Wissens spricht gegen die Möglichkeit von mehreren Leben? Sagen Sie es mir, und nehmen Sie sich Zeit dafür.«

Calvin stand auf und schenkte sich eine weitere Tasse Kaffee ein. Mr. Moore saß schweigend auf seinem Stuhl. Calvin setzte sich wieder und sagte: »Das klingt mir sehr nach Karma, und wir haben ausgemacht: Kein religiöses Geschwätz.«

»Ich kann mich nicht erinnern, dass ich die Bhagawadgita zitiert hätte, Calvin. Poker hat uns an diesen Punkt gebracht, und tatsächlich sind wir woanders gelandet. Karma redet davon, dass man zwei Karten des alten Blattes für das nächste Spiel behält. Das mag zwar ein gewisses Maß an Gerechtigkeit garantieren, aber echte Fairness verlangt jedes Mal neu gemischte Karten.«

»Lassen Sie mich zusammenfassen, Vernon. Sie sagen, jeder von uns hat verschiedene Leben, richtig?«

»Wir haben diesen Weg eingeschlagen, weil wir uns nicht mit der Ungerechtigkeit im Leben abfinden wollten, Calvin; das eine Kind wird in hoffnungslose Armut hineingeboren, das andere in den europäischen Adel; ein Kind wird mit Aids geboren, ein anderes hat die körperlichen Anlagen eines Michael Jordan; ein Kind stirbt im Alter von elf Jahren an einem unbekannten Nervenleiden, während sein schuldgeplagter Vater eine Lebenserwartung von dreiundachtzig Jahren hat. Meiner Vorstellung nach gibt es drei Möglichkeiten: zum einen die, dass dieses Leben das einzige ist, dass wir nur dieses eine bekommen. Wenn das der Fall ist, ist das Leben verdammt unfair. Eine andere Möglichkeit ist die, dass die Leute mit einem blinden Glauben Recht haben und wir entweder in den Himmel oder in die Hölle kommen, je nachdem, wie wir uns während ein paar unglaublich kurzer Jahre benehmen. Aus hunderten von Gründen erscheint mir das genauso unfair, aber es gibt noch eine dritte Möglichkeit. Wenn wir viele verschiedene Leben haben, dann gleicht sich alles auf lange Sicht hin aus: Glück und Pech, Krieg und Frieden, Erfolg und Misserfolg, Fröhlichkeit und Trauer, Krankheit und Gesundheit, frühzeitiger Tod und ein ungewöhnlich langes Leben.«

»Ich nehme an, Sie glauben an die dritte Möglichkeit«, sagte Calvin.

»Ja, das tue ich – weil es die einzig wirklich faire ist.«

»Dann glauben Sie an einen gütigen Gott.«

»Ja.«

»Ich nicht. Das ist das Problem.«

»Warum nicht?«

Calvin antwortete nicht. Schließlich sagte Mr. Moore: »Genau, Calvin. Ihre Ausgangsthese war, dass kein gütiger Gott so viel Schmerz und Leiden zulassen würde. Aber dann haben wir herausgefunden, dass er entweder Schmerz und Leid dulden oder uns den freien Willen nehmen muss, aber das würde kein gütiger Gott tun. Deshalb müsste ein gütiger Gott Schmerz und Leid zulassen. Die Frage ist nur, wie viel, wo er also die Grenze ziehen würde.

Mein Vorschlag war, dass kein gütiger Gott so viel Ungerechtigkeit dulden würde – eine These, die Sie enthusiastisch begrüßt haben. Dann habe ich eine einfache Methode vorgeführt, wie Gerechtigkeit durch viele verschiedene, zufällige Ereignisse erreicht wird. Ist der Versuchsrahmen groß genug, ist diese Methode mathematisch beweisbar und liegt gleichzeitig in der Macht eines allmächtigen Gottes, der immer gerecht bleiben muss.«

Als keine Antwort kam, fuhr Mr. Moore fort: »Also haben wir die beiden schlagkräftigsten Argumente gegen die Existenz eines gütigen Gottes widerlegt.«

»Das klingt schlau, ist aber nicht schlau genug. Ich will einen Beweis für ein Leben nach dem Tod. Bis jetzt habe ich nur ein zweitausend Jahre altes Buch, das von genau einer Heimreise berichtet, und ein paar esoterische Argumente von einem übertrieben gut angezogenen Kaufmann. Das ist nicht viel.«

Mr. Moore seufzte und erwiderte: »Wenn Ihr Glaube an einen gütigen Gott harte Beweise fordert, dann sind Sie zu einem Leben in Hoffnungslosigkeit verurteilt, denn Sie werden einen endgültigen Beweis niemals bekommen. Ich würde an Ihrer Stelle keine Mühe darauf verschwenden, meinen E-Mail-Eingang daraufhin durchzusehen.«

Wieder kam keine Antwort.

»Sie stehen mit Ihren Zweifeln nicht alleine da. Ich denke, es gibt deshalb keinen definitiven Beweis für die Existenz Gottes, weil es einen solchen Beweis nie geben kann.«

Calvin Millet sah auf und verdrehte die Augen. »Es kann keinen Beweis für die Existenz Gottes geben? Gar keinen? Niemals? Ist es das, was Sie sagen?«

»Ja.«

»Nun, das wird sicher spannend. Legen Sie los, Vernon. Warum können wir die Existenz Gottes nicht beweisen?«

»Wir könnten es. Tatsächlich würde es Sinn machen, wenn wir nach unserem Leben in eine höhere oder niedrigere Sphäre einträten. Aber wenn wir viele Leben haben, dann dürften wir es nie wissen.«

»Wirklich? Warum?«

»Lassen Sie uns die Alternativen durchdenken. Was wäre, wenn wir sicher wüssten, dass wir verschiedene Leben hätten? Wäre dann nicht jedes einzelne Leben zu billig, wie ein einzelnes Pokerblatt? Wären wir nicht versucht, die schlechten Leben möglichst kurz zu halten?«

»Was wäre daran verkehrt?«

»Wir würden immer gleich aufgeben, wenn ernsthafte Schwierigkeiten auftreten. Oder noch schlimmer: Wir könnten die Folgen unseres Handelns vermeiden.«

»Das müssen Sie erklären.«

»In Ordnung. Nehmen wir an, ich habe keine Lust mehr auf all dieses philosophische Geschwätz und bringe Sie um, ich vergewaltige Schwester Nelson und überlasse Lucy einfach ihrem Schicksal. Wenn ich damit fertig bin, entscheide ich, dass ich nicht den Rest meines Lebens im Gefängnis verbringen will, und mache der Sache ein Ende. Ich begehe Selbstmord. Warum auch nicht? Ich habe ja noch mehrere Leben vor mir, wahrscheinlich sogar viele.«

In diesem Moment klopfte es am Türpfosten. Als Calvin und Mr. Moore aufsahen, kam Schwester Nelson in die Küche und schenkte sich eine Tasse Kaffee ein.

»Mr. Moore war gerade dabei zu beschreiben, wie er über Sie herfallen und ungeschoren davonkommen könnte. Nicht wahr, Vernon?«, sagte Calvin.

Ehe dieser etwas erwidern konnte, fuhr Schwester Nelson dazwischen: »Seien Sie nicht albern, Calvin! Sehen Sie sich diesen Mann an. Er musste sicher noch nie eine Frau zu etwas zwingen. Nicht wahr, Mr. Moore?«

»Das ist zu freundlich von Ihnen, Louise.«

»Finden Sie? Wenn Sie ernsthaft daran denken, über eine Frau herzufallen, Mr. Moore, würden Sie dann bitte meine Nummer notieren, bevor Sie gehen?«

»Wussten Sie, dass dieser Mann beim Kartenspiel betrügt?«, fragte Calvin. »Ich habe es selbst beobachtet. Er kann jedes Blatt austeilen, das er will.«

»Ist das wahr?«, fragte Schwester Nelson.

»Ja, aber die Fähigkeit zu etwas beinhaltet nicht notwendigerweise auch deren Gebrauch«, erwiderte Mr. Moore. »Aus egoistischen Gründen würde ich meine Fähigkeiten nie dazu verwenden, das Blatt in einem laufenden Spiel zu manipulieren. Es würde mir die Ungewissheit in einem fairen Wettbewerb verwehren, das heißt jede Art von Herausforderung, Aufregung und Erfolg.«

Schwester Nelson tätschelte Mr. Moore die Wange und sagte: »Ich wusste, dass Sie das sagen würden, mein Lieber.« Und damit war sie auch schon wieder draußen.

»Haben Sie immer diese Wirkung auf Frauen?«, fragte Calvin.

»Es liegt an der Kleidung; sie scheinen die Sachen zu mögen. Was auch immer es ist, ich muss zugeben, mir gefällt die Aufmerksamkeit, auch in meinem fortgeschrittenen Alter.«

»So alt können Sie noch nicht sein, Vernon. Wie alt sind Sie? Vierzig? Höchstens fünfundvierzig?«

»Ich bin älter, und ich glaube, Gott möchte, dass ich die ganze Fülle meines Lebens bis zu meinem letzten Atemzug erfahre. Stimmen Sie mir da zu? Das ist ein weiterer wichtiger Punkt.«

»Das ist ein Konzept, mit dem ich leben kann. Ich meine, jeder sollte sein Leben bis zum Letzten auskosten. Ich möchte, dass meine Lucy alles vom Leben hat. Teufel, wenn sie zumindest einen Teil davon hätte.«

Mr. Moore rutschte auf seinem Stuhl nach vorne. »Dann

müssen Sie erkennen, warum wir nie einen Beweis für ein Leben nach dem Tod finden können.«

»Schon gut. Ich habe es verstanden«, erwiderte Calvin. »Wenn wir uns sicher wären, dass wir nach unserem Tod noch mehrere Leben hätten, wären wir zu sehr versucht, ein schlechtes Leben abzukürzen.«

»Korrekt«, nahm Mr. Moore den Faden auf. »Und genau das ist das dritte und letzte Paradoxon des gütigen Gottes. Es lautet folgendermaßen:

›Nur ein gütiger Gott würde ein Leben nach dem Tod erschaffen.

Aber kein gütiger Gott würde ein solches Leben nach dem Tod jemals enthüllen. Deshalb können wir nie sicher wissen, dass es ein Leben nach dem Tod gibt.‹«

»Das ist das dritte Paradoxon?«

»Ja.«

»Wir können es niemals sicher wissen?«

»Nein.«

»Wo liegt dann die Lösung?«

»Die Lösung liegt im dritten Paradoxon, Calvin. Ein gütiger Gott könnte uns nie Gewissheit geben, weil er uns damit um die Fülle des Lebens bringen würde – ein Leben, das sorgfältig auf einer flachen, gleichmäßigen Grundlage der Ungewissheit gebaut wurde.«

Calvin dachte einen Moment darüber nach. »Sie haben mich in die Ecke getrieben, Vernon. Ich sehe ein, warum wir ein schlechtes Leben nicht vorzeitig beenden sollten, deshalb muss ich zustimmen. Aber es gefällt mir noch immer nicht.«

»Das ist auch in Ordnung. Aber wenn Sie sich vorstellen

könnten, dass Lucy tausendmal lebt und davon mindestens zehn Leben in ausgesuchtem Luxus bis zum Alter von einhundertundneun Jahren verbringen würde, würde das Ihre Einstellung ändern?«

»Ja.«

»Dann tun Sie es, denn das ist das, übertrieben gesprochen, wovon wir hier gerade reden.«

»Sie sind ein Karten spielender Häretiker, Vernon Moore.«

»Das weiß ich, aber ich bin ein alter, verängstigter Häretiker. Wenn ich schon keinen Beweis für ein Leben nach dem Tod bekommen kann, dann möchte ich zumindest die Hoffnung darauf.«

Calvin wippte mit seinem Stuhl vor und zurück. Es war offensichtlich, dass er nicht mehr in der Stimmung war, philosophische Phänomene zu ergründen. Daher sagte Mr. Moore: »Gestern habe ich Sie gebeten, für einen Tag Gott zu spielen, und Sie haben Ihre Sache gut gemacht. Würden Sie gerne wissen, was ich täte, wäre ich an Gottes Stelle?«

Calvin sah auf. »Das ist sicher spannend. Erzählen Sie. Was würden Sie tun?«

»Wäre ich allmächtig und allwissend, würde ich nach Aufregung, Überraschung verlangen. Deshalb würde ich als Erstes ein unendliches Universum schaffen. Zweitens würde ich in dessen Physik das Prinzip der absoluten Ungewissheit legen. Drittens würde ich eine paradiesische Vielfalt erschaffen, vielleicht auch hunderte oder tausende davon, genau wie auf dem Planeten Erde. Zuletzt würde ich eine intelligente Spezies ins Leben rufen, vielleicht auch tausende oder Millionen davon, und ich würde ihr einen freien Willen geben. Dann könnte ich jede Millisekunde an jedem Tag Überraschung und Aufregung erfahren, Trauer und andere intensive Gefühle. *Das* würde ich tun.«

»Klingt so, als brauchten Sie mehr als einen Tag, um das alles zu erschaffen. Wie lange würde das Ihrer Meinung nach dauern?«

»Wäre ich allmächtig, wahrscheinlich ungefähr eine Woche, ja, ich denke etwa sechs Tage.«

Calvin lächelte, erwiderte aber nichts.

»Sollen wir es für heute dabei belassen? Sie sehen müde aus.«

»Das bin ich auch, Vernon. Ich bin verwirrt, und ich brauche etwas Zeit, damit sich das alles setzen kann. Haben wir noch mehr zu diskutieren?«

»Noch ein wenig. Wie wäre es, wenn ich morgen früh wiederkomme?«

»Noch mehr? Sie machen Witze. Sie sagten doch, das dritte Paradoxon wäre das letzte.«

»Ist es auch. Wir sind beinahe fertig. Es fehlt nur noch ein klein wenig.«

»Versprochen?«

»Versprochen. Wir sind fast am Ziel.«

»Gut, Vernon. Einverstanden. Morgen um die gleiche Zeit?«

»Ich werde um halb neun hier sein.«

Calvin schien immer noch in Gedanken versunken zu sein und machte keine Anstalten, sich zu bewegen. Mr. Moore sagte: »Ich weiß, dies ist nicht der beste Zeitpunkt für diese Frage, aber wie stehen Ihre Verhandlungen mit Clem Tucker?«

»Mit Clem? Was für Verhandlungen? Wegen Lucy?«

»Über den Verkauf des Kaufhauses.«

»Das geht Sie immer noch nichts an, Vernon.«

»Ich will nicht neugierig erscheinen, ich dachte nur, ich könnte vielleicht helfen.«

»Haben Sie sich nicht als ein einfacher Handlungsreisender vorgestellt, auch wenn wir nicht länger als fünf Minuten über Ihre Produkte gesprochen haben? Egal, ich brauche Ihre Hilfe nicht. Ich habe dieses Pokerspiel in der Hand.«

»Sind Sie sicher? Er ist ein ziemlich gerissener Spieler mit einem Haufen Geld.«

»Zum Teufel, ja, ich bin sicher. Sehr sicher sogar.«

»Warum?«

»Weil ich das Kaufhaus verkaufen werde. Ich werde aussteigen. Es ist zu meinem Vorteil, dass Clem interessiert ist.«

»Dann ist es Ihnen egal, wenn er die Mehrheitsanteile erwirbt.«

»Stimmt, solange er es zu einhundert Prozent tut.«

»Soweit ich weiß, kauft Clem immer einundfünfzig Prozent.«

»Nun, darauf lasse ich mich nicht ein. Wenn er das Kaufhaus führen will, dann muss er mir das ganze verdammte Ding abnehmen, zu meinen Bedingungen.«

»Wirklich? Wie können Sie da so sicher sein?«

»Ich kann es eben.«

»Nun ja, aber was passiert, wenn seine Bank Sie zwingt, Konkurs anzumelden? Ich denke, allein die Aussicht auf einen Bankrott würde den Preis des Kaufhauses drücken.«

Calin saß reglos da, wie zu Stein erstarrt. Mr. Moore wartete. Nach einer Weile sagte Calvin: »Vielleicht haben Sie Recht, Vernon, aber ich bezweifle es. Wenn Clem mich in den Konkurs treibt, riskiert er einen enormen Verlust.«

»Inwiefern?«

»Spielen Sie die Partie zu Ende. Es ist ganz einfach: Ich verkaufe nicht, ich mache dicht. Ich lasse das Kaufhaus einfach Pleite gehen. Aus. Ende. Dann bekommt Clems Bank nicht mehr als das übrig gebliebene Inventar, eine Menge unbezahlter Schulden und ein leeres Gebäude, das niemand für drei Dollar monatlich mieten wird. Ich frage mich, wie das in den Büchern aussehen wird – kein besonders schöner Anblick vermutlich.«

»Das würden Sie tun?«

»Es ist ein Pokerspiel, und ich würde es tun, denn letztendlich ist mir das alles völlig gleichgültig.«

»Wirklich? Sie kommen mir nicht wie ein Mann vor, der so leicht aufgibt, schon gar nicht so etwas Wichtiges wie ein Familienunternehmen.«

»Warum nicht? Ich habe kein Geld mehr und bald auch keine Familie. Aber bis dahin ist das Einzige, was mir noch am Herzen liegt, meine Tochter Lucy. Und vielleicht ab und zu ein wenig Schlaf. Im Augenblick würde ich zu gerne ein Nickerchen machen. Ich nehme an, Sie verkaufen heute keine Nickerchen?«

Mr. Moore lächelte. »Wenn ich welche vorrätig hätte, würde ich das tun, Calvin. Ich gehe jetzt besser und lasse Sie schlafen. Würde es Ihnen etwas ausmachen, wenn ich kurz bei Lucy vorbeischaue? Ich werde ganz leise sein und sie nicht aufwecken.«

»Warum nicht? Und keine Sorge: Sie könnten Lucy noch

nicht einmal mit einer Kuhglocke und einer Kettensäge aufwecken. Aber fragen Sie vorher Louise.«

Schwester Nelson führte Mr. Moore in Lucys Zimmer. Es war schwach von einer einfachen rosa Lampe in der Ecke erleuchtet, und Lucy schlief ruhig. Bis auf ihren linken Arm war sie bis zum Hals zugedeckt. Alles, was Mr. Moore sehen konnte, war dieser eine dünne, vernarbte Arm und ein kleines, verhärmtes Gesicht unter langen Strähnen von strohigem blonden Haar. In ihrem Gesichtsausdruck lag kein Schmerz, aber auch kein Anzeichen von Leben, und Mr. Moore konnte keine Bewegung erkennen, noch nicht einmal ein Heben und Senken der Brust. Dennoch blieb er knapp zwanzig Minuten schweigend an ihrem Bett stehen. Dann berührte er sanft das Fußende ihrer Decke, nickte Schwester Nelson zu und ging hinaus.

KAPITEL 14

Ein Spiel unter Männern

An diesem Morgen stand ich um halb zehn zum zweiten Mal auf. Ich weiß nicht, ob ich mich besser fühlte, aber zumindest hatte ich ein wenig geschlafen. Nachdem ich die Küche aufgeräumt hatte, setzte ich mich an meinen Computer, um die E-Mails abzurufen. Ich fand eine Nachricht von Clara, in der sie fragte, warum Mona persönlich zu Besuch gekommen war.

Nun, ich schrieb ihr eine lange Antwort, in der ich ihr Monas, Calvins und Lucys Probleme schilderte, außerdem Clems Dummheiten und Hanks Dilemma. Natürlich berichtete ich ihr auch das Neueste über meinen Gast. Er schien sich überall einzumischen, aber auf eine positive Weise. Ich versuchte sogar zu erklären, was Mr. Moore über die drei Paradoxa eines gütigen Gottes gesagt und wie sehr er damit Hank geholfen hatte, aber es gelang mir nicht besonders gut. Zum Schluss schlug ich ihr vor, ihn selbst kennen zu lernen. Das war das allererste Mal, dass ich Clara vorschlug, jemanden zu treffen.

Gegen elf Uhr kehrte Mr. Moore ins Hotel zurück. Ich

war noch im Arbeitszimmer und sah ihn deswegen nicht kommen, aber ich hörte, wie er nach oben ging. Er zog sich um und kam über die Hintertreppe in die Küche hinunter, wo ich gerade damit angefangen hatte, ein Bananen-Nuss-Brot für Hank Wiley zu backen. Natürlich lud ich ihn ein, sich zu setzen und mir alles über seinen Besuch in Carson zu erzählen.

Während ich einen Eistee für ihn zubereitete, fragte ich: »Wie geht es Lucy, Mr. Moore? Wie sah sie aus? Haben Sie sie gesehen?«

»Ich war ein paar Minuten in ihrem Zimmer, aber sie hat mich nicht bemerkt. Wissen Sie, sie steht unter starken Beruhigungsmitteln. Sie sah klein und blass und sehr zerbrechlich aus, aber friedlich.«

»Ich nehme an, ihre Aussichten sind unverändert.«

»Ja, es hat sich nichts getan.«

»Haben Hank und Calvin darüber gesprochen, was sie unternehmen werden?«

»Ich glaube schon, aber ich bin nicht sicher. Als ich ging, war alles wie bisher.«

»Sind Sie Lucys Krankenschwester begegnet?«

»Ja. Wir haben sogar Karten gespielt, während Hank und Calvin miteinander redeten.«

»Sie ist ein fröhliches kleines Ding, nicht wahr?«

»Ja, sogar noch unter den traurigsten Umständen. Ich vermute, das ist ihr Weg, die Balance zu halten. Sie hat wirklich einen sehr schweren Beruf.«

»Ja, nicht wahr?«, antwortete ich, dann hörte ich ein lautes Geräusch vor dem Haus. Es klang, als hätte jemand etwas Schweres auf den Teppich fallen lassen. Ich wischte meine Hände an der Schürze ab und ging in die Diele. Mr. Moore folgte mir mit seinem Eistee in der Hand.

Mark Breck, Monas elf Jahre alter Sohn, stand zwischen zwei riesigen Koffern in meinem Salon und grinste breit. Er rannte auf mich zu, schlang die Arme um mich und rief: »Hallo, Oma! Wir sind zu Besuch gekommen! Wir müssen heute auch nicht in die Schule!«

Ich umarmte ihn und gab ihm einen dicken Kuss, dann sah ich hinaus auf den Parkplatz, was nicht besonders schwierig war, denn die Haustür stand weit offen. Mona und Matthew luden gerade den Kofferraum ihres Geländewagens aus. Mona fährt eine riesige Kiste. Keine Frau braucht ein so großes Ding, außer sie transportiert Kleinvieh, aber Marvin hat ihr dieses Ding gekauft, damit er damit zur Jagd fahren kann.

Während ich den kleinen Mark umarmte, stellte Mr. Moore sein Teeglas ab und ging Mona und Matthew entgegen, um ihnen mit dem Gepäck zu helfen. Das hätte wohl eigentlich meine Aufgabe sein sollen, aber ich glaube, ich befand mich in einer Art Schockzustand.

Nach wenigen Augenblicken kam Matthew mit einem Rucksack und einem großen Rollkoffer herein. »Wo soll ich das hinstellen, Oma?«, fragte er in einem Ton, als wäre ich der Portier. Falls Sie sich nicht erinnern: Matthew ist ein Teenager. Wie Ihnen jede Mutter bestätigen wird, hat Gott die Teenager erfunden, damit man nicht zu traurig ist, wenn sie von zu Hause ausziehen. Ich ließ Mark los, fragte Matthew: »Ist das eine Art, seine Großmutter zu begrüßen?«, und ging einen Schritt auf ihn zu.

Er trat zwei Schritte zurück und streckte seine Hand aus,

als sollte ich sie ergreifen und schütteln. Im kolossalen Alter von vierzehn Jahren war er schon zu männlich, um noch von seiner Großmutter umarmt zu werden, vor allem vor einem Fremden. Und da ich eine feinfühlige, verständnisvolle Großmutter bin, tat ich so, als wollte ich tatsächlich seine Hand nehmen, fasste ihn um den Nacken und verwuschelte gründlich sein Haar, dann umarmte ich ihn fest und drückte ihm einen dicken Kuss auf die Wange. Matthew entwand sich gerade meinem Griff, als seine Mutter hereinkam. Sie sah wie eine Schiffbrüchige aus. Ehe er ein Wort sagen konnte, schnappte sie: »Halt die Klappe, Matt, und hilf Mr. Moore, die restlichen Koffer ins Haus zu tragen. Ich muss eine Minute allein mit deiner Großmutter reden.« Dann wandte sie sich an Mark, der interessiert beobachtet hatte, wie ich seinen Bruder gedrückt hatte: »Geh und hilf deinem Bruder.«

Matthew stand nur da, aber sein kleiner Bruder sagte: »Komm schon, Pickelgesicht. Helfen wir dem alten Knacker«, und weg waren sie. Ich liebe kleine Jungen. Es ist so schade, dass sie alle mal zu Teenagern werden.

Ich umarmte Mona, nahm sie am Arm und sagte: »Komm mit in die Küche, Liebes.«

Ein, zwei Minuten später kam auch Mr. Moore in die Küche und fragte: »Wo sollen wir das Gepäck hinbringen?«

»Könnten Sie das von Mona in das Eckschlafzimmer mit dem weißen Baldachinbett bringen? Sie wissen schon, zwei Zimmer neben Ihrem. Die Sachen von den Jungen kommen in das Zimmer gegenüber, das mit den beiden Einzelbetten«, erklärte ich. Ich sah Mona kurz an. »Sag ihnen doch, sie sollen schon mal mit dem Auspacken anfangen.«

Mr. Moore betrachtete Mona und sagte: »Das wird nicht lange dauern, Wilma. Wie viel Zeit werden Sie brauchen?«

Mona wollte etwas sagen, aber ich kam ihr zuvor: »Ich denke, wir brauchen vielleicht eine Stunde, nicht wahr, Liebes?«

»Das ist gar kein Problem«, antwortete Mr. Moore. »Ich schaue in einer Stunde noch einmal vorbei und sehe nach, ob es noch länger dauert.« Ehe Mona oder ich etwas sagen konnten, machte er kehrt und verließ die Küche.

Ich machte mir im Geiste eine Notiz, dass ich ihn unbedingt nach seinem Lieblingsgericht fragen musste, dann sagte ich zu Mona: »Nun?«

Sie ließ sich einfach nur an meinem Küchentisch nieder und fing an zu schluchzen. Das sagte alles. Ich brachte ihr ein paar Kleenex, streichelte ihr den Nacken und murmelte ein paar beruhigende Sachen, die wir Mütter von Gesetzes wegen in solchen Situationen murmeln müssen. Dann machte ich uns frischen, heißen Tee.

Mona weinte sich aus. Ich wollte eigentlich mit einstimmen, wirklich, aber ich trug Make-up. Außerdem konnte ich mich ihrer Verzweiflung nicht ganz anschließen, denn ich fand, sie hatte das Richtige getan, nur etwas früher als erwartet.

Gerade als Mona dabei war, sich wieder zu fassen, klingelte das Telefon. Es war Clem Tucker. Der Verbindung nach zu urteilen, rief er aus seinem aktuellen Lieblingswagen an.

»Guten Morgen, Clem«, begrüßte ich ihn. »Das ist bereits der zweite Tag hintereinander, die Leute werden anfangen zu reden.«

»Ich rufe wegen Vernon an. Ist er da?«

Ich überdachte einen Augenblick meine Möglichkeiten und antwortete dann fröhlich: »Ja, mein Lieber. Ich werde sehen, ob ich ihn ans Telefon rufen kann.«

»Das ist nicht nötig. Das ist alles, was ich wissen muss.«

Die Leitung wurde unterbrochen. Woraus ich schloss, dass er aufgelegt hatte. Das war mir recht, denn genau in diesem Moment putzte sich Mona ziemlich geräuschvoll die Nase und griff nach einer weiteren Hand voll Kleenex. Ein Haufen nasser Tücher lag bereits auf dem Tisch. Besorgt blickte ich in die Schachtel, aber es schienen noch genügend Tücher da zu sein, um die Krise durchzustehen. Gerade als ich die gebrauchten Tücher in den Abfall werfen wollte, spazierte Hank Wiley in die Küche.

»Wissen Sie, dass Ihre Haustür sperrangelweit offen steht?« Dann bemerkte er Mona und sagte: »Mona, bist du das? Ist das dein Geländewagen da draußen? Was bringt dich nach Ebb?«

Mona fing wieder an zu weinen. Nun, weinende Frauen beunruhigen Männer zutiefst, auch Ärzte, und ganz besonders Hank Wiley. Er sah mich mit einem hilflosen Kleiner-Junge-Blick an, sodass ich ihn am Arm nahm und ins Speisezimmer führte, um es ihm zu erklären. Genau in diesem Moment tauchte Mark aus dem Nichts auf und wollte hinter mir und Hank vorbei in die Küche gehen. Ich bekam ihn am T-Shirt zu fassen und sagte: »Immer langsam mit den jungen Pferden. Die Küche ist gerade verbotenes Gebiet. Ich braue einen geheimen Zaubertrank, der freche kleine Jungen in süße kleine Mädchen verwandelt, und der Dampf ist überall.«

Mark erwiderte: »Ja, genau, Oma. Warum braust du nichts gegen die Pickel in Matts Gesicht? Ich will zu meiner Mama.«

In diesem Moment kam Mr. Moore mit Matt im Schlepptau ins Speisezimmer. Er sagte: »Tut mir Leid, Wilma, ich habe wohl einen verloren.«

»Hallo, Vernon«, grüßte Hank. »Wie war Ihr Besuch bei Calvin?«

Mark versuchte, sich aus meinem Griff zu lösen – vergebens, wie ich vielleicht hinzufügen sollte –, und wiederholte: »Ich will zu meiner Mama.«

Matt kam dazu und fragte: »Hast du Kabelfernsehen, Oma?«

Mr. Moore kam auf Hanks Frage zurück. »Wir machen Fortschritte, sind aber noch zu keiner Schlussfolgerung gekommen. Lassen Sie uns ein wenig später darüber reden. Jetzt bin ich gerade beschäftigt.« Damit sah er auf Mark hinunter und fragte. »Magst du Autos?« Matt antwortete für seinen kleinen Bruder: »Klar. Und, gehört der Audi da draußen vielleicht Ihnen?«

»Ja«, antwortete Mr. Moore.

»Wir mögen keine Kombis«, sagte Mark. »Die sind nur was für Mädchen. Mein Papa fährt eine Corvette.«

Mr. Moore erwiderte: »Eine Corvette ist ein schnelles Auto, aber ich frage mich, wie schnell ein Kombi wohl wäre, wenn er dreihundertvierzig Pferdestärken, Allradantrieb und eine Sechsgang-Schaltung hätte?«

Mit einer unverkennbar männlichen Haltung automobiler Autorität erwiderte Matt: »Ach was, das ist kompletter Blödsinn.«

Vernon lächelte. »Hast du einen Dollar, junger Mann?«

»Klar, und warum?«

»Weil ich mit dir wette, dass ich einen Kombi mit dreihundertvierzig PS und Sechsgang-Schaltung fahre.«

»Wie wollen Sie das beweisen?«, fragte Mark.

»Gehen wir raus und schauen nach. Ich glaube, die Gangschaltung spricht für sich. Dann sehen wir unter die Kühlerhaube und machen eine Testfahrt auf einer schönen, kurvigen Straße hier in der Nähe. Wenn ihr dann immer noch nicht überzeugt seid, könnt ihr ja das Handbuch lesen. Und wenn du mir meinen Dollar gegeben hast, springe ich auf dem Rückweg schnell bei Starbucks raus und hole was zu trinken. Wie klingt das?«

Als Teenager versuchte Matt natürlich, so gelangweilt wie möglich auszusehen, aber ich hätte wetten können, dass er Feuer und Flamme war. Die beiden Jungs rannten zur Tür, Mr. Moore auf ihren Fersen.

Hank runzelte die Stirn und sagte: »Stimmt was nicht mit Mona? Kann ich etwas für sie tun?«

»Im Moment nicht«, erwiderte ich. »Aber kommen Sie doch in einer Stunde zum Mittagessen wieder. Bis dahin wird sich Mona wieder über Gesellschaft freuen. Und ich auch.«

Hank setzte seinen Stetson auf und stolzierte zur Tür hinaus. Ich ging wieder in die Küche, wo Mona gerade das Geschirr in die Spülmaschine räumte. Ich wusste, dass sie von allein anfangen würde zu reden, wenn sie so weit war, also steckte ich meinen Kopf in den Kühlschrank und schaute nach, was ich vorrätig hatte, um damit zwei Männer, zwei Frauen und zwei Jungen satt zu bekommen. Leider hatte ich weder Brot noch Fisch im Haus, deshalb würde ich zum Supermarkt fahren müssen. Wie Sie ja wissen, gibt es in Ebb kein Fastfood-Restaurant.

Ich wollte Mona gerade fragen, ob sie mich begleiten wollte, als Loretta in die Küche spazierte. »Hallo, meine Liebe«, sagte sie. »Mona, bist du das? Was machst du denn hier, Süße?«

Mona drehte sich um, und ich war mir sicher, dass sie wieder in Tränen ausbrechen würde, deshalb nahm ich Loretta am Arm und schob sie ins Speisezimmer. Sie ließ es nur widerstrebend zu und flüsterte: »Ist mit Mona alles in Ordnung? Sie sieht aus, als hätte sie geweint. Und was hat sie mit ihren Haaren gemacht? Sie hat doch so schönes Haar.«

Als wir außer Hörweite waren, antwortete ich: »Wolltest du zum Mittagessen vorbeikommen?«

»Das kommt drauf an, meine Liebe«, antwortete Loretta. »Ich möchte Mona und dir nicht im Weg sein. Ehrlich gesagt, ich hatte ein paar freie Stunden in meinem Terminkalender, also wollte ich mit Vern flirten. Ist er da?«

»Er ist gerade mit Monas Jungen in seinem ausländischen Wagen unterwegs. Sie kommen erst in ungefähr einer Stunde zurück, dann gibt es Mittagessen. Kannst du bleiben?«

»Natürlich«, sagte sie.

»Gut. Wir müssen gleich zum Supermarkt fahren und genug Fleisch und Brot für sieben Leute kaufen.«

Ich dachte, Mona könnte ein bisschen Zeit für sich gebrauchen, traurige Frauen brauchen ihre Privatsphäre, deswegen gab ich ihr kurz Bescheid, dann fuhren Loretta und ich zum Einkaufen. Eine Stunde später bogen wir wieder auf den Parkplatz hinter dem Haus ein und kamen mit Einkaufstaschen bepackt in die Küche zurück. Mona hatte meine Küche auf Hochglanz gebracht und saß mit einem Glas Preiselbeersaft am Tisch – mit keinem anderen als Clem Tucker.

Die beiden gaben ein Bild für Götter ab. Sie trug ein billiges rotes Sweatshirt mit schwarzen Punkten, eine graue Trainingshose, ausgeleierte Socken und schmutzige Turnschuhe. Clem war in Designerjeans mit Bügelfalte, einen Cowboygürtel mit Metallnieten, Cowboystiefel aus dem Leder einer bedrohten Tierart mit Silberkappen und ein cremefarbenes Cowboyhemd aus Seide mit Pailletten gewandet, dazu trug er ein locker geschnittenes Tweedjackett mit Veloursledersaum, das allein eine Million Dollar gekostet haben musste.

Ich sagte: »Hallo, Clem! Bleibst du zum Essen?«

»Ich habe es ihm schon angeboten, Mama«, sagte Mona. »Er sagt, er ist gekommen, um Vernon Moore zu treffen.«

»Heißt das, dass Sie nicht mit uns einfachem Volk zu Mittag essen können, Mr. Größenwahn?«, fuhr Loretta dazwischen. »Wilma hat genug eingekauft, um eine ganze Armee zu füttern.«

Mit der ihm eigenen Dankbarkeit murmelte Clem etwas Unverständliches wie: »Was gibt's denn?«

»Gutes Essen und gute Gesellschaft«, antwortete Loretta. »Vernon Moore wird sich uns ebenfalls anschließen, das mag Sie vielleicht interessieren. Außerdem kommen noch Monas Jungen und Hank Wiley. Sind Sie Monas Jungs schon mal begegnet, Clem?«

Mona schüttelte den Kopf, Clem dagegen sagte: »Aber ja, da bin ich mir ganz sicher.«

Loretta verdrehte die Augen und fragte höflich: »Was für ein Sandwich möchten Sie, Mr. Größenwahn?«

Nachdem er sich die Auswahl angehört hatte, gab Clem uns sehr genaue Instruktionen, und Loretta schickte ihn aus der Küche. Wenig später kam Hank Wiley in die Küche, gefolgt von Mr. Moore und den beiden Jungen. Ihre Augen waren größer als gekochte Eier, was mir ein bisschen unangenehm war. Ich finde es immer bedenklich, wenn Jungs mit ihren Spielsachen angeben. Ich nahm mir vor, Mr. Moore später danach zu fragen.

Hank sagte: »Haben Sie vor dem Essen noch einen Augenblick Zeit für mich, Vernon? Wir müssen reden.«

Loretta zog eine Schnute und sagte: »Die Mädels zuerst, Hank. Ich bin auch hier, um Vern zu treffen.« Dann lächelte sie Mr. Moore an und sagte: »Wir haben da noch eine Sache zu klären, nicht wahr, mein Lieber?«

Clem warf ein: »Ich dachte, wir hätten eine Verabredung zu einem Spielchen, Vernon, aber wie ich sehe, wird die Schlange hier immer länger.«

Nun, ich konnte keinem von ihnen weiterhelfen, deswegen scheuchte ich sie alle aus der Küche, außer Mona natürlich. Ich nehme an, sie wurden sich einig, denn als ich zum Essen rief, kamen alle zurück ins Speisezimmer.

Sobald wir saßen, fing Hank an, über das warme Wetter zu reden, aber ehe er weit kommen konnte, unterbrach ihn Loretta und sagte zu Clem: »Was zum Teufel tragen Sie da an Ihren Füßen?«

Clem wollte nicht damit herausrücken, deshalb wurde das Thema zu einem Ratespiel für alle Anwesenden. Wir kamen allerdings nicht recht weiter, bis Mark aufstand, zu dem Ende des Tisches ging, an dem Clem saß, und ihn bat, einen Stiefel auszuziehen, damit wir ihn betrachten könnten. Tja, ich weiß auch nicht, was in diesen Mann gefahren ist, aber Clem zog tatsächlich den Stiefel aus und stellte ihn dann mitten auf den Tisch. Männer tun manchmal die außergewöhnlichsten Dinge beim Essen. Wie sich herausstellte, waren die Stiefel aus dem Bauch eines chinesischen Alligators gemacht, was meinen Appetit ein wenig dämpfte. Es schien hingegen keinen der anwesenden Männer zu stören, außer vielleicht Mr. Moore.

Nachdem das Rätsel um die Stiefel des Mr. Tucker also gelöst war, fingen die Männer an, über Autos zu reden. Die Jungs brachten das Thema auf, weil sie immer noch wegen der Fahrt in Mr. Moores Auto ganz aus dem Häuschen waren. Im weiteren Verlauf des Gesprächs schaffte es Matt, das Wort »cool« fünfmal in einen einzigen Satz zu packen. Ich habe mitgezählt. Ich mache mir Sorgen um den Jungen. Als wir mit dem Essen fertig waren, bot Clem Monas Söhnen an, in seinem Porsche mitzufahren. Um diesen Jungen mache ich mir auch Sorgen.

Nach dem Essen gingen Matthew und Mark in den Salon, um ihre Playstation an meinen Fernseher anzuschließen. Loretta musste in ihren Laden zurück, aber vorher wollte sie noch kurz mit Mona reden, deshalb gingen die beiden zusammen in die Küche. In der Zwischenzeit begleitete Mr. Moore Hank zur Haustür, wo sie kurz miteinander redeten. Dann kam Loretta aus der Küche, und Mr. Moore begleitete auch sie zur Haustür, wo sie kurz miteinander redeten. Ich dachte, Clem würde als Nächster gehen, aber er bot sich an, mir beim Aufräumen zu helfen. Ich weiß, was Sie jetzt denken. Ich wusste selbst nicht, wie mir geschieht. Mr. Moore und Clem räumten allein den Tisch ab. Ich wünschte, ich hätte eine Kamera gehabt.

Während Mona und ich das Geschirr abwuschen und wegräumten, gingen die beiden Männer ins Speisezimmer zurück und setzten sich einander schräg gegenüber. Clem fragte: »Wussten Sie, dass ich in diesem Haus aufgewachsen bin, Vernon?«

»Ja, Wilma hat es mir erzählt. Es muss ein wunderbarer Ort für eine Kindheit gewesen sein.«

»In der Tat, in diesem alten Gebäude gibt es tausend geheime Verstecke. Heutzutage baut man nicht mehr so.«

»Das ist wahr. Warum sind Sie ausgezogen?«

»Meine letzten Jahre hier waren nicht glücklich, Vernon. Ich konnte es meinem Vater nie recht machen, und wir hatten immer Streit. Wissen Sie, er hinderte mich daran, nach Claremont zu gehen, wo ich die Schule besuchen wollte, und später versuchte er, mir London auszureden – ich wollte dort meinen Abschluss machen. Er drohte, mir mein Erbe vorzuenthalten, London wäre zu weit weg. Für meinen Teil war's das dann, ich hatte ohnehin ein Stipendium. Nachdem er sich mit der Corvette umgebracht hatte, habe ich meine Frau mit hierher gebracht, und auch das ging schief. Sie kehrte nach England zurück, und ich saß hier ganz allein in diesem riesigen Haus mit meiner kleinen Tochter, die damals noch ein Baby war. Ich glaube, ich brauchte einfach einen Kulissenwechsel.«

»Aber Sie sind damals nicht ins River House gezogen.«

»Das River House ist ein wunderschöner Ort, aber es liegt zu weit außerhalb, um es als dauernden Wohnsitz zu nutzen. Das Letzte, was Sie hier brauchen können, ist, jeden Tag zwanzig Minuten zu pendeln, das ist nur Zeitverschwendung. Deshalb habe ich am anderen Ortsende, wo ich ein Grundstück besaß, ein neues Haus gebaut. Es ist nicht so groß wie dieses hier, aber es kann sich durchaus sehen lassen. Sie sollten mal vorbeikommen und es sich anschauen.«

»Wir haben eine Verabredung für eine Runde Rommé«, antwortete Mr. Moore. »Warum gehen wir nicht gleich dorthin?«

»Ich muss um drei Uhr wieder in der Bank sein«, gab Clem zurück. »Könnten wir unser Spielchen nicht hier machen? Ich weiß nicht, warum, aber meine Intuition sagt mir, dass Sie ein Kartenspiel parat haben.«

»Das ist richtig. Ich hole noch ein Spielblatt, um die Ergebnisse aufzuschreiben.«

Während Mr. Moore in sein Zimmer hinaufging, um die Karten zu holen, kam Clem in die Küche und goss sich einen Kaffee ein. Wir redeten eine Weile über alte Zeiten, aber als er Mr. Moore zurückkommen sah, ging er wieder ins Speisezimmer.

Ehe er sich setzte, zog Clem sein Tweedjackett aus, als wäre er ein Stierkämpfer, der seinen Mantel ablegt. Mr. Moore entfernte die Folie von einem frischen Paket Spielkarten mit blauer Rückseite, mischte die Karten und sagte gut gelaunt: »Um was spielen wir? Wie wäre es mit einem Dollar pro Spiel?«

»Ein Dollar pro Spiel? Ich dachte, Sie würden normalerweise um mehr spielen.«

»Es geht nicht ums Geld, Clem. Wie hoch müsste der Gewinn denn ausfallen, ehe er Sie ernstlich treffen würde? Es geht um den Wettkampf, den Jagdinstinkt. Alles, was ich brauche, um meinen Sieg zu krönen, ist der Kopf eines George Washington.«

Clem grinste. »Von mir aus. Aber wenn ich gewinne, werde ich ihn einrahmen und an meine Wand im River House hängen.«

Mr. Moore legte die Karten auf den Tisch und sagte: »Heben Sie ab.«

Von der Küche aus sah das Spiel ziemlich ernst aus. Sie wissen ja, bei manchen Spielen unter Männern geht es nicht um Geld oder Gewinnen oder Mithalten; es geht dabei um Überlegenheit. Wenn Männer um Überlegenheit spielen, geht man ihnen besser aus dem Weg. So hatten Mona und ich die Möglichkeit, uns zu unterhalten. Sie schien jetzt in einer besseren Verfassung zu sein. Die Situation war am Vorabend eskaliert. Marvin war erst gegen zehn Uhr nach Hause gekommen, und dann hatten Mona und er sich angeschrien, sodass sie im Gästezimmer übernachtete, nachdem die Jungen ins Bett gegangen waren. Er hat das erst am Morgen bemerkt. Das war der Moment, in dem sie beschloss, dass das Maß nun voll war.

In Monas Stimme lag kein Bedauern, außer darüber, Macbeth zurückgelassen zu haben. Sie wusste, dass ich keine Haustiere im Come Again erlaubte, deswegen hatte sie ihn in den Zwinger gesperrt, bevor sie hierher gefahren waren. Ich sagte ihr, dass sie sich erst an Lulu Tiller hätte wenden sollen, aber Mona erwiderte, sie habe es einfach hinter sich bringen und alle Eventualitäten ausschließen wollen. Natürlich musste ich sie fragen, wie viel die Jungen wussten.

Mona war vermutlich nicht besonders gesprächig gewesen, und das hatte Matt launisch und misstrauisch gemacht. Launisch und misstrauisch ist ohnehin eine sehr gute Definition für jeden Teenager, und wir wussten beide, dass sich die Jungs damit abfinden mussten, wenn wir sie vor einem Leben voller Zahnseide und immer gleichem Sommerurlaub am Lake McConaughy retten wollten. Wir diskutierten über Scheidungsanwälte – jeder hier in Ebb kennt mindestens drei davon –, als Mark in die Küche kam und fragte, was die Männer im Speisezimmer machten. Ich glaube, er hatte vorher noch nie jemanden Karten spielen sehen.

Mona wollte zum Schönheitssalon, deshalb erbot ich mich, dem kleinen Mark Mau Mau beizubringen, das einfachste Kartenspiel, das ich kenne. Wir spielten, bis Clem eineinhalb Stunden später in die Küche kam und sagte: »Trotz des Kartenspiels möchte ich mich bei dir für die Einladung zum Mittagessen bedanken, Wilma. Ich habe mich hervorragend amüsiert. Mark, du und dein Bruder trefft mich morgen früh um neun Uhr hier vor der Haustür. Wenn eure Mutter einverstanden ist, machen wir eine Spritztour zum River House. Wie klingt das?«

Mark sah zu mir auf mit einem riesengroßen Fragezeichen im Gesicht. Da ich vorübergehend seine Ersatzmutter war, nickte ich bestätigend, was ihn dazu veranlasste herauszuplatzen: »Das wäre toll, Mr. Tucker! Kann Oma auch mitkommen?«

»Oh, Mark«, sagte ich, »Clems Porsche ist ein zartes, kleines Ding. Ich glaube nicht, dass wir alle hineinpassen würden.«

Clem sah mich an und entgegnete: »Es wäre mir ein Vergnügen. Im Gegensatz zu ihren Eltern und Großeltern sind Jungen gelenkig. Ich bin sicher, wir werden alle hineinpassen. Wenn das Wetter schön ist, kann ich auch das Verdeck öffnen.«

Mark fragte: »Ein Cabrio?«

»Ja, mein Junge. Warum sollte jemand ein lächerlich schnelles Auto fahren, wenn er das Dach nicht öffnen könnte?«

Offenbar fasste Mark das als rhetorische Frage auf, denn er antwortete nicht darauf. Stattdessen lief er ins Fernsehzimmer, um seinem Bruder die Neuigkeiten zu erzählen. Als er die Küche verließ, kam Mr. Moore herein, allerdings etwas gesitteter.

»Begleiten Sie mich zu meinem Auto, Vernon?«, fragte Clem.

»Natürlich. Was beschäftigt Sie?«

»Die wahre Identität von Vernon Moore.«

Mr. Moore lächelte breit und sagte: »Das ist ein interessantes Thema. Ich frage mich das auch manchmal.«

»Ausgezeichnet. Wären Sie daran interessiert, weiter darüber zu diskutieren?«

»Sicher. Jetzt gleich?«

»Ich habe ein Meeting in der Bank, das bis vier Uhr dauert. Könnten Sie mich danach dort treffen?«

»Ich werde pünktlich sein.«

Natürlich kam Mr. Moore zu früh bei der Bank an. Er wurde in das Konferenzzimmer im obersten Stock geführt und mit Eiswasser versorgt. Wenige Minuten später kamen Clem Tucker und kein anderer als Buford Pickett herein.

Clem stellte die Herren einander vor, dann setzten er und Buford sich Mr. Moore gegenüber. Clem eröffnete das Gespräch, indem er sagte: »Lassen Sie mich zunächst Bufords Anwesenheit bei unserem kleinen Treffen hier erklären. Buford ist für unsere Geschäftskreditabteilung verantwortlich, weshalb ihm die Bonitätsprüfungsabteilung der Bank Bericht erstattet. Gestern Morgen bat ich ihn, mir einen detaillierten Bericht über Ihren Hintergrund zu erstellen, und seitdem sitzt er mit seinen Leuten daran.«

Mr. Moore lächelte. »Das ist sehr schmeichelhaft, Clem.«

»Sie haben nichts dagegen?«

»Natürlich nicht. Warum sollte ich? Vielleicht lernen wir ja beide etwas dabei. Was haben Sie bisher herausgefunden, Mr. Pickett?«

Clem antwortete für Buford: »Das ist ja das Problem. Wir leben im Internet-Zeitalter. Informationen müssen nicht mehr mit der Postkutsche verschickt werden, und Buford und sein Team sind sehr gut in ihrem Bereich. Das müssen sie auch sein; schließlich hängt die Zukunft der Bank von ihren Fähigkeiten ab. Wie auch immer, sie haben zwei Tage mit vereinten Kräften an diesem Auftrag gearbeitet, und sie konnten noch nicht einmal das kleinste Detail über Sie herausfinden, das irgendwie Sinn ergeben würde. Wie kann das sein?«

»Tja, das weiß ich leider auch nicht. Vielleicht kann ich ja weiterhelfen. Was haben Sie bisher herausgefunden?«

»Nicht besonders viel, Mr. Moore«, antwortete Buford. »Wir wissen zum Beispiel, dass Sie eine Visa-Karte besitzen. Wir haben Ihre Nummer, weil wir für das Come Again abrechnen, aber wir können Ihre Karte zu keiner amerikanischen Bank zurückverfolgen. Können Sie das erklären?«

»Natürlich. Ich bin Importeur. Meine Bank ist in Europa ansässig. Es ist eine sehr private Bank, deshalb wickle ich meine Geschäfte dort ab. Ich wette, Clem hat auch so eine Bank. Nicht wahr, Clem?«

Buford wartete keine Antwort ab. »Bei Ihrer Geschäftsadresse meldet sich nur ein Telefondienst«, fuhr er fort. »Die Leute dort wollten uns auch nichts über Sie erzählen.«

»Warum sollten sie auch?«

»Verlangen manche Ihrer Kunden nicht finanzielle Informationen über Sie, bevor sie sich auf ein Geschäft einlassen?«

»Doch, das stimmt, aber Sie sind ja kein Kunde. Sie haben nicht versucht, sich als ein solcher auszugeben, oder?«

Buford überging die Frage schnell. »Wie steht es mit der Ausführung, Mr. Moore? Sie sind ein Kaufmann, soweit ich unterrichtet bin. Ihre Aufträge müssen ja irgendwo bearbeitet werden.«

»Das stimmt.«

»Darf ich fragen, wo?«

»Ja.«

Nach ein paar Sekunden des Schweigens fragte Buford: »Ja, wo denn?«

»In Billiglohnländern natürlich«, antwortete Mr. Moore.

Buford sah zu Clem hinüber. Clem knurrte und lächelte dann Mr. Moore an. Buford ließ nicht locker. »Wir haben die Internet-Adresse Ihrer Website zu einem Web-Anbieter auf den Kaiman-Inseln zurückverfolgt, aber weiter kommen wir nicht.«

»Dieses Unternehmen ist privat organisiert. Warum sollte man Ihnen etwas über mich erzählen? Tatsächlich weiß man dort nichts über mich, außer dass ich meine Rechnungen pünktlich bezahle. Was müsste das Unternehmen sonst auch wissen?«

Buford öffnete wieder den Mund, aber Clem unterbrach ihn: »Wenn ich mich recht erinnere, Vernon, dann haben Sie mir erzählt, dass Sie in Ohio zur Schule gegangen sind. Aber Bufords Team konnte keinen einzigen Vernon L. Moore finden, der zwischen 1950 und 1990 an einem College oder einer Universität in Ohio einen Abschluss gemacht hat. Können Sie das erklären?«

Mr. Moore beugte sich vor, lächelte und antwortete: »Ja.« Dann nahm er einen Schluck Wasser und lehnte sich wieder zurück.

Nach ein, zwei Sekunden lachte Clem laut auf und sagte: »Würden Sie es bitte tun?«

»Im Moment noch nicht. Fehlt Ihnen sonst noch etwas?«

»Eine Menge«, antwortete Buford. »Oder genauer gesagt: alles. Wir können auch keine Spur Ihrer Karriere nach Ihrem Job bei den RSA finden.«

»Nun, das sollte Sie nicht weiter verwundern. Ich kann Ihnen versichern, dass ein Handlungsreisender nicht viele Schlagzeilen macht.«

»Ich verstehe, Mr. Moore, aber wir können auch keine Informationen über Ihre Karriere vor den RSA finden, und die Angaben zu Ihrer Beschäftigung einschließlich Ihrer Berechtigungsnachweise liegen immer noch versiegelt bei Gericht vor. Außerdem finden wir kein Bild von Ihnen, sodass wir noch nicht einmal nachprüfen können, ob Sie tatsächlich der Vernon Moore sind, der bei der Gesellschaft gearbeitet hat.«

»Aber haben Sie mich denn nicht wiedererkannt, Clem? Ich dachte, Sie hätten so etwas gesagt.«

»Das dachte ich auch, aber ich wollte Gewissheit haben.«

»Unterm Strich heißt das, dass wir mit unserer Weisheit am Ende sind, Mr. Moore«, ergänzte Buford.

»Das ist eine Schande. Wollen Sie mir erzählen, Sie haben keinen einzigen Vernon Moore gefunden?«

»Nein«, gab Buford zurück, »das stimmt so nicht. Wir haben elf Vernon Moores gefunden, die zwischen 1900 und 2000 in Ohio geboren wurden. Alle sind entweder tot oder konnten ausfindig gemacht werden – bis auf einen.«

»Und wer soll das sein?«

Buford sah zu Clem hinüber. Der winkte ab, was Buford als grünes Licht deutete und deshalb fortfuhr: »Haben Sie je von einem Flugzeug namens *Lady Be Good* gehört?«

»Ja.«

»Sie kennen die Geschichte also.«

»Sie ist mir in der Tat bekannt.«

»Dann wissen Sie auch, dass Vernon Moore das einzige Mitglied der Crew war, das nie gefunden wurde.«

»Ja, auch das ist mir bekannt.«

»Wirklich? Sie wussten das schon?«

»Ja.«

»Nun, da haben Sie es. Er ist der einzige Vernon Moore, den wir nicht ausfindig machen konnten. Zufälligerweise lautet seine mittlere Initiale ›L.‹, genau wie Ihre. Er wurde in New Boston, Ohio, geboren, also dort, wo Sie angeblich zur Schule gegangen sind.«

»Das ist sehr interessant. Wenn er als Einziger noch übrig ist, lässt das nur eine Schlussfolgerung zu, nicht wahr? Es liegt doch auf der Hand. Ich muss dieser Vernon Moore sein.«

Buford sah Clem an. Der seufzte und sagte: »Lesen Sie vor. Alles.«

Buford öffnete sein Notizbuch und begann vorzulesen: »Die *Lady Be Good* stürzte im April 1943 ab. Das ist mehr als sechzig Jahre her. Vernon Moore war der Funker des Flugzeugs, damals ein junger Mann von zwanzig Jahren. Alle neun Crew-Mitglieder sprangen mit dem Fallschirm ab, aber sie landeten mitten in der Sahara im südlichen Libyen. Der Fallschirm eines Crewmitglieds öffnete sich nicht, die anderen acht überlebten den Sprung. In den nächsten zehn Tagen wanderten sie mehr als hundertzwanzig Kilometer nach Osten, obwohl sie nur einen halben Kanister Wasser für alle hatten. Fünf starben an Hitze, Dehydrierung und Erschöpfung, aber die übrigen drei, ein schließlich Vernon Moore, liefen weiter. Ich glaube, der Letzte schaffte über einhundertachtzig Kilometer. Nach und nach wurden acht Leichen der ursprünglich neun Crewmitglieder gefunden, meist durch großes Glück, aber nicht so Vernon Moore. Seine Überreste wurden nie entdeckt.«

»Sie waren hunderte von Kilometern vom nächsten Ort entfernt, mitten in der Wüste«, ergänzte Clem. »Niemand hätte diese Hitze und die Kälte, den Mangel an Essen und Trinken überlebt. Und selbst wenn dieser Vernon Moore durch ein Wunder durchgekommen wäre, gäbe es Nachweise für seine Rückkehr, und er müsste inzwischen über achtzig Jahre alt sein.«

»Darf ich das so deuten, Clem«, sagte Mr. Moore, »dass

die erdrückende Beweislage Sie davon überzeugt hat, mich nicht mit diesem Vernon Moore zu identifizieren?«

Clem lachte. »Das ist korrekt. Einer von Bufords Ermittlern hat vorgeschlagen, dass Sie nach der Scheidung Ihrer Eltern den Mädchennamen Ihrer Mutter angenommen haben. Das kommt hier oft vor. Buford schaut viel fern. Er vertritt die Theorie, Sie seien in einem Zeugenschutzprogramm. Die dritte Theorie, die hier in der Bank kursiert, besagt, dass dieser Vernon Moore ein hieb- und stichfestes Alias ist und dass Sie es benutzen, um Ihre wahren Absichten zu vertuschen. Welche Theorie stimmt, Vernon?«

Weder Mr. Moore noch Clem sagten ein Wort. Buford wollte schon den Mund aufmachen, aber Clem bedeutete ihm zu schweigen. Nach einer Weile sagte Mr. Moore: »Sind Sie sicher, dass Sie dieses kleine Spielchen hier und jetzt beenden wollen? Sie müssen doch noch ein paar Spuren haben, denen Sie folgen können. Wollen Sie schon aufgeben?«

»Das ist ein guter Gesichtspunkt«, antwortete Clem, »aber der Weg ab hier ist ziemlich steinig. Und teuer. Wir haben nur wenige Hinweise.«

»Dann schlage ich Ihnen einen Handel vor. Wenn Sie mir einen Gefallen tun, darf Mr. Pickett meinen Führerschein kopieren.«

Buford beugte sich eifrig vor. »Haben Sie eine Krankenversicherung, Mr. Moore? Das würde uns auch weiterhelfen.«

Mr. Moore nickte, sah aber weiterhin Clem an. »Sind wir im Geschäft?«

Clem wand sich. »Was für ein Gefallen soll das sein?«

»Ich brauche zwei Stunden Ihrer Zeit. So viel werde ich

benötigen, um Ihnen zu erklären, warum Calvin Lucy aufwecken und ihr die Wahrheit sagen sollte.«

»Das kleine Mädchen hatte solche Schmerzen, dass Doktor Wiley sie in ein Koma versetzen musste. Ich sehe nicht ein, inwiefern Sie ihr einen Gefallen täten, wenn Sie sie aufwecken, und Sie tun ihr ganz sicher keinen Gefallen, wenn Sie ihr sagen, dass sie sterben wird.«

Mr. Moore erwiderte: »Hank Wiley kennt vielleicht eine Behandlung gegen den Schmerz, aber sie wird normalerweise bei Müttern während der Geburt verwendet und ist teuer. Calvins Versicherung wird die Kosten kaum übernehmen. Er könnte finanzielle Unterstützung von Ihnen brauchen.«

»Calvin Millet würde von mir keinen Penny annehmen. Das verspreche ich Ihnen.«

»Auch nicht, um seiner Tochter zu helfen? Ich will nur zwei Stunden Ihrer Zeit. Was haben Sie zu verlieren?«

Clem dachte einen Moment über Mr. Moores Vorschlag nach. Dann stand er auf und sagte: »Wenn ich zwei Stunden länger bleibe, muss ich erst noch auf die Toilette. Buford, Sie kopieren Vernons Führerschein und seine Versicherungskarte und schicken einen Ihrer Leute mit Getränken hierher. Und sorgen Sie dafür, dass wir nicht gestört werden.«

Mr. Moore wartete im Konferenzzimmer, während Clem und Buford in die Halle hinuntergingen. Als sie außer Hörweite waren, sagte Clem: »Wie ist der Stand der Dinge bei unseren Rückzahlungsforderungen gegenüber Calvin, Buford?«

»Wir sind beinahe fertig zum Angriff, Mr. Tucker.«

»Beinahe fertig?«

»Das ist richtig. Ich habe die letzten zwei Tage an nichts anderem als an Mr. Moores Hintergrund gearbeitet. Wir haben die Unterlagen für Millet's noch nicht angerührt.«

»Nun, dann tun Sie es.«

»Kein Problem, Mr. Tucker. Ich kann bis Montag fertig sein.«

»Sie waren doch gerade bei unserem kleinen Treffen dabei, oder? Das ist zu spät. Ich will die Sache morgen über die Bühne bringen.«

»Aber Mr. Tucker ...«

»Sagten Sie nicht, Calvin sei über neunzig Tage mit seinen Zahlungen im Rückstand?«

»Nein, Sir. Ich sagte, er würde am Montag die neunzig Tage überschreiten. Vorher nicht.«

»Nun, was ist mit seinen anderen Verpflichtungen? Hat er welche davon verletzt?«

»Ja, aber ...«

»Welche?«

»Der Lagerkredit fordert ein Minimum an Barguthaben von fünfundzwanzigtausend Dollar.«

»Fünfundzwanzigtausend Dollar? Ist das alles?«

»Der Kredit läuft schon seit über zwanzig Jahren, Mr. Tucker. Damals waren fünfundzwanzigtausend Dollar eine Menge Geld.«

»Und er hat diesen Teil des Vertrages verletzt?«

»Ja.«

»Dann fordern Sie den Kredit ein.«

»Aber ...«

»Fordern Sie den Kredit ein, Buford. Morgen. Ich muss jetzt zurück zu Mr. Moore. Ich habe es ihm versprochen.«

»Verdammt, Mr. Tucker, hören Sie mir zu. Wenn wir Calvins Kredit einfordern, dann sinkt der Wert seines Kaufhauses ins Bodenlose.«

»Ich weiß. Darum geht es ja.«

»Aber was ist, wenn dieser Mr. Moore ein Käufer ist? Würden Sie dann nicht den Preis für ihn drücken oder für irgendeinen anderen Außenstehenden?«

»Sie sind ein guter Mann, deswegen werde ich Ihnen das jetzt erklären, aber nur einmal. Calvin wird die Krediteinforderung niemals öffentlich werden lassen. Er kann nicht, denn dann würde der Preis des Kaufhauses in sich zusammenfallen. Er wird mich stattdessen anrufen müssen. Unter diesen Umständen werde ich ihm ein viel besseres Angebot unterbreiten als irgendjemand sonst, einschließlich Vernon Moore.«

»Sind Sie sicher?«

»Fordern Sie den Kredit ein. Tun Sie es morgen bis Geschäftsschluss. Ist das klar?«

»Ja, Mr. Tucker.«

Spät an diesem Nachmittag kam Mona vom Friseur zurück. Sie sah wie ein neuer Mensch aus, zumindest vom Hals aufwärts. Loretta hatte ihr ein Komplettprogramm verpasst. Da sie mit ihrem sonstigen Erscheinungsbild noch nicht zufrieden war, ging Mona direkt nach oben und nahm ein Bad. Dann zog sie sich frische Jeans, schwarze Cowboy-Stiefel und eine rote Seidenbluse mit weißen Zierleisten und ebensolchen Knöpfen an. Anschließend kam sie mit den alten Jogging-Klamotten in der Hand die Hintertreppe herunter, ging hinaus und stopfte sie in eine große Mülltonne im

Hof. Gott sei Dank hat sie sie nicht angezündet, die Mülltonne ist aus Plastik.

Ich nehme an, meine Frage, sich die Sache noch einmal zu überlegen, war damit beantwortet, aber wir redeten trotzdem bis zum Abendessen, nur wir zwei. Wir sprachen nicht darüber, was an diesem Tag schon alles passiert war, sondern darüber, was noch kommen sollte: die Scheidung, der Kampf um das Sorgerecht, wie man Macbeth holen könnte, Güteraufteilung, Mona im Nähclub einführen, einen guten Job für sie finden, mit Matt und Mark sonntags in die Kirche gehen, die Jungs am Montag in der Schule anmelden und dafür sorgen, dass sie die richtigen Freunde kennen lernten.

Inzwischen kamen Mr. Moore und Clem in der Bank langsam zu einem Ende. Ich weiß nicht, was sie genau miteinander besprachen – ich bin mir nicht sicher, ob Mr. Moore die Paradoxa des gütigen Gottes immer auf die gleiche Weise erklärt –, aber ich weiß, dass Clem Buford Pickett sofort, nachdem er sich von Mr. Moore verabschiedet hatte, zu Hause anrief.

»Wann sind Sie so weit, dass Sie Calvins Kredit einfordern können?«, fragte er.

»Morgen kurz vor Geschäftsschluss, Mr. Tucker, wie Sie es sagten.«

»Das ist gut, Buford. Ich weiß Ihren Einsatz zu schätzen. Aber ich möchte nicht, dass Sie Calvin den Brief übergeben, ehe Sie grünes Licht von mir bekommen.«

»Darf ich fragen, warum?«

»Nein.«

»Heißt das, Sie haben Ihre Meinung geändert?«

»Nein. Ich möchte nur sichergehen, dass mein Timing stimmt. Rufen Sie mich morgen auf meinem Handy an, aber nicht, bevor Sie fertig sind.«

»Ja, Mr. Tucker.«

KAPITEL 15

Von Hühnern und Wasserbüffeln

Nach seinem Treffen mit Clem verließ Mr. Moore die Bank und ging zum Bold-Cut-Salon, um Loretta zu treffen. Sie wohnt in einem einstöckigen Haus, das vor über hundert Jahren ursprünglich für den Pfarrer gebaut worden war. Wir erkennen darin beide eine gewisse Ironie. Loretta hat es vor kurzem frühlingsgelb mit weißen Rahmen anstreichen lassen, und es hat ein hübsches, zweistufiges Tor zur Main Street. Im Erdgeschoss befindet sich Lorettas Salon, oben wohnt sie.

Loretta sperrte die Tür auf, um Mr. Moore hereinzulassen, dann sagte sie: »Willkommen in meinem Laden, Vern. Würdest du mir in mein Büro folgen, um die Lage der Nation zu diskutieren? Dort ist es dunkel und gemütlich, und ich habe ein paar Getränke im Kühlschrank.«

»Danke, Loretta«, antwortete Mr. Moore. »Etwas Kaltes zu trinken kann ich immer vertragen.«

»Aber du trinkst keinen Alkohol, nicht wahr?«

»Nein. Das vernebelt mir die Sinne. Sie sind ohnehin schon nicht die schärfsten.«

Loretta lächelte kokett und sagte: »Manchmal kann ein Schuss Wodka oder Bourbon den Geist auch beflügeln, mein Lieber.«

»Glaub mir, mein Geist ist so beflügelt, wie er nur sein kann.«

»Tatsächlich, Mr. Geheimnisvoll? Merk dir diesen Gedanken einen Augenblick, solange ich uns etwas zu trinken hole. Was hättest du gerne?«

»Eiswasser.«

»Perrier? Pellegrino? Ich habe beides da.«

Mr. Moore lächelte und sagte: »Dann bevorzuge ich Pellegrino. Mit ein paar Eiswürfeln darin.«

Loretta tätschelte ihm die Wange und sagte: »Du kannst alles haben, was dein Herz begehrt. Alles. Setz dich einfach hin. Ich bin sofort zurück.«

Mr. Moore nutzte die Zeit, um sich im Zimmer umzusehen. Lorettas Büro war mit imitiertem Holz vertäfelt, wie man es in dieser Gegend so oft sieht, fragen Sie mich nicht, warum. Ihr Schreibtisch und der Stuhl waren am einen Ende zum Eingang hin ausgerichtet. An einer Seite stand ein schwarzes Ledersofa, davor ein ovaler Mahagoni-Couchtisch. Ich war dort schon hundertmal, und ich kann Ihnen versichern, dass Mr. Moores Blick beim Betreten von Lorettas Höhle als Erstes auf ihre schwarze Leder-Massageliege fiel, die gegen die andere Wand gelehnt war. Sie hat sogar einen gepolsterten Kreis am Ende, wo man den Kopf hinlegt.

Mr. Moore setzte sich auf das Sofa, mit Blick auf die Massageliege. Sonst gab es keine Möglichkeit, sich hinzusetzen, außer auf der Massageliege selbst oder hinter Lorettas

Schreibtisch. Im gleichen Moment kam sie auch schon mit seinem Eiswasser und ihrem Wodka-was-auch-immer zurück, ließ sich seitlich auf das Sofa fallen, sodass sie ihn ansehen konnte, und sagte: »So, mein Lieber, ich habe dir einen Heiratsantrag gemacht. Wie lautet deine Antwort?«

»Ich habe schon Ja gesagt, Loretta, was kann ich da noch hinzufügen?«

»Du hast nur Spaß gemacht, das weißt du genau.«

»Nun, um die Wahrheit zu sagen, ich bin nicht sicher, ob ich deinen Intelligenztest bestehe.«

»Mach dir wegen dieses Tests mal keine Sorgen. Warum, glaubst du, habe ich dich hierher eingeladen? Um dich einem Eignungstest für die Universität zu unterziehen?«

Mr. Moore lächelte. »Ich bin vielleicht ein Optimist, Loretta, aber ich habe gelernt, dass man von der Einladung einer Frau besser nicht zu viel erwartet.«

»Allein das macht dich zu einem ganz außergewöhnlichen Mann.« Und damit nahm sie einen großen Schluck von ihrem Wodka.

Mr. Moore dachte einen Moment über ihre Bemerkung nach und sagte dann: »Noch einmal, Loretta, ich habe das Gefühl, dass du von den männlichen Vertretern unserer Spezies enttäuscht wurdest. Ist das der Fall?«

Loretta lachte laut auf und antwortete: »Habe ich dir schon von meinem Kater erzählt?«

»Nein, ich glaube nicht.«

»Na ja, er war ein schwarzes, haariges Ding mit einem Knick im Schwanzende. Eines Abends im Winter kam ich nach Hause – ich lebte zu dieser Zeit in Omaha – und fand ihn zusammengekauert an meiner Hintertür. Ich nehme an, dort strömte ein wenig Wärme nach draußen; das Haus war alt und mit Schindeln verkleidet und überall undicht. Ich ließ ihn hinein und gab ihm ein wenig Thunfisch, was hätte ich sonst tun sollen? Natürlich blieb er. Bevor ich morgens zur Arbeit ging, ließ ich ihn hinaus, und abends kam er wieder. Ich habe nie erfahren, was er tagsüber gemacht hat, obwohl er mir ein paar Mal tote Mäuse mitgebracht hat. Ich bin sicher, sie waren als Geschenke gedacht, aber sie machten mich wütend, und das habe ich ihm auch gesagt, aber es hat ihn nicht interessiert.

Die übrige Zeit tat dieser Kater nichts anderes, als meine Vorräte zu fressen, meine Kleidung zu markieren, meine Polstermöbel aufzuschlitzen, überall seine Katzenhaare zu verteilen und zu schlafen. Nein, das stimmt nicht. Manchmal setzte er sich auch auf meinen Schoß, wenn ich fernsah. Das hatte ich davon, einen Kater, der sich ein-, zweimal pro Woche auf meinen Schoß setzte, und ab und zu eine tote Maus auf meiner Türschwelle.

Eines Abends kam er einfach nicht nach Hause. Und blöd wie ich bin, habe ich die ganze Nachbarschaft nach ihm abgeklappert. Ich habe sogar eine Anzeige in die Zeitung gesetzt, aber ich habe ihn nie wieder gesehen. Bis heute weiß ich nicht, ob er umgekommen ist oder ein Haus mit Zentralheizung gefunden hat. Weißt du, wie ich diesen Kater genannt habe, mein Lieber?«

»Nein, Loretta.«

»Sein Name war Metapher. Und weißt du was? Ich vermisse diesen großen, räudigen Kater immer noch, obwohl er jetzt seit über zehn Jahren verschwunden ist. Wilma sagt, du könntest gut Dinge erklären. Vielleicht kannst du mir verraten, warum der Umgang mit euch Katern so verdammt schwierig ist.«

Mr. Moore schüttelte den Kopf. »Vielleicht, aber das wäre eine sehr lange Geschichte. Eher schon eine Parabel.«

»Nun, ich habe dir gerade auch eine erzählt, und ich war schon immer für das Motto ›Wie du mir, so ich dir‹. Warum ziehst du nicht deine Schuhe aus und entspannst dich? Ich habe nichts vor. Hast du heute Abend noch eine Verabredung?«

»Nein.«

»Doch, Vern, die hast du, und zwar mit mir. Jetzt erzähl mir deine Geschichte.«

Mr. Moore streifte seine Schuhe ab, legte die Füße auf den Couchtisch und begann: »Wie es schon in der Bibel steht: Die Probleme der Menschheit fingen mit dem Essen an. Obwohl es kein Apfel war. Das ist eine Ungenauigkeit. Die Probleme der Menschheit begannen, als ein Huhn von einem Blitz erschlagen wurde.«

»Wie bitte?«

»Als ein Huhn von einem Blitz erschlagen wurde. Gewitter gab es schon immer, auch vor Beginn der Geschichtsschreibung, und an diesem schicksalhaften Urzeittag erschlug ein Blitz das Lieblingshuhn eines ansässigen Höhlenbewohners. Bis zu diesem Zeitpunkt waren Männer und Frauen Vegetarier, aber dieses gegrillte Hähnchen duftete vorzüglich, auch wenn es vor dem Gewitter ein Haustier gewesen war. Tja, der Höhlenmensch und seine Gefährtin überwanden ihren Verlust und brieten es mit Reis und Salz, und es schmeckte so gut, dass sich das Gerücht bald im ganzen Land verbreitete. Weißt du, was als Nächstes geschah?«

»Nein, mein Lieber, und ich kann es gar nicht erwarten. Was geschah als Nächstes?«

»Während der nächsten tausend Jahre banden die prähistorischen Menschen ihre Hühner während Gewittern draußen an. Wie du dir denken kannst, war damit noch keine Versorgung mit Brathähnchen gewährleistet. Schließlich aber kam ein abenteuerlustiger junger Mann darauf, wie man ein Huhn absichtlich töten kann. Wie sich herausstellte, schmeckte das ermordete Hühnchen genauso gut wie das verunglückte, und der Mann und seine Frau konnten es essen, wann immer sie wollten. Das erzählten sie sofort ihren Nachbarn. Und die erzählten es ihren Nachbarn und so weiter und so fort. So kam es, dass die Menschen zu Allesfressern wurden, Männer wurden zu Hühnermördern und Frauen Kochexpertinnen in Sachen Huhn.«

Loretta runzelte die Stirn. »Du bist ein seltsamer Mann, Vernon Moore. Willst du mir sagen, dass ich kein Hühnchen mehr essen soll? Ich mag Hühnchen.«

Mr. Moore lächelte. »Nein, Loretta. Darum geht es nicht. Schon damals konnte es der Mensch nicht bei der Natur allein belassen. Das Huhn war nur der Anfang. Wenige Jahrtausende später wurde ein Wasserbüffel von einem Blitz erschlagen. Dieser erste Wasserbüffel ergab genug Spareribs, um ein Dutzend Familien satt zu machen, und das Gerücht davon verbreitete sich wie ein Lauffeuer. Doch diesmal warteten die Menschen nicht auf das nächste Gewitter, sie gingen gleich auf die Jagd, um noch mehr Wasserbüffel zu erlegen. Da schlug die Tragödie zu. Wie sich zeigte, waren Wasserbüffel wesentlich schwieriger zu jagen als Hühner. Gewehre waren noch nicht erfunden, genauso wenig wie Pfeil und Bogen oder Speere, deshalb wurden die ersten Wasserbüffeljäger von ihrer Beute massakriert. Aber die Menschen wussten noch nie, wann es Zeit war aufzuhören, deshalb machten sie immer weiter. Schließlich stand Gott, der damals noch viel direkter in unsere Entwicklung eingriff, vor einem Dilemma. Er hatte keine Wahl, er musste seine dahinschwindenden Kreaturen beschützen, und daher griff er in einer Weise ein, wie nur Gott es tun kann: durch göttliche Chemie.«

»Und das bedeutet?«

»Er fing an, an der Formel für den Menschen herumzubasteln. Zuerst machte er die Männer größer und stärker, aber das genügte noch nicht. Sie wurden immer noch von den Wasserbüffeln abgeschlachtet, worüber die Frauen traurig waren. Dann machte Gott die Männer klüger, aber auch das funktionierte nicht. Anstatt Waffen zu bauen und damit in der Savanne ihr Leben zu riskieren, gaben die Männer die Jagd ganz auf und hingen den lieben langen Tag in der Höhle herum, erzählten Geschichten und bekritzelten die Wände. Nun, das machte die Frauen noch unglücklicher, und sie hatten keinen Nachwuchs mehr.«

»Gut für sie, Vern.«

»Vielleicht, aber das brachte Gott in Zugzwang, denn er sah, wie seine Kreaturen immer weniger wurden. Da er keine andere Wahl hatte, machte er die Männer schließlich dümmer. In seiner unendlichen Weisheit wollte er aber nicht, dass die Männer immer dumm waren, sondern nur manchmal, und deswegen erfand er eine neue Chemikalie. Diese Chemikalie, die heute Testosteron heißt, brachte jedes Mal alle höheren Gehirnfunktionen zum Erliegen, wenn ein männliches Exemplar dieser Spezies auf der Jagd war – jede Art von Jagd.

Wie wir heute alle wissen, ist Gott ein ausgezeichneter Chemiker. Diese dritte Formel funktionierte perfekt. Die Männer gingen mit neuer Motivation auf die Jagd und griffen mit kopfloser Hemmungslosigkeit an. Die Wasserbüffel fielen ihnen herdenweise zum Opfer. Als Nächstes machten wir Männer natürlich Jagd auf Löwen, Tiger und Bären, bedrohte Tierarten, die Umwelt, unsere Feinde, unsere Nachbarn, gegnerische Mannschaften, das andere Geschlecht, auf die Ideen von anderen und auf Rund-um-die-Uhr-Supermärkte. Bis heute sind wir Männer in Angriffshaltung, egal, ob es sich bei der Beute um einen Mann oder eine Frau, ein Tier oder ein Gemüse, Freund oder Feind oder nichts von alledem handelt. Wenn wir dann genug gejagt haben, kommen wir gerne nach Hause zum Abendessen und ruhen uns ein wenig aus. Weil uns die Spannung bei der Jagd immer noch so erregt, ist eine neue Höhle oft verführerischer als die alte, egal, wie gemütlich es darin war. Mit anderen Worten: Wir haben uns kein Jota weiterentwickelt, seit Gott uns dumm genug machte, um einen Wasserbüffel zu töten.«

Mr. Moore brach ab und nippte an seinem Eiswasser. Loretta dachte einen Moment über seine Geschichte nach und sagte dann: »Was willst du damit sagen? Dass Männer zu dumm sind, um ihre Triebe zu kontrollieren?«

»Nicht ganz. Es geht dabei um Abstufungen. Männer, die bei Frauen ankommen, haben oft mehr Testosteron als die meisten anderen, auch wenn das im Alter nachlässt. Mit der Zeit wird intelligentes Denken also für alle von uns möglich.«

»Ab welchem Alter?«

»Wissenschaftler haben herausgefunden, dass der Hormonfluss normalerweise im Alter von fünfundzwanzig Jahren abnimmt, aber man braucht wissenschaftliche Geräte, um das nachzuweisen. Wohl überlegte Gedanken bei einem Mann sind für einen weiblichen Laien oft frühestens fünf Jahre später zu erkennen.«

»Mit dreißig? Ich kenne kleine Jungs, die schon fünfundsechzig sind.«

»Ich sagte ja, es gibt Abstufungen, Loretta, und es ist nicht einfach. Für uns Männer bedeutet die bevorstehende Rationalität das Todesurteil für einige unserer liebsten Körperteile. Wir wehren uns dagegen.«

»Willst du damit sagen, dass Männer ihren kleinen Freund ihrem Großhirn vorziehen, Vern? Sogar du?«

»Ich weiß, das klingt seltsam, aber jede hormongesteuerte Kreatur hat eine gewisse Nach-mir-die-Sintflut-Haltung. Mir fehlt sie, wie allen älteren Männern. Hast du mal die Wände in Clem Tuckers River House gesehen? Da hast du einen Mann, der sich von seinen Urtrieben nicht lösen will.«

Loretta lächelte. »Das ist ja alles sehr interessant, mein Lieber, aber wie steht es mit dir? Hast du schon aufgegeben? Das sähe dir gar nicht ähnlich.«

Mr. Moore seufzte. »Bevor ich sterbe, habe ich zu lernen, wann man aufgeben muss. Das muss man lernen. Auch ein Handlungsreisender hat zu wissen, wann er das Handtuch werfen und weiterziehen muss.«

»Wirklich? Ist das so? Ist das richtig? Vielleicht kann ich ja etwas tun, um deine Hormonbatterie wieder aufzuladen.«

»Du bist eine verführerische Frau, Loretta, aber ...«

»Aber was, mein Lieber? Ich habe schon verstanden. Sieh meinen Heiratsantrag als null und nichtig an. Ich weiß, dass du Ebb verlassen wirst, wenn du mit deiner Arbeit hier fertig bist, was immer das auch sein mag. Aber solange du noch hier bist, warum amüsieren wir uns da nicht? Überhaupt, warum kommst du nicht zu mir herüber und setzt dich auf meinen Schoß? Natürlich im übertragenen Sinne.« Dann lächelte sie und sagte: »Was hast du zu verlieren?«

Mr. Moore kam erst nach der Sperrstunde ins Come Again zurück. Nachdem ich ihn hereingelassen hatte, bereitete ich ihm einen Eistee, aber er wollte mir nicht viel über seinen Abend mit Loretta erzählen. Tatsächlich konnte ich nicht einmal aus ihm herausbringen, wie viel Geld er beim Kartenspielen von Clem Tucker gewonnen hatte. Stattdessen stellte er mir eine Menge Fragen über Mona und die Jungen – ein Thema, zu dem mir immer viel einfällt.

Weil wir gerade von meiner Mona sprechen: Marvin Breck rief sie an diesem Abend erst um elf Uhr nachts an. Mona schickte die Jungen nach oben und ging mit dem Telefon in den Aufenthaltsraum, wo sie die Türe schließen konnte und ihre Ruhe hatte. Mr. Moore ging zu Bett, er sah fix und fertig aus. Ich blieb noch auf, wie es sich für eine Mutter gehört, und backte Kürbisbrot für Hank, weil er sein Bananen-Nuss-Brot schon zum Mittagessen verspeist hatte. Während ich den Teig gehen ließ, sah ich nach meinen E-Mails. Wie gehofft, fand ich eine Mail von Clara, eine ungewöhnlich lange sogar. »Erzähl mir mehr«, stand da.

Nachdem ich ihr geantwortet hatte, schaltete ich den Fernseher ein. Auf Discovery Channel lief gerade eine Sendung über die geheimnisvollen Kräfte der Natur, aber die geheimnisvollste von allen kam nicht vor: elektrostatische Aufladung. An einem trockenen Wintertag hatte ich einmal Lulu Tiller in ihrer Praxis besucht. Ich trug eine blaue Wollhose mit silbernem Saum und eine dazu passende langärmelige Baumwollbluse. Als ich zehn Minuten später die Praxis wieder verließ, sah ich aus, als wäre ich von Kopf bis Fuß in graue Angorawolle gehüllt. Sie haben noch nie in Ihrem Leben so viele Tierhaare an einem einzigen Menschen gesehen. Mein Ratschlag: Tragen Sie immer Grau, wenn Sie einen Tierarzt besuchen.

Ich dachte immer noch über dieses Phänomen nach, als Mona zurück in die Küche kam, so gefasst wie ein indianischer Pfadfinder. Alles, was sie hervorbrachte, war: »Es ist vorbei, Mama. Ich muss es jetzt den Jungen sagen.«

So viel zu Anziehungskräften. Ich umarmte sie, dann ging sie hinauf zu Matt und Mark, um ihnen die ganze Geschichte zu erzählen. Ich wusste, dass es die Jungs treffen würde, aber ich war sicher, sie würden darüber hinwegkommen. Ebb ist voll von Scheidungskindern, aber ich machte mir immer noch Sorgen um meine Mona. Wissen Sie, wir Porters folgen nicht dem üblichen Muster: Leugnen – Wut – Feilschen – Niedergeschlagenheit – Akzeptieren. Tatsächlich kenne ich niemanden, der das tut.

Mein Exmann Al folgte eher dem Prinzip Leugnen – Wut – Leugnen – Wut und dann noch einmal Leugnen und Wut. Darin war er wirklich klasse. Wie viele andere Männer hier in der Gegend war er besonders gut im Leugnen des

Wetters, gefolgt von Wut. Ich kann mich noch gut erinnern, wie er eines Morgens im April zum Tontaubenschießen loszog – und mitten in einen Hagelsturm geriet. Er fluchte den ganzen Weg über, als würde ihm Gott absichtlich den Spaß verderben.

Ich selbst bin eher der Wut – Niedergeschlagenheit – Rache-Typ, aber ich halte das nicht immer konsequent ein. Manchmal drehe ich eine Wut – Niedergeschlagenheits-Runde nach der anderen, ehe ich endlich zur Rache komme. So war es zum Beispiel in meiner Ehe. Offensichtlich musste ich diese Runde eine Million Mal machen, bevor mir klar wurde, dass ich meinen Mann verlassen musste, um zur nächsten Stufe vorzudringen.

Meine beiden Mädchen sind halb wie ich und halb wie Al: nicht ganz so viel Wut und Rache, aber jede Menge Leugnen und Niedergeschlagenheit, und sie drehen dabei genau wie wir ihre Extrarunden. Aus eigener Erfahrung weiß ich, dass Niedergeschlagenheit und Hinnahme einander sehr ähneln können, weshalb ich mir nun Sorgen um meine Mona machte. In meinem Herzen wusste ich, dass sie auf lange Sicht gesehen die richtige Entscheidung getroffen hatte, nahm aber an, dass sie immer noch in der Niedergeschlagenheitsphase steckte.

Ich glaube, der alte Silas II. war auch besorgt. Kurz bevor ich die Haustür abschloss, sah ich, wie er die Treppe hinaufschwebte, um nach unseren neuen Gästen zu sehen. Ich könnte schwören, er hatte eine einzelne langstielige Rose dabei, ich habe sogar am nächsten Tag in Monas Zimmer danach gesucht, konnte sie aber nicht finden.

Manchmal kommt mir der alte Silas so real vor, dass ich

ihm etwas zu essen kochen möchte, ein andermal frage ich mich, ob ich mir das nicht alles nur einbilde. Ist das nun Hinnehmen oder Leugnen? Ich fürchte, ich werde mir nie sicher sein.

KAPITEL 16

Die Gewinnchancen Gottes

Mr. Moore musste am nächsten Morgen früh nach Carson aufbrechen, deshalb sahen wir uns nur kurz. Ich wünschte ihm viel Glück, und er musste mir versprechen, mir hinterher alles zu erzählen, worauf er einen heiligen Schwur ablegte.

Nachdem er gegangen war, bereitete ich Claras Frühstück und trug es in den obersten Stock hinauf. Falls ich es Ihnen noch nicht erzählt habe, Clara ist eine große, bleiche, grauhaarige Frau, die aussieht, als habe sie jede Minute ihres sechzig Jahre währenden Lebens ausgenutzt, ob sie es nun getan hat oder nicht. An diesem Tag trainierte sie gerade auf ihrem Laufband und sah sich eine alte Lucille-Ball-Wiederholung im Fernsehen an. Sie hatte ihr Haar zu einem Pferdeschwanz zusammengebunden und trug einen schwarzen Turnanzug, weiße Schweißbänder, ein lavendelfarbenes Stirnband und grau-grüne Laufschuhe. Daran können Sie deutlich sehen, warum sie nie Leute empfängt.

Ich stellte ihr Frühstück auf den Tisch und setzte mich, um zu warten, aber Clara sprang vom Laufband, sobald sie mich bemerkt hatte. Sie nahm einen großen Schluck von ihrem Preiselbeersaft und sah mir dann direkt in die Augen. Das war mein Zeichen. Sie war bereit, mit mir zu reden.

Nun, ich versuchte wieder zu erklären, was Mr. Moore mir und Hank erklärt hatte, aber nach einer Minute merkte ich, dass meine Worte so gut wie keinen Sinn ergaben. Schließlich gab ich auf und sagte: »Du musst selbst mit diesem Mann reden. Seine Lebensphilosophie könnte dein Leben ändern.«

Clara antwortete nicht, deshalb versuchte ich die Frage zu beantworten, die sich eine Frau nun am ehesten stellen würde: »Ich weiß nicht, woher er kommt. Ich bin mir auch nicht ganz sicher, was er eigentlich tut, niemand weiß das genau. Aber ich glaube, er wurde geschickt, um uns zu helfen. Er kann dir auch helfen. Du solltest diesen Mann anhören.«

Clara antwortete wieder nicht. Ich bin keine sehr kluge Frau, aber ich schloss aus Claras Schweigen, dass sie immer noch skeptisch war. Also sagte ich: »Wer auch immer er ist und was auch immer er tut, er ist ein ehrlicher Mann, Clara. Er würde keiner Fliege etwas zu Leide tun.« Dann griff ich in Mr. Moores Trickkiste: »Was hast du zu verlieren?«

Clara antwortete immer noch nicht, aber dieses Mal wartete ich. Wir saßen einen ganzen Werbespot für die neueste Wunderhautlotion lang da, doch dann sagte sie schließlich: »Ja.«

Ich grinste und versicherte: »Du wirst ihn mögen, Clara. Ich werde dir einen Termin e-mailen, der euch beiden passt.« Clara lächelte und schob sich dann einen Löffel Haferbrei in den Mund, was ich als Zeichen dafür deutete, dass sie unsere Unterhaltung als beendet ansah.

Wie ich schon sagte, ein Gespräch mit Clara ist eine Herausforderung.

Calvin empfing Mr. Moore an der Tür des Carson-Hauses, und die beiden Männer gingen direkt in die Küche. Noch bevor sie sich hingesetzt hatten, fragte Mr. Moore: »Wie geht es Lucy?«

»Hank hat gestern Abend angefangen, ihre Sedierung langsam zurückzufahren. Sie wird bald bei Bewusstsein sein, und dann werden wir sehen, ob sie starke Schmerzen hat.«

»Wie sieht die Prognose aus?«

»Nichts Neues. Hank will sich nicht festlegen, Schwester Nelson ist optimistisch.«

»Was ist mit Ihnen?«

»Heute ist Karfreitag. Ich entscheide mich für Optimismus.«

»Ich auch, das heißt, Sie werden Lucy über ihren Zustand informieren können.«

»Ich weiß nicht, Vernon, ich weiß es einfach nicht«, stotterte Calvin.

»Sie wissen es nicht? Ich dachte, wir wären im Geschäft?«

Er schüttelte den Kopf. »Ich habe die ganze Nacht nicht geschlafen und über die drei Paradoxa nachgedacht. Ich habe den Verdacht, Ihr Gedankengang hat einen logischen Fehler.«

»Tatsächlich? Welchen?«

»Nun, die zentrale Frage ist die nach der Existenz Gottes, nicht nach seiner Güte. Ist das richtig?«

»Ja.«

»Aber sind wir nicht zu der gütigen Schlussfolgerung gekommen, weil wir von dieser Annahme ausgegangen sind?«

Mr. Moore legte die Fingerspitzen aneinander, beugte leicht seinen Kopf und erwiderte: »Ja, Sie Grashüpfer. Wir sind von der Annahme ausgegangen, dass es einen gütigen Gott gibt, und dann haben wir vergeblich versucht, seine Existenz zu widerlegen.«

»Gut. Damit bin ich einverstanden. Aber ich habe der ersten Voraussetzung nie wirklich zugestimmt. Was wäre geschehen, wenn wir von irgendetwas anderem ausgegangen wären, nicht vom ersten Paradoxon?«

»Philosophie ist Logik ohne den Luxus von Beweisen, Calvin. Aber deshalb ist sie trotzdem logisch. Wie bei jeder Form der Logik hängt auch hier das Ergebnis vom Ausgangspunkt ab. Wir haben mit dem ersten Paradoxon angefangen. Wären wir von etwas anderem ausgegangen, wären wir vielleicht woanders gelandet.«

Calvin zog eine Grimasse. »Genau wie ich dachte. Ganz genau wie ich dachte. Wir sind wieder ganz am Anfang, nicht wahr?«

»Nein, Calvin, ganz sicher nicht. Wir haben eine logische Tür durchschritten, nämlich genau das Paradoxon, das Millionen von Agnostikern und Atheisten hervorgebracht hat, und wir haben eine Lösung für dieses Paradoxon und ein sehr erfreuliches Ergebnis gefunden. Wir haben Hoffnung gefunden.«

»Na schön, aber wir sind durch diese eine verdammte Tür gegangen. Eine einzige. Nehmen Sie eine andere. Nehmen Sie eine weitere Tür, aber nicht die, die von Anfang an von der Existenz Gottes ausgeht. Kein religiöses Geschwätz, das ist immer noch die Regel, und auch keine weiteren Paradoxa mehr.«

»Sind Sie sich ganz sicher? Wird Ihnen ein weiteres Argument für die Existenz Gottes wirklich Hoffnung geben?«

»Absolut. Ich bin immer noch Geschäftsmann. Im Grunde möchte ich Hoffnung in großen Mengen kaufen. Ich möchte nur sichergehen, dass Sie mir nicht die Katze im Sack andrehen.«

»Sicher, aber auf einen solchen Einwand war ich nicht eingestellt. Geben Sie mir ein wenig Zeit, um darüber nachzudenken?«

»Natürlich. Wie viel Zeit brauchen Sie? Fünf Minuten? Zehn?«

Mr. Moore lachte und erwiderte: »Ich muss einen Spaziergang machen. Gibt es hier einen Fluss in der Nähe? Ich weiß, dass zwischen Ebb und Carson einer verläuft, ich habe ihn auf dem Weg hierher überquert.«

»Das ist der Nemaha. Es ist nicht gerade der spektakulärste Fluss in Nebraska, aber wenn Sie die Straße vor dem Haus einen halben Kilometer nach Osten gehen, fallen Sie genau hinein. Machen Sie sich keine Sorgen, wenn es matschig wird – das heißt nur, dass Sie richtig sind.«

»Perfekt. Ich bin in etwa einer halben Stunde zurück. Wäre das in Ordnung?«

»Natürlich. Nehmen Sie sich die Zeit, die Sie brauchen. Ich werde Lily anrufen und fragen, was im Kaufhaus los ist.«

Auf seinem Weg zum Fluss blieb Mr. Moore kurz an seinem Auto stehen, um einen Anruf zu tätigen. Ich nahm im Come Again ab. »Ist Clem da?«, fragte Mr. Moore.

»Noch nicht«, antwortete ich. »Aber er müsste jeden Moment kommen. Rufen Sie vom Handy aus an, Mr. Moore? Ich dachte, Sie hätten gesagt, Sie hätten keines.«

»Ich sagte, dass ich keins bei mir trage, Wilma, aber ich habe eins im Auto, für den Notfall. Würden Sie mir einen Gefallen tun?«

Ich nickte und sagte: »Natürlich.«

»Würden Sie Clem bitten, mich heute Nachmittag im Starbucks oder im River House zu treffen? Es ist mir egal, wo.«

»Haben Sie eine bestimmte Zeit im Auge?«

»Nein, solange es nach zwei Uhr ist.«

»Weiß er, warum Sie ihn treffen möchten? Sie wissen ja, er sagt immer, er sei so beschäftigt, egal, ob das stimmt oder nicht.«

»Richten Sie ihm einfach aus, dass ich eine Antwort auf seinen Vorschlag habe.«

»Ist das alles?«

»Ja.«

»Kann ich ihm sonst noch etwas mitteilen, Mr. Moore? Sind Sie sicher, er weiß, was Sie meinen?«

»Ich bin mir einer Sache nie sicher, Wilma. Wenn er mich treffen will, dann sagen Sie ihm, er soll mir Zeit und Ort auf die Handy-Mailbox sprechen.«

Mr. Moore gab mir seine Nummer, aber das war alles, was ich aus ihm herausbekommen konnte. Als Clem zehn Minuten später eintraf, richtete ich ihm Mr. Moores Nachricht aus, die ich auf einen pinkfarbenen Notizzettel geschrieben hatte. Er bedankte sich freundlich, was mich erstaunte, und ging dann hinaus, um Mr. Moore anzurufen. Wenig später brachte Mona die Jungen für den Ausflug herunter und unterhielt sich eine Weile mit mir und Clem. Sie wollte sichergehen, dass Clem nicht zu schnell fuhr, und sie wollte mir mitteilen, dass sie einen Maniküretermin bei Loretta hatte.

Die Jungen kletterten auf den Rücksitz des Porsche. Es war eng, aber sie schafften es, sich hineinzuzwängen. Es gab hinten sogar Sicherheitsgurte, die ich vorher nie bemerkt hatte. Der Tag war wunderschön und warm, also klappte Clem das Verdeck hoch, und wir fuhren durch die Stadt zurück hinunter zum River House. Clem wählte eine kurvige Landstraße und fuhr nicht zu schnell. Na ja, vielleicht tat er es ein- oder zweimal, aber ich fühlte mich immer sicher. Die Jungen schwebten im siebten Himmel.

Marie Delacroix erwartete uns mit selbst gebackenen Zimtschnecken, Orangensaft und Kaffee, und Clem musste Mark jede einzelne Trophäe an seiner Wand genau erklären. Matt war mehr an dem Waffenschrank interessiert, was mich etwas beunruhigte, aber Clem versicherte mir, der Junge habe schon viel über Waffen von seinem Vater gelernt. Ehe wir in die Stadt zurückfuhren, gingen Clem und ich allein am Fluss spazieren. Wir redeten über alte Zeiten und die kleine Lucy Millet. Ein-, zweimal dachte ich, er würde anfangen zu weinen, aber er tat es nicht. Ich schon – als er meine Hand nahm. Bis zu diesem Moment hatte er mich, soweit ich mich erinnern kann, noch nie vor Einbruch der Dunkelheit berührt.

Als Mr. Moore zu Calvins Haus zurückkam, saßen Hank Wiley und Schwester Nelson zusammen mit Calvin in der Küche. Mr. Moore drehte seinen Stuhl verkehrt herum, ehe er sich setzte, und fragte: »Wie geht es ihr?«

»Lucys Puls wird stärker, und ihr Blutdruck ist stabil«,

sagte Hank. »Ihre Körpertemperatur ist immer noch niedrig, aber das ist nicht bedenklich. Wir können jedoch nicht sagen, wie sie sich fühlt, bevor sie aufwacht.«

»Wann wird das sein?«

»Wahrscheinlich innerhalb der nächsten Stunde. Vielleicht früher, vielleicht später.«

Hank wandte sich an Calvin. »Ich muss nach Ebb zurück und nach einem anderen Patienten sehen, aber danach komme ich zurück. Schwester Nelson wird auf Lucy aufpassen, solange ich weg bin.«

Schwester Nelson lächelte und fragte: »Wären Sie später vielleicht an einer Revanche interessiert, Mr. Moore?«

»Mal sehen. Wenn es meine Zeit erlaubt, würde ich mich über ein Spiel freuen. Jetzt muss ich aber mit Calvin sprechen.«

»Kommen Sie schon, Louise«, sagte Hank. »Sie können Mr. Moore das Geld aus der Tasche ziehen, wenn ich aus der Stadt zurück bin.«

Nachdem sie den Raum verlassen hatten, sagte Calvin: »Was ist, ist Ihnen eine andere Tür eingefallen?«

»Ja. Warum versuchen wir es nicht mit einer Zahlentür? Zahlen sind manchmal sehr hilfreich, nicht wahr?«

»Ich habe keine Ahnung, wovon Sie reden, Vernon.«

»Sagten Sie nicht, Sie hätten einen Abschluss in Buchführung? Da müssen Sie doch auch etwas über die Wahrscheinlichkeitstheorie gelernt haben.«

»Ja, aber …«

»Dann lassen Sie uns jetzt die Gewinnchancen Gottes berechnen. Sind Sie dabei?«

»Das ist aber vollkommen verrückt.«

»Es ist nur eine andere Tür, eine für einen Mann der Zahlen. Sind Sie dabei oder nicht?«

»Na gut. Berechnen wir die Gewinnchancen Gottes.«

»Nur damit ich es schon im Voraus weiß – wie hoch müssen diese für Sie sein, damit Sie Hoffnung empfinden? Achtzig Prozent? Neunzig?«

»Nun, ich will Ihnen eine faire Chance geben. Wie wäre es mit neunundneunzig Prozent? Das sollte genügen.«

»In Ordnung«, sagte Mr. Moore.

»Wirklich?«

»Absolut. Haben Sie je einen Geist gesehen?«

Noch nicht einmal Nostradamus hätte mit dieser Frage rechnen können. »Entschuldigen Sie. Würden Sie diese Frage bitte wiederholen?«, bat Calvin dann auch.

»Haben Sie je einen Geist gesehen? Ein einfaches Ja oder Nein, bitte.«

»Das ist eine verdammt ungewöhnliche Frage, Vernon, aber die Antwort lautet nein. Mir ist noch nie einer unter die Augen gekommen. Wilma Porter behauptet, sie habe Silas II. ein paar Mal im Come Again gesehen, aber das ist eben Wilma.«

»Mit anderen Worten: Sie kann es nicht beweisen.«

»Richtig.«

»Können Sie denn das Gegenteil beweisen?«

Calvin dachte einen Moment nach. Ehe er antworten konnte, sagte Mr. Moore: »Ich habe einmal einen Geist gesehen.«

»Tatsächlich?«, fragte Calvin. »Im Ernst?«

»Ja. Vor ein paar Jahren übernachtete ich in einem Kolonialstil-Hotel irgendwo im ländlichen Virginia, wo während des Bürgerkrieges viele Schlachten stattgefunden hatten. An einem Samstagnachmittag stand ich nach einem Nickerchen auf und ging ins Bad. Aus irgendeinem Grund schaute ich ins Schlafzimmer zurück, während ich mir die Hände wusch, fragen Sie mich nicht, warum. Und da erblickte ich ihn. Ein großer, älterer Mann, vielleicht Ende fünfzig oder Anfang sechzig, der sehr abgekämpft aussah. Er trug einen langen grauen Mantel mit aufgestelltem, verziertem Kragen, rotgoldenen Rangabzeichen, roten Ärmelaufschlägen und goldenen Knöpfen. Auf seinem Kopf saß ein grauer Homburg mit einem roten Band darum. Um das Band war ein goldener Faden gewickelt. Der Mann blickte sehnsuchtsvoll auf mein Bett, als wollte er darin schlafen.

Ich wandte mich wieder dem Spiegel zu, entweder aus Angst, oder weil ich in die Realität zurückfinden wollte. Als ich genug Mut gesammelt hatte, um wieder ins Schlafzimmer zu schauen, war er verschwunden.«

»Glauben Sie nicht, er könnte eine Einbildung gewesen sein?«

»Vielleicht war er das, vielleicht auch nicht. Bis zum heutigen Tage weiß ich es nicht, und ich werde sicherlich nie in der Lage sein, es zu beweisen, nicht einmal mir selbst.«

»Gut, aber ist das Ihr Beweis für die Existenz Gottes? Ist das alles?«

»Nein, aber wir nähern uns langsam der Sache an. Sagen Sie mir: Wie viele Menschen könnten im Laufe der Geschichte auf ein ähnliches Erlebnis zurückblicken wie ich?«

»Das weiß ich nicht, Vernon, ich jedenfalls nicht.«

»Aber Sie kennen wenigstens zwei Menschen, die ein solches Erlebnis hatten: Wilma und mich.«

»Stimmt, aber das sind nur zwei von vielleicht tausend.«

»Gut. Aber es gibt heute sechs Milliarden Menschen auf der Erde. Heißt das nicht, dass immerhin drei Millionen von uns einen Geist gesehen haben könnten?«

»Ich halte das für maßlos übertrieben. Wie wollen Sie das wissen?«

»Das ist eine ganz einfache Rechnung, Calvin.«

»Sie können das im Kopf ausrechnen?«

»Ja.«

»Nun, in meinen Augen ist das eine Übertreibung.«

»Im Laufe der Geschichte? Wie steht es mit einer Million Erscheinungen in der gesamten Menschheitsgeschichte?«

»Nun gut, aber wie ich schon sagte: Keine einzige davon wurde je bewiesen.«

»Ein ausgezeichneter Einwand«, erwiderte Mr. Moore. »Lassen Sie uns diesen Gedanken weiterverfolgen. Von einer Million Geistererscheinungen müssten wie viele bewiesen werden, damit man daraus eine Sicherheit für ein Leben nach dem Tod ableiten könnte?«

»Das kann ich nicht sagen. Aber ich nehme an, Sie wissen es.«

»Ja. Die Antwort lautet ein zehntausendstel Prozent oder null-Komma-null-null-null-null-ein Prozent.«

»Ich nehme an, das ist ziemlich wenig.«

»In der Tat. Das entspricht genau einer bewiesenen Erscheinung von einer Million. Zum Vergleich, wie viele müssten widerlegt werden, um festzulegen, dass es keine Geister gibt?«

»Ich nehme an, Sie werden es mir gleich sagen.«

»Die Antwort lautet: alle. Oder auch hundert Prozent, und

selbst das würde noch nicht die Möglichkeit einer anderen Form von Leben nach dem Tod widerlegen. Logisch gesehen, würde es nicht einmal die Existenz von Geistern widerlegen. Es würde nur heißen, dass noch nie einer gesehen wurde.«

»Mir wird langsam schwindlig, Vernon. Fassen Sie das bitte für mich zusammen.«

»Wenn meine Erfahrung mit dem Bürgerkriegsgeist wahr ist – selbst wenn es die einzige tatsächliche übernatürliche Erfahrung in der gesamten Menschheitsgeschichte war –, würde das den zweifelsfreien Beweis erbringen, dass es eine Art von Leben nach dem Tod gibt; nur ein einziges bewiesenes übernatürliches Ereignis ist dazu notwendig. Nur eines.«

»Reden Sie weiter.«

»Nun, um jegliche Möglichkeit eines Lebens nach dem Tod auszuschließen, müssten wir jede einzelne Geistererscheinung in der Menschheitsgeschichte widerlegen, und das wäre immer noch ungenügend. Danach gälte es, einen Weg zu finden, jede andere mögliche Form eines Lebens nach dem Tod auszuschließen. Mit anderen Worten: Wir müssten eine unendliche Menge von Möglichkeiten widerlegen. Wir brauchen nur eine bewiesene Erfahrung, um ein Leben nach dem Tod zu beweisen, Calvin, doch wir brauchen eine unendliche Menge von negativen Ergebnissen, um es zu widerlegen. Tatsächlich können wir weder das eine noch das andere umsetzen, was bedeutet, dass wir uns nie ganz sicher sein können. Deshalb lautet die entscheidende Frage: Ausgehend davon, was wir aus einer sehr großen Zahl von wahrscheinlich wahren Geistererscheinungen in der Geschichte der Menschheit ableiten können: Welche der beiden Möglichkeiten ist die wahrscheinlichere?«

Calvin zog es vor, nicht zu antworten, sondern nachzudenken. Mr. Moore sagte: »Nehmen Sie sich Zeit.«

Er dachte immer noch nach, als Schwester Nelson an den Türstock zur Küche klopfte und fragte: »Störe ich? Ich brauche ein Glas Wasser für Lucy.«

Calvin stand auf. »Ist sie wach?«

»Nein, noch nicht«, antwortete Schwester Nelson und füllte ein kleines Glas. »Sie zappelt schon ein wenig. Das ist gut. Das heißt, sie wird bald bei Bewusstsein sein. Dann wird sie ein Glas Wasser haben wollen, ihre kleine Kehle muss wie ausgedörrt sein.«

»Ich muss sie sehen.«

Schwester Nelson legte Calvin die Hand auf die Schulter. »Noch nicht. Es dauert vielleicht noch eine halbe Stunde, bis sie aufwacht, und ich möchte auf jeden Fall dort sein, wenn es so weit ist, damit ich ihre Geräte richtig einstellen kann. Ich hole Sie, sobald ich damit fertig bin.«

»Aber ich muss da sein, wenn sie wach wird. Ich muss doch wissen, ob sie Schmerzen hat.«

»Das wird sie selbst nicht wissen, ehe sie einen klaren Gedanken fassen kann. Sobald sie aufwacht, lasse ich es Sie wissen.«

»Louise ...«

Sie deutete auf seinen Stuhl und sagte: »Hinsetzen.«

»Louise ...«

»Setzen Sie sich, Calvin«, wiederholte sie. Als er wieder saß, wandte sie sich an Mr. Moore und sagte: »Sie haben doch unsere Revanche nicht vergessen?« Dann eilte sie aus der Küche, das Glas Wasser in der Hand.

Sobald sie den Raum verlassen hatte, stand Calvin wieder

auf und begann auf und ab zu laufen. Nachdem er die kleine Küche etwa siebzehnmal durchquert hatte, sagte er: »Na schön. Ich sitze also fest. Wo sind wir stehen geblieben?«

»Sagen Sie es mir, Calvin. Sie haben doch früher Baseball gespielt, nicht wahr? Was ist wahrscheinlicher: ein Treffer von einer Million Abschlägen oder eine unendliche Folge von Nichttreffern?«

»Ich bin nicht sicher, ob das dasselbe ist, Vernon.«

»Ist es auch nicht. Wenn es dasselbe wäre, könnten wir beweisen, was wir beweisen müssten. Darum geht es in der Philosophie: Der Luxus eines Beweises bleibt uns verwehrt – aber welche Alternative ist wahrscheinlicher?«

»Ich schätze, ein Leben nach dem Tod ...«, antwortete Calvin langsam.

Mr. Moore rutschte auf seinem Stuhl nach vorne. »Was haben Sie gesagt?«

»Ein Leben nach dem Tod, nehme ich an.«

»Keine Annahmen mehr, Calvin. Sie müssen sich entscheiden. Entweder ist Gott wahrscheinlich oder nicht. Entweder ist ein Leben nach dem Tod wahrscheinlich oder nicht. Entweder stehen die Chancen bei neunundneunzig Prozent zu Ihren Gunsten, oder sie tun es nicht. Es geht hier nicht um Hoffnung für Lucy, es geht um Hoffnung für Sie. Wählen Sie, und tun Sie es jetzt. Haben Sie Hoffnung oder nicht?«

Nach einigen Sekunden erwiderte Calvin: »Also gut. Ja!«

Mr. Moore holte tief Luft und sagte: »Meine Güte, Sie waren ein harter Geschäftspartner. Dann lassen Sie uns jetzt besprechen, was Sie Ihrer Tochter sagen werden.«

Calvin setzte sich sofort hin und versank in seinem Stuhl.

»Ich weiß es nicht«, sagte er. »Ich weiß es einfach nicht. Ich möchte Lucy nicht erzählen, dass sie ein Geist sein wird. Was ist das denn für eine Zukunft?«

»Ich dachte, Sie wollten Lucy sagen, dass sie in den Himmel kommt.«

»Das stimmt, aber ...«

»Warum tun Sie es dann nicht? Aber sagen Sie ihr auch, dass sie diesmal keine faire Chance hatte, weshalb sie noch einmal auf die Erde zurückkehren und ein langes, erfülltes Leben führen wird, bevor sie in den Himmel kommt. Keine Paradoxa, kein Wahrscheinlich, keine übernatürlichen Phänomene. Glauben Sie, Sie schaffen das?«

Calvin dachte lange nach und antwortete dann: »Nein.«

»Doch, Sie schaffen das, Calvin. Sie müssen es nur verkaufen. Haben Sie je ein Verkaufstraining absolviert?«

»Verkaufstraining?«

»Ja. Sie müssen Ihrer Tochter nur ein wenig Hoffnung verkaufen. Das ist das Einfachste von der Welt. Haben Sie je an einem Verkaufstraining teilgenommen?«

»Nein. Na ja, vielleicht. Ich habe einige Bücher zu diesem Thema gelesen, wahrscheinlich um mit Leuten wie Ihnen klarzukommen – nun, natürlich nicht genau wie Sie. Aber die Vertreter und Händler der Hersteller, die mich jeden Tag zweimal anrufen.«

Mr. Moore schüttelte verständnisvoll den Kopf. »Nachdem Sie bei einem Verkaufsgespräch nun so oft auf der falschen Seite gesessen haben, Calvin, meinen Sie vielleicht, Sie kennen Leute wie mich. Aber wir Vertreter haben eine Menge Verkaufsgeheimnisse. Eines davon ist die eigentliche Essenz des Verkaufens. Wissen Sie, was das ist?«

»Das ist einfach. Die Essenz des Verkaufens ist das Reden. Es ist die *Überredung*, es muss so sein.«

»Genau das denken die meisten Leute. Und eine Menge Vertreter gehen ebenfalls davon aus, aber das sind nicht die besten. Die Essenz des Verkaufens ist es, gute Fragen zu stellen. Glauben Sie, dass Sie das können?«

»Ich weiß es nicht.«

»Nun, ich werde Ihnen noch ein Geheimnis über Vertreter verraten. Wir trainieren, besonders dann, wenn vorauszusehen ist, dass der Kunde ein harter Brocken ist. Sind Sie bereit für ein kleines Training?«

Calvins Miene hellte sich auf, und er sagte: »Das ist es. Das ist genau das, was ich brauche.«

»Okay. Ich schlage vor, wir spielen mit verteilten Rollen. Für den Anfang kann ich Ihre Rolle übernehmen, und Sie spielen Lucy. Danach tauschen wir dann die Rollen. Wie finden Sie das?«

In der nächsten halben Stunde lernte Calvin, wie er sein Verkaufsgespräch führen sollte. Die beiden Männer wurden von Schwester Nelson unterbrochen, die hereinplatzte und rief: »Lucy ist wach!«

Calvin sprang von seinem Stuhl auf. »Wie geht es ihr?«

»Sie ist erschöpft, was zu erwarten war, und sie hat anscheinend leichte Schmerzen im unteren Rückenbereich. Jeder, der so lange im Bett gelegen hat, würde darüber klagen. Aber ihre Werte sind gut, und sie sieht viel besser aus, als ich es erwartet hätte.«

»Dann kann ich jetzt zu ihr hineingehen, nicht wahr?«

»Natürlich. Sie wartet auf Sie. Erwarten Sie am Anfang keine große Gesprächigkeit. Einen Augenblick, ich gebe Ihnen ein paar Eiswürfel mit. Sie hat das Wasser getrunken, da sind Eiswürfel jetzt genau das Richtige für sie.«

Calvin sah Mr. Moore an und sagte: »Ich bin noch nicht bereit dazu, ihr die Wahrheit zu sagen. Ich kann es einfach noch nicht. Ich fürchte, ich werde es vermasseln.«

Mr. Moore lächelte. »Sagen Sie es ihr jetzt nicht, Calvin. Seien Sie jetzt einfach nur bei ihr, genießen Sie ihre Gesellschaft. Trainieren Sie die nächsten Wochen. Wenn Sie so weit sind, dann tun Sie genau das, was Sie eben mit mir getan haben: Stellen Sie ihr gute Fragen, und überlassen Sie ihr das Reden. Sie ist ein kluges kleines Mädchen, und Sie sind ein kluger Mann. Haben Sie Vertrauen zu sich selbst und zu Lucy.«

Schwester Nelson reichte Calvin die Eiswürfel aus dem Kühlschrank. »Danke, Vernon«, sagte Calvin und verließ die Küche ohne ein weiteres Wort.

»Calvin und Lucy sollten jetzt etwas Zeit für sich haben, und Doktor Wiley kommt erst in einer Stunde zurück. Wie steht es mit einem Spiel?«

»Wenn es Ihnen recht wäre, hätte ich einen leicht abweichenden Vorschlag.«

»Oh, das klingt interessant! Woran denken Sie?«

»Ich möchte Ihnen zeigen, wie man die Karten austeilt.«

»Sie wollen mir beibringen, wie man die Karten austeilt? Das kann ich gut, Sie haben mich ja beobachtet.«

»Sie machen das bereits hervorragend, aber Sie teilen die Karten nicht so aus, wie ich es mir vorstelle.«

»Was meinen Sie damit? Wollen Sie mir zeigen, wie man schummelt, Vernon Moore?«

Mr. Moore lächelte. »Das ist eine Sichtweise. Ich würde

eher sagen, ich werde Ihnen zeigen, wie man die Gesetze der Wahrscheinlichkeit brechen kann, aber nur zum Vorteil der anderen. Das bedeutet, dass sie nie davon erfahren darf.«

»Gut. Aber wer genau ist ›sie‹?«

»Lucy Millet. Wenn Sie Zeit haben – und ich vertraue darauf, dass das der Fall sein wird –, dann möchte ich, dass Sie ihr unser Kartenspiel beibringen, doch sie soll unglaubliches Glück dabei haben. Ich möchte, dass die guten Karten auf sie niederregnen, wie es kein Gesetz der Wahrscheinlichkeit jemals erklären könnte. Verstehen Sie, was ich meine?«

Schwester Nelson lächelte. »Ja, Vernon. Sicher. Zeigen Sie mir, wie es geht.«

»Das werde ich tun. Ich muss nur kurz meinen nächsten Termin überprüfen.« Mr. Moore entschuldigte sich und ging hinaus zu seinem Auto, um Clem anzurufen.

Inzwischen waren die Jungen und ich natürlich wieder zu Hause, und Clem hatte meine Einladung zum Abendessen angenommen, deshalb kamen Mr. Moore und Clem überein, sich im Come Again zu treffen. Etwas später kam Clem in die Küche geschlendert. Er mag mein Kürbisbrot besonders gerne, vor allem, wenn ich es für jemand anderen gebacken habe. Dann sprang er in seinen Porsche und fuhr zur Bank, um dort Buford Pickett zu treffen.

KAPITEL 17

Männer unter sich

Während Mr. Moore mit Calvin in der Küche saß und ich mit Clem und den Jungen im River House war, genoss Mona eine Maniküre bei Loretta. Zumindest dachte ich das. Als Mona nach Hause kam, hatte sie die hübschesten rosaroten, französisch gefeilten Nägel, die man je gesehen hat, plus dazu passenden Lippenstift – und einen Job. Ich wollte nicht, dass sie sich die schönen Nägel ruinierte, deswegen schnitt ich das ganze Gemüse für das Abendessen, während mir Mona alles über ihre neue Situation erzählte.

Ohne mir vorher ein Wort davon zu sagen, hatte Loretta gefragt, ob sie die Rezeption und die Buchführung in ihrem Salon übernehmen wolle – eine Aufgabe, die Mona auch schon für Marvin und seinen Vater in der Zahnarztpraxis in Omaha erledigt hatte, bevor Mark zur Welt kam. Außerdem hatte Loretta angeboten, ihr alles über Maniküre, Pediküre und Männerhaarschnitte beizubringen, was – wie jede Frau weiß – eine ziemlich einfache Sache ist. Mona würde zudem während des Schuljahres nur von neun bis drei Uhr arbeiten müssen, damit sie Zeit mit ihren Söhnen verbringen konnte, und samstags von neun bis fünf, um Ruhe vor ihnen zu haben. Loretta denkt einfach an alles.

Natürlich rief ich sie sofort an und bedankte mich siebzehntausendmal von Herzen bei ihr. Ich lud sie ebenfalls zum Abendessen ein, vielleicht habe ich erwähnt, dass Mr. Moore auch da sein würde. Warum auch immer, Loretta war zwei Sekunden später in meiner Küche, schwätzte mit Mona und mir und nippte an einem Glas meines besten Iowa-Weines.

Mr. Moore kam gegen halb drei, und ich muss sagen, dass er zum zweiten Mal innerhalb von zwei Tagen aussah, als sei er am Ende seiner Kräfte. Der kleine Mark stürzte sich sofort auf den armen Mann, erzählte ihm von Clems Porsche und bat um eine weitere Spritztour. Mr. Moore musste außerdem erst einmal Loretta abwehren, ehe er hinaufgehen und sich frisch machen konnte. Natürlich bot sie sich an, ihm zu helfen, direkt vor der Nase von Mona und dem kleinen Mark. Diese Frau hat keinen Anstand. Dankenswerterweise lehnte er ihr Angebot ab, aber ich bemerkte einen leisen Anflug des Zögerns. Ich bin sicher, Loretta hat es auch gemerkt. Ich konnte es an ihrem einfältigen Grinsen ablesen.

Ehe er die Treppen hinaufsteigen konnte, erwischte ich Mr. Moore am Arm und schob ihn ins Speisezimmer, um ihm von Clara zu erzählen. Gott segne ihn, er sagte, er wolle sie so bald wie möglich kennen lernen. Also ging ich direkt ins Büro und rief sie an, Mr. Moore im Schlepptau. Natürlich antwortet sie mit »Ja«, wenn sie den Hörer abnimmt. Zum Glück sagte sie, sie habe gerade Zeit, und so machte sich Mr. Moore gleich auf den Weg in den zweiten

Stock. Ich bot ihm an, mitzukommen, aber er meinte, es wäre wohl besser, er ginge allein. Ich bezweifelte das, aber ich hatte auch noch eine Menge für das Essen vorzubereiten, deshalb protestierte ich nicht. Zumindest nicht zu sehr.

Ungefähr drei Stunden später kam Mr. Moore die Treppe herunter und nahm sich ein Glas Eistee, gerade in dem Moment, als Clem von der Bank zurückkehrte. Ich wollte wissen, was er zu Clara gesagt hatte, aber ich bekam keine Chance zu fragen. Die beiden Männer gingen direkt in mein Büro und schlossen die Tür, und sie kamen erst kurz vor halb acht wieder heraus. Zum Glück war das Essen recht spät angesetzt, denn wie sich herausstellte, hatten sie wichtige Dinge besprochen.

Mr. Moore hielt Clem die Tür auf und schloss sie hinter ihnen. Clem ließ sich auf meinen Bürostuhl fallen, der vor einem antiken Tisch steht, den er mir überlassen hatte, als ich das Haus kaufte. Einen Moment saß er da und bewunderte den Tisch, dann sagte er: »Ist er nicht prunkvoll, Vernon? Mein Ururgroßvater hat ihn einst gekauft. Ich habe keine Ahnung, wie alt er ist, und ich habe keine Ahnung, was ich mir dabei gedacht habe, ihn Wilma zu überlassen.«

Mr. Moore setzte sich in meine Leseecke, ein bequemes, tief orangefarbenes kleines Sofa mit einer original Lakota-Indianerdecke über den Kissen, um den Bezug zu schonen. Er erwiderte: »Ich weiß genau, was Sie meinen. Ich bin selbst schon eine Antiquität.«

»Das sind wir beide, Vernon, auch wenn wir mit Ihnen wahrscheinlich erst einen Radiokarbontest durchführen müssen, um Ihr tatsächliches Geburtsdatum zu erfahren.«

»Daraus schließe ich, dass Buford und seine Leute in der

Bank keinen großen Fortschritt in dieser Hinsicht erzielt haben.«

»Bisher nicht. Laut Bufords Nachforschungen stammt Ihr Führerschein aus New Boston, Ohio, demselben Ort, an dem auch der Funker von der *Lady Be Good* geboren wurde. Dem Dokument nach sind Sie am 15. Mai 1943 geboren, genau vierzig Tage, nachdem die *Lady Be Good* abgestürzt ist. Wollen Sie uns glauben machen, dass Sie vierzig Tage und Nächte durch die Wüste gewandert sind, bevor Sie wiedergeboren wurden? Wie biblisch.«

Mr. Moore lächelte freundlich und erwiderte: »Ich schätze, das heißt, dass ich nicht mehr für den Posten als Investmentfonds-Manager der Tucker-Vermögensgesellschaft infrage komme.«

»Verstehen Sie mich nicht falsch, aber das war nie der Fall. Vor ein paar Tagen hatte ich den Verdacht, Sie wären ein potenzieller Käufer für das Millet's, deshalb wollte ich mehr über Sie herausfinden. Aber darüber mache ich mir jetzt überhaupt keine Sorgen mehr.«

»Darf ich fragen, warum nicht?«

»Weil Sie niemals die Kaufprüfung bestehen würden. Zum Teufel, wenn ich nichts über Sie in Erfahrung bringen kann, kann das niemand, auch nicht die CIA.«

»Da haben Sie vollkommen Recht. Ich bin nicht daran interessiert, Calvins Kaufhaus zu erwerben. Ich habe da allerdings so meine Ideen. Zum Beispiel hätte ich vielleicht einen anderen Kandidaten für die Stelle als Investmentfonds-Manager.«

Clems Augenbrauen zuckten in die Höhe. »Ist das wahr? Sie kennen jemanden, der das machen würde?«

Wie Ihnen vielleicht schon aufgefallen ist, antwortete Mr. Moore auf eine Frage gerne mit einer Gegenfrage. »Ihre Firma ausgenommen – wer ist zurzeit der beste Geschäftsmann in Ebb?«

Clem schlug die Augen nieder und antwortete: »Ich weiß es nicht genau. Vielleicht Buzz Busby, aber ich müsste eine Weile darüber nachdenken.«

»Nun, ich bin mit den Talenten hier im Ort nicht so vertraut wie Sie, aber ich hätte da noch einen anderen Kandidaten.«

»Wen?«

»Calvin Millet.«

»Calvin?«

»Denken Sie darüber nach. Er hat es geschafft, ein erfolgreiches Kaufhaus zu führen, als alle anderen im Umkreis von einhundertfünfzig Kilometern schließen mussten. Wie ist ihm das Ihrer Meinung nach gelungen? Mit Glück?«

Clem lehnte sich in seinem Stuhl zurück. Mr. Moore fuhr fort: »Er hat einen Abschluss in Buchführung. Wussten Sie das? Sie sagten, Sie brauchen jemanden, der Ihnen bei der Steuer und dem übrigen Papierkram hilft, und ich wette, Sie suchen auch jemanden, der Ihre Finanzen und Fonds ehrlich verwaltet. Dazu muss man Bilanzen lesen können. Ist es nicht so?«

Clem antwortete immer noch nicht, also bohrte Mr. Moore weiter. »Ich schlage nicht vor, dass Sie ihm sofort alle Zügel in die Hand geben. Er ist noch jung und hat noch nicht viel Erfahrung.«

»Was ist mit dem Kaufhaus?«, fragte Clem. »Wer wird das führen?«

»Sie werden jemanden anstellen müssen.«

»Ich dachte, Sie hätten auch dafür eine Lösung. Das ist ein Problem.«

»Welches Problem ist kleiner: Jemanden zu finden, der das Familienunternehmen managt, oder jemanden zu finden, der unter Calvins Aufsicht ein unabhängiges Kaufhaus führt?«

»Schon verstanden. Ich werde darüber nachdenken. Aber die Frage nach dem Kaufhaus bleibt offen.«

»Ja. Ich schätze, Sie hatten vor, für einige Zeit die Mehrheit der Anteile an Millet's zu übernehmen, gerade in dem Maße, dass Ihre übrigen Investitionen in Ebb nicht gefährdet sind.«

»Gratuliere, Vernon«, entgegnete Clem. »Sie haben den Nagel auf den Kopf getroffen. Meine Interessen haben nichts mit Calvin zu tun; sie haben mit der Zukunftssicherung von Ebb zu tun. Um diese zu garantieren, muss ich die Mehrheitsanteile an Millet's besitzen. Ich bin der einzige Mann in Ebb, der genug Kapital hat, um es am Laufen zu halten.«

»Wirklich, Clem? Die Millet-Familie betreibt dieses Kaufhaus seit vielen Jahrzehnten.«

»Stimmt, doch sie hatte immer zu wenig Kapital. Ich nicht.«

»Aber würde eine niedrigere Beteiligung – sagen wir dreißig oder vierzig Prozent – Calvin nicht genug Geld zur Verfügung stellen, um das Kaufhaus zu sanieren?«

»Ja, aber ich investiere nie, wenn ich nicht die Kontrolle habe.«

Mr. Moore rieb sich das Kinn und antwortete: »Tatsächlich? Haben Sie auch die Mehrheitsanteile an Wal-Mart?«

»Das ist etwas ganz anderes, das wissen Sie.«

»Ich weiß auch, dass Calvin niemals einundfünfzig Prozent der Anteile verkaufen wird, weder an Sie noch an irgendjemand anderen.«

»Falsch. Ich habe ihn bereits so weit. Er kann nicht alles haben. Er hat einfach nicht genug Geld.«

Mr. Moore lachte. »Wissen Sie, aus Ihrem Mund klingt das komisch.«

»Und warum, wenn ich fragen darf?«

»Denken Sie mal nach. Sie sind der Wolf in der Geschichte. Und jetzt wollen Sie, dass die Lämmer auch noch freiwillig ihre letzte Weide hergeben. Glauben Sie, Calvin ist bei der Heilsarmee?«

»Was wollen Sie damit sagen, Vernon?«

»Das Lamm wird nicht freiwillig zur Schlachtbank gehen.« Ohne eine Antwort abzuwarten, fuhr er fort: »Ich bezweifle ernsthaft, dass Calvin Millet irgendein Interesse daran hat, Ihnen die Mehrheitsanteile an seinem Familienunternehmen abzutreten, weil er dann nicht mehr darüber bestimmen kann. Zumindest nicht, ohne Sie vorher um Erlaubnis zu fragen. Aber was viel entscheidender ist: Er hat eine Alternative. Ich weiß das. Ich verfüge über Insider-Informationen.«

Clem schoss nach vorne. »Insider-Informationen? Wovon zum Teufel reden Sie?«

»Ich habe aus zuverlässiger Quelle, dass es einen anderen Kaufinteressenten gibt, einen ernsthaften, betuchten Mitinteressenten, der bereit ist, einen kleineren Anteil zu übernehmen.«

»Verdammt noch mal, Vernon. Ich wusste, dass Sie vorgeschickt wurden. Von irgendeinem fremden potenziellen Käufer. Wer ist es?«

»Denken Sie, was Sie wollen. Es gibt noch einen anderen Bieter. Zufällig scheint es in seinem Interesse zu liegen, einen kleineren Anteil zu erwerben.«

»Wer, zum Teufel?«

»Nun, Clem, ich könnte es Ihnen sagen, aber es würde mehr Spaß machen, Sie einander vorzustellen. Es dauert nur einen Moment.«

»Wie bitte?«

»Es dauert nur einen Moment. Lehnen Sie sich zurück, und entspannen Sie sich.«

Mit diesen Worten griff Mr. Moore zum Telefon, wählte eine Nummer und sagte: »Wir sind so weit.« Dann legte er auf.

»Was war das?«, fragte Clem. »Ein Geheimcode? Ist Ihr mysteriöser Gast unterwegs?«

»Ja«, erwiderte Mr. Moore. »Er wird gleich hier sein. In der Zwischenzeit sollten wir vielleicht über ein Thema reden, das ebenfalls mit der Angelegenheit zu tun hat.«

»Und das wäre?«

»Egal, ob Sie gewinnen oder verlieren, Sie werden Ihre Anteile an Wal-Mart verkaufen müssen.«

»Egal, ob ich *was* gewinne oder verliere?«

»Millet's Kaufhaus. An die andere Partei.«

»Vergessen Sie es, Vernon, so weit wird es nicht kommen. Ich werde nicht verlieren, und ich werde meinen Anteil an Wal-Mart in jedem Fall behalten. Es ist ein gutes Unternehmen.«

»Das mag sein, aber egal, ob Sie ein bedeutender Investor

werden oder nicht, Ihre Bank wird weiterhin Kapital für das Kaufhaus zur Verfügung stellen. Das ist ein Interessenkonflikt.«

»Erlauben Sie mal …«

»Warum? Sie wissen genau, dass Sie sich all das auch schon überlegt haben. Jede Investition, die Sie in Millet's tätigen, egal, in welcher Form, ist für Sie wesentlich wichtiger als jede Investition in Wal-Mart, egal, wie groß diese auch sein mag. Und Sie wissen verdammt genau, warum.«

»Na, da bin ich mal gespannt.«

»Das ist doch offensichtlich. Was passiert mit der Bank, wenn Millet's aufgeben muss? Wenn die Bank untergeht, was passiert dann mit den Immobilienwerten in der ganzen Stadt? Wenn die Immobilienwerte auch nur um zehn Prozent fallen, wie viel Geld verlieren Sie dann?«

»Das sind vertrauliche Daten.«

»Und das ist auch gut so, denn es wären eine Menge Nullen zwischen dem Dollarzeichen und der Dezimalstelle, nicht wahr?«

Clem räusperte sich, erwiderte aber nichts. Mr. Moore fuhr fort: »Es gibt noch einen weiteren Grund, warum Sie veräußern sollten.«

»Und der wäre?«

»Die halbe Stadt weiß, dass Sie in Wal-Mart investiert haben. Solange Sie Ihre Anteile behalten, werden die Leute Angst haben, besonders dann, wenn Sie gleichzeitig die Mehrheitsanteile am Millet's erwerben.«

»Wollen Sie mir etwa erzählen, ich solle meine Geldangelegenheiten danach richten, was andere Leute denken?«

»Nein. Das wäre ein Fehler. Aber mit der Angst ist es etwas ganz anderes. Wenn Sie die Leute mit dem, was Sie tun, verschrecken, dann sollten Sie noch einmal nachdenken. Ein starker Mann macht den Leuten keine Angst, er nimmt sie ihnen.«

»Verdammt noch mal, Vernon, diese Investitionen sind meine persönliche Angelegenheit. Die Leute in der Stadt sollten davon noch nicht einmal etwas wissen.«

»Zu spät, Clem. Sie wissen es.«

»Und wie werden sie es erfahren, wenn ich veräußern würde?«

»Muss ich Ihnen diese Frage wirklich beantworten? Wenn ich mich nicht irre, würde innerhalb einer Stunde ein Freudenfest ausbrechen.«

Clem räusperte sich wieder und sagte: »Ich warte immer noch darauf, dass sich Ihr Hintertür-Mitbieter zeigt. Sagten Sie nicht, er hätte es nicht weit?«

Mr. Moore überlegte gerade, wie er etwas Zeit gewinnen könnte, als Clems Handy klingelte. Er antwortete: »Hallo?«

Buford Pickett war am anderen Ende. »Der Richter hat die Forderung abgesegnet, Mr. Tucker. Ich gebe sie nun weiter.«

»Wo sind Sie?«

»Ich war im Kaufhaus, aber Lily sagte mir, Calvin sei zu Hause. Ich bin jetzt auf dem Weg nach Carson.«

»Haben Sie Lily irgendetwas über Ihre Absichten mitgeteilt?«

»Nein, Mr. Tucker. Ich sagte lediglich, es handele sich um eine wichtige Bankangelegenheit.«

Ehe Clem antworten konnte, klopfte es an der Tür. Mr. Moore sagte: »Ich glaube, das ist unser geheimnisvoller

Gast. Herein!« Die Tür öffnete sich, und herein spazierte niemand anders als Clara Tucker Booth Yune, frisch zurechtgemacht in ihrem leuchtendsten roten Trainingsanzug und weißen Turnschuhen. Sie sah aus, als machte sie Werbung für ein Wellnesscenter.

Ich glaube, Clem traf das etwas unvorbereitet. Er sprang von seinem Stuhl auf und rief: »Clara, bist du das?«

Lächelnd antwortete sie: »Ja.«

Mr. Moore bot ihr einen Platz an.

Clem redete in sein Handy: »Buford, sind Sie noch dran?«

»Ja, Mr. Tucker.«

»Fahren Sie rechts ran.«

»Was?«

»Fahren Sie rechts ran, verdammt noch mal, und warten Sie dort, bis Sie von mir hören. Ist das klar?«

»Ja, Mr. Tucker.«

»Ich meine es ernst, Buford. Und rufen Sie mich nicht an. Ich bin in einer wichtigen Besprechung. Warten Sie dort, wo Sie sind.«

»Ja, Mr. Tucker.«

Bedächtig schaltete Clem sein Handy aus. Dann sah er Mr. Moore an und sagte ruhig: »Welchem Umstand verdanken wir die Freude, meine liebe Clara?«

»Sie antwortet immer noch nur mit Ja und Nein«, entgegnete Mr. Moore. »Diese Frage muss ich für sie beantworten. Clara ist daran interessiert, Anteile am Kaufhaus zu erwerben.«

Clem starrte immer noch auf Mr. Moore und fragte: »Stimmt das, Clara?«

Sie lächelte freundlich und bejahte.

»Glaubst du, dass dir dieser Fremde hier, dieser Vertreter, alles erzählt hat, was du über die Situation wissen musst?«

Clara antwortete wieder: »Ja.«

»Schön. Hast du auch nur irgendeine Vorstellung davon, was dich dieser Akt der Nächstenliebe kosten wird?«

Mr. Moore antwortete für Clara: »Wir sind nicht alle Zahlen im Detail durchgegangen, aber ich glaube, ich habe Clara eine klare Vorstellung davon gegeben, wie hoch die Investition ausfallen wird und was sie sich davon versprechen kann.«

»Ich nehme an, Sie haben ihr auch gesagt, dass das Unternehmen kein Kapital mehr hat und Calvin fast pleite ist. Hat er dir das auch erzählt, Clara?«

»Ja.«

»Mein Vorschlag wäre«, sagte Mr. Moore, »dass Clara Calvin einen kleinen Überbrückungskredit auf der Grundlage des Grundstücks seines früheren Hauses gibt, so etwa vierzig- bis fünfzigtausend Dollar. Das sollte ihm genug Spielraum geben, die Zahlen mit Claras Vertretern durchzusprechen und einen fairen Preis auszuhandeln. Was meinen Sie?«

»Ich meine, dass Sie mir gerade das Geschäft ruiniert haben, Vernon.«

»Wie kommen Sie denn darauf? Ich habe nichts getan, als einen weiteren Interessenten ins Spiel zu bringen. Es kann immer noch geboten werden. Im Grunde haben Sie ja noch gar nicht damit angefangen. Als erfahrener Investor und Eigentümer der ortsansässigen Bank müssten Sie doch eigentlich einen enormen Vorteil in den Verhandlungen haben, oder?«

»Vernon ...«

»Kommen Sie schon, Clem. Wie groß soll Ihr Vorteil denn noch sein?«

Clem saß nur da und schüttelte den Kopf. Schließlich sagte er: »Wissen Sie, ich kann mich nicht daran erinnern, wann ich das letzte Mal so verärgert war. Dies ist meine Stadt, ich mache damit, was ich ...«

Tja, ich glaube, Clara hatte für diesen Tag genug von Gesellschaft. Sie stand auf und sagte: »Verdammt noch mal, Clem, du warst schon als Kind so wehleidig. Ich bin ein Interessent für das Kaufhaus. Entweder du bist dabei, oder du steigst aus, aber hör auf herumzujammern.« Ich schwöre, genau das waren ihre Worte, und dann ging sie ohne ein weiteres Wort hinaus.

Die beiden Männer starrten einen Moment auf die offene Tür, dann sah Clem Mr. Moore an und sagte: »Millet's ist der Dreh- und Angelpunkt dieser Gegend. Deshalb werde ich Hauptanteilseigner werden, und meine verrückte Schwester wird keinen einzigen Anteil daran bekommen. Ich hoffe, Sie haben mich verstanden.«

»Ich habe keine Zweifel, dass Sie sich am Ende durchsetzen werden, Clem, ganz und gar nicht. Ich wollte lediglich ein Element der Ungewissheit ins Spiel bringen. Der Handel wird dadurch wesentlich interessanter für Sie.«

»Wissen Sie, was größere Unsicherheit im Geschäft bedeutet, Vernon? Es bedeutet, es wird teurer.«

»Vielleicht, aber der Nutznießer wird der Vater Ihrer Enkelin sein, und er braucht Ihre Hilfe.«

Clem murmelte etwas Unverständliches und sagte dann: »Bevor wir zum Essen gehen – haben Sie noch weitere Überraschungen für mich?«

Mr. Moore lächelte. »Nun, ich habe noch die eine oder andere Idee. Wo wir gerade von Calvin reden: Ich glaube, Sie sollten dafür sorgen, dass er und seine Tochter ins River House ziehen. Ich kann mir keinen schöneren Ort denken, an dem sie ihre letzten Tage verbringen könnte. Lassen Sie auch Marie dort, damit sie für Calvin und Lucy kochen kann.«

»Nun, darauf kann ich mich einlassen.«

»Nicht so schnell. Ich möchte, dass Sie Ihr Angebot an eine Bedingung knüpfen.«

»Was für eine Bedingung?«

»Daran, worüber wir gestern Abend gesprochen haben. Calvin hat versprochen, dass er Lucy selbst über ihre letzten Tage entscheiden lassen wird, aber das erfordert, ihr die Wahrheit über ihre Chancen zu sagen. Ich weiß, dass er immer noch kalte Füße hat – welcher Vater hätte das nicht? Deshalb möchte ich, dass Sie Ihr Angebot davon abhängig machen, dass er verspricht, ihr die Chance zu geben, über ihr eigenes Schicksal zu entscheiden.«

»Sie sagten, er habe es Ihnen bereits versprochen.«

»Sie sind ihr Großvater. Ein Versprechen Ihnen gegenüber zählt mehr. Meinen Sie nicht?«

»Ja.«

»Gut. Dann sollten Sie das River House zusammen mit Ihrem Angebot für eine Minderheitenbeteiligung an Millet's zu einem Paket schnüren. Ich glaube ehrlich gesagt nicht, dass Clara unter diesen Umständen eine Chance hat mitzuhalten – außer natürlich, Sie bestehen weiterhin auf einer Mehrheitsbeteiligung.«

»Würden Sie mir das bitte noch einmal erklären?«

»Calvin braucht ein Haus. Sie haben zwei. Das ist eine einfache Rechnung. Aber ich fürchte, Sie müssten Ihre Trophäen abhängen. Calvin und Lucy sind sicher nicht begeistert von all den toten Tieren.«

»Warum zum Teufel sollte ich das tun? Ich liebe diesen Ort und suche ganz sicher nicht nach einem Erben.«

»Tatsächlich? Wenn mich meine Intuition nicht trügt, haben Sie doch schon einen Plan in der Schublade. Aber wie auch immer, Calvin braucht ein Haus und Hilfe bei seinen persönlichen Finanzen. Sie haben ein Haus übrig, mehr Geld als Krösus und ein persönliches Interesse daran, dass Millet's weiterläuft. Das ist alles, was ich noch zu sagen hatte.«

»Wirklich alles?«

»Nun, jetzt, wo Sie es sagen, eine Sache noch. Ich möchte, dass Sie ein Gesetz durchbringen.«

»Ein Gesetz? Sie sind ein wandelndes Kunstwerk, Vernon. Sie müssen scherzen. Wie in aller Welt sollte ich ein Gesetz durchbringen?«

»Sie sind ein einflussreicher Mann, Clem. Sie haben Beziehungen zu jedem hier im Staat, der eine bedeutende Position innehat. Sie alle werden dieses Gesetz absegnen, das verspreche ich Ihnen. Jeder wird gut dabei wegkommen.«

»Was für ein Gesetz soll das sein? Da bin ich aber gespannt!«

»Der Entwurf wird gerade noch von einem Juristen ausgearbeitet. Sie bekommen ihn vor Ende nächster Woche.«

»Ist das alles, was Sie mir darüber sagen können?«

»Im Moment ja.«

Clem schüttelte den Kopf. »Das ist wahrscheinlich die außergewöhnlichste Bitte, von der ich je gehört habe.«

»Vielleicht, aber werden Sie es tun?«

»Ich werde mir den Entwurf von Ihrem Juristen ansehen. Auf mehr kann ich mich zu diesem Zeitpunkt nicht einlassen, und das wissen Sie. Nun, gibt es sonst noch etwas? Soll ich vielleicht eine Einladung zum Abendessen im Buckingham-Palast organisieren?«

»Das ist ein reizendes Angebot, und ich bin sicher, Sie könnten das arrangieren, aber mehr will ich gar nicht. Sie sind auf dem richtigen Weg, ich habe das schon gesehen, als wir uns im River House getroffen haben. Mit Ausnahme des Gesetzesentwurfs, der Ihnen bald zur Ansicht vorliegen wird, war unter meinen Vorschlägen wahrscheinlich kein einziger Punkt, an den Sie nicht vorher schon selbst gedacht hatten.«

»Das mag schon sein«, erwiderte Clem, »aber habe ich Ihnen den Eindruck vermittelt, irgendeinem Ihrer Vorschläge zugestimmt zu haben? Außer, dass Calvin und Lucy im River House wohnen sollen, natürlich.«

»Ja. Das haben Sie.«

»Wie bitte? Wann denn?«

»Erinnern Sie sich noch an meine Frage während unseres Frühstücks im River House?«

»Sie haben mich eine ganze Menge gefragt. Welche meinen Sie?«

»Die wichtige – die über die drei besten Momente in Ihrem Leben.«

»Ja. Und?«

»Keiner dieser Momente hatte etwas mit Geld zu tun, Clem. Ich glaube, das war Ihnen neu, nicht wahr?«

Clem antwortete nicht. Mr. Moore fuhr fort. »Wenn ich mich recht erinnere, war einer der drei Spitzenreiter der Tag, an dem Sie das erste Mal Sex hatten. Nun, ich will diesen Augenblick nicht schmälern – jeder Mann erinnert sich mit Stolz und auch ein wenig Traurigkeit daran –, aber für einen Mann Ihres Alters und Ihrer Möglichkeiten sollte er inzwischen nicht mehr auf einem der ersten drei Plätze rangieren. Den Vater Ihrer Enkelin zu retten wäre wesentlich erinnerungswürdiger, meinen Sie nicht?«

»Sind Sie jetzt endlich fertig?«, knurrte Clem.

»Eine kleine Frage habe ich noch.«

Clem schüttelte den Kopf. »Erbarmen! Was könnten Sie jetzt noch wollen?«

»Nur noch eine kleine Sache. Es ist etwas Persönliches. Wilma spricht davon, dass sie einen Geist auf der Treppe sieht. Sein Name ist Silas II. Ich weiß, dass Sie in diesem Haus aufgewachsen sind. Haben Sie ihn je gesehen?«

»Das bleibt unter uns?«

»Natürlich.«

»Ich meine es ernst, Vernon. Ich will nicht, dass Wilma oder irgendjemand anders davon erfährt.«

»Ich schwöre bei allem, was mir heilig ist.«

»Tja dann: ja. Ich habe ihn wahrscheinlich ein Dutzend Mal gesehen. Immer nachts, und als ich klein war, habe ich mich halb zu Tode gefürchtet. Ich hatte den Eindruck, er erschien immer dann, wenn ein wichtiges Ereignis bevorstand.«

Vernon lächelte. »Danke, Clem. Vielen Dank. Ich werde schweigen wie ein Grab. Ehrenwort.«

»Schon gut, aber warum mussten Sie mich nach Silas fragen? Da Sie ja selbst ein Geist sind, dachte ich, Silas und Sie wären längst gute Freunde.«

Mr. Moore entgegnete: »Wir sind uns zu meinem Bedauern noch nie begegnet.«

»Warum in aller Welt bedauern Sie das?«

»Nach meiner Theorie gibt es tausende von unterschiedlichen Existenzen nach dem Tod, aber einigermaßen sicher bin ich mir nur bei drei Typen. Silas wäre der vierte.«

»Ich dachte, Sie sagten, wir könnten niemals sicher mit einem Leben nach dem Tode rechnen.«

»Das können wir auch nicht, Clem. Das ist eine der Möglichkeiten.«

Clara lehnte meine Einladung zum Essen an diesem Abend ab, aber es herrschte dennoch eine höchst aufgeladene Stimmung. Clem saß am Kopf der Tafel, wie er es immer tut – auch wenn er bei jemand anderem eingeladen ist. Ich saß am anderen Tischende. Mona saß links von mir zwischen ihren beiden Jungs und Loretta rechts von mir neben Mr. Moore. Hank Wiley tauchte unangekündigt mitten während des Salatgangs auf und setzte sich zwischen Loretta und mich. Als wir mit dem Essen fertig waren, hätte man keine Kreditkarte mehr zwischen Loretta und Mr. Moore schieben können. Ich nehme an, ich habe bereits erwähnt, dass diese Frau keinen Anstand hat.

Als Hauptgang servierte ich gegrilltes Schweinefleisch mit Preiselbeersauce, die Matthew nicht essen wollte, Naturreis, den Mark nicht essen wollte, und Rosenkohl, den weder Clem noch Mr. Moore auch nur mit Stäbchen berührt hätten. Hank Wiley, der Gute, isst alles, was einmal lebendig war, solange es heiß, kalt oder mit Raumtemperatur serviert wird.

Das Gespräch drehte sich die meiste Zeit um Lucy und ihr wiedererlangtes Bewusstsein. Ich machte mir zuerst Sorgen, wie Matthew und Mark die Sache aufnehmen würden, aber Mark war sehr mitfühlend. Er fragte sogar, ob er Lucy besuchen dürfe, und Clem erbot sich, die beiden Jungen zu fahren. Matt dagegen war mürrisch. Was für eine Überraschung!

Nach dem Essen halfen mir Clem und Mona beim Abräumen, während Mr. Moore Loretta und den Jungen ein Kartenspiel zeigte, das er FanTan nannte. Dann geschah etwas Unaussprechliches: Clem Tucker krempelte seine Ärmel hoch und half Mona, das Geschirr abzuspülen. So wahr ich hier stehe: Ich habe noch nie einen Mann so etwas tun sehen, schon gar nicht einen Feudalherren. Als ich mich wieder gefangen hatte, verspürte ich den unwiderstehlichen Drang, die Neuigkeitenzentrale der Stadt anzurufen. Am Ende entschied ich mich aber doch dagegen, ich wollte seinen Ruf nicht wegen einer einzigen guten Tat ruinieren. Er wird wohl nie erfahren, wie knapp er der Enthüllung seines weichen Kerns entronnen ist.

Sobald das Geschirr abgeräumt war, gab Clem mir und Mona einen Kuss auf die Wange und ging dann in mein Büro, als wäre es immer noch sein eigenes. Von dort rief er Calvin Millet an. Als dieser ans Telefon ging, fragte Clem: »Wie geht es Lucy heute Abend?«

»Sie isst gerade etwas Suppe. Sie redet so viel, dass ich kaum zu Wort komme, und sie scheint keine großen Schmerzen zu haben. Wir sind alle hocherfreut.«

»Das bin ich auch. Was für wunderbare Neuigkeiten! Das ist alles, was ich wissen wollte.«

»Was ist mit dem Kaufhaus?«

»Was soll damit sein?«

»Du wusstest, dass Buford gedroht hat, meinen Kredit einzufordern, nicht wahr?«

»Nein, das wusste ich nicht. Aber mach dir deswegen keine Sorgen. Buford ist nicht der Chef der Bank, das bin ich. Wir haben später noch genug Zeit, über das Kaufhaus zu sprechen. In der Zwischenzeit schickst du Lily zur Bank zurück, um diesen Zehntausend-Dollar-Scheck einzulösen. Ich werde die Sache veranlassen. Wenn du mehr brauchst, dann lass es mich einfach wissen.«

»Clem, geht es dir gut?«

»Ich weiß es nicht, Calvin. Ich glaube, ich habe mich bei einem Handlungsreisenden angesteckt. Wahrscheinlich geht das bald vorüber, deswegen tust du besser, was ich dir sage.«

»Na gut. Ich werde Lily losschicken.«

»Grüß Lucy von mir.«

»Das werde ich tun, Clem. Und danke.«

»Gern geschehen. Gute Nacht.«

Clem kam in die Küche zurück und erzählte uns die guten Neuigkeiten von Lucy. Loretta öffnete eine weitere Flasche von meinem Wein, und wir saßen alle um den Küchentisch herum und lachten und redeten. Es war wie in alten Zeiten, bevor das Fernsehen erfunden wurde.

Um halb elf bekam ich einen Anruf von Dottie Hrnicek. »Eine von meinen Beamtinnen kam gerade mit der Meldung rein, dass Buford Pickett auf dem Seitenstreifen der Ausfahrt von Highway dreiundsiebzig steht, westlich von Carson. Offensichtlich geht es ihm gut, und sein Auto läuft normal. Er sagt, er warte auf einen wichtigen Anruf, aber er will nicht verraten, um was es sich handelt. Weißt du etwas davon?«

Zu diesem Zeitpunkt wusste ich nichts davon, deshalb sagte ich: »Leider nicht, Dottie, aber Clem Tucker ist hier. Ich könnte ihn fragen. Er weiß wahrscheinlich mehr.«

»Bevor du das tust, Wilma, lass uns die Sache erst zu Ende denken. Wohin wollte Buford wohl um diese Uhrzeit?«

»Denkst du, was ich denke?«

»Genau. Ich denke, er war unterwegs zu Calvin, und irgendetwas hat ihn aufgehalten.«

»Tja, was sollen wir machen?«, fragte ich.

Dottie dachte nach und sagte dann: »Was auch immer er dort wollte, ich glaube nicht, dass es sich um einen privaten Besuch handelte. Ich habe noch nie gehört, dass Buford so etwas macht. Nachdem er nun feststeckt, warum lassen wir ihn nicht einfach dort? Ich lasse ihn alle halbe Stunde überprüfen.«

»Das ist wahrscheinlich eine gute Idee. Hältst du mich auf dem Laufenden?«

»Natürlich, meine Liebe. Ich wünsche dir einen schönen Abend.«

»Ich dir auch. Danke für den Anruf.«

Kurz darauf musste Mark ins Bett, und Matthew verschwand etwa gleichzeitig im Fernsehzimmer, aber Clem, Hank und Loretta blieben so lange, dass ich schon daran dachte, sie zu bitten, sich in der Gästeliste des Hauses einzutragen. Nach Mitternacht gingen sie endlich alle nach Hause. Clem nahm Loretta in seinem Porsche mit. Mona brachte Matthew ins Bett, sodass am Ende Mr. Moore und ich alleine in der Küche saßen.

Er sagte: »Wilma, ich hatte wunderschöne Tage hier im Come Again, aber jetzt ist es Zeit für mich zu gehen.«

»Wirklich?«, fragte ich.

»Ich muss weiter. Calvin wird jetzt beinahe seine ganze Zeit mit Lucy verbringen, und so sollte es auch sein. Ich muss Montag früh in Trinidad sein.«

»Trinidad? In der Karibik?«

»In Colorado. Eine hübsche Stadt, ähnlich wie Ebb, aber am Fuße der Rocky Mountains.«

Ich wollte einfach noch nicht aufgeben. »Hat Calvin Ihnen Spiele abgekauft, Mr. Moore?«, fragte ich.

»Nein. Vielleicht tut er es später. Ich erwarte nicht immer schon bei meinem ersten Besuch einen durchschlagenden Erfolg.«

»Sind Sie sicher, dass Sie jetzt abreisen sollten? Hat Calvin inzwischen mit Lucy über ihren Zustand gesprochen?«

»Nein, Wilma, bisher noch nicht. Aber ich bin zuversichtlich, dass er es tun wird. Falls er doch noch zaudert, werden ihn Clem und Hank sicher an seine Verpflichtungen erinnern. Sie sollten das auch tun.«

»Das werde ich, Mr. Moore.« Dann fügte ich hinzu: »Sie wissen, dass Sie Lorettas Herz brechen, wenn Sie gehen.«

Er sah mich mit seinen blitzenden blauen Augen an und

antwortete: »Das glaube ich nicht, Wilma, und Sie auch nicht. Wie auch immer, ich treffe mich jetzt gleich mit ihr. Wenn ich ihr Herz breche, steht es unentschieden.«

»Dann brauchen Sie voraussichtlich einen Hausschlüssel, nicht wahr?«, fragte ich.

Ich wartete keine Antwort ab, sondern holte ihm einfach einen. Dann fragte ich: »Wann reisen Sie morgen ab?«

»Bei Tagesanbruch. Sie haben ja meine Daten. Ich wäre Ihnen dankbar, wenn Sie mir die Rechnung per E-Mail schicken könnten.«

»Was ist mit Ihrer Heimatadresse? Kann ich sie auch dorthin schicken?«

»Das könnten Sie, Wilma, wenn ich eine hätte. Wissen Sie, ich bin ein Handlungsreisender. Sollten Sie mir einmal etwas schicken müssen, können Sie meine Geschäftsadresse nutzen.«

Wir standen beide auf. Mir kamen die Tränen. Mr. Moore wollte mir die Wange tätscheln, aber ich packte ihn und umarmte ihn stürmisch – und als er hinausging, rief ich noch im selben Moment Loretta an.

KAPITEL 18

Die letzte Insel der Seligen

Als Mr. Moore bei Loretta ankam, erwartete sie ihn in einem schwarzen Kleid, das vom Hals bis zu den Zehen zugeknöpft war. Oder besser gesagt, das man vom Hals bis zu den Zehen hätte zuknöpfen können. Loretta stand Schwarz gut, aber sie hielt nicht viel davon, ein Kleid unterhalb der Knie oder oberhalb des Dekolletéansatzes zu schließen, wenn Sie wissen, was ich meine. Sie führte Mr. Moore nach oben in ihr Wohnzimmer, das einer englischen Bibliothek aus dem neunzehnten Jahrhundert ähnelt. Sie muss zehn Bücherregale in diesem Zimmer haben, einige davon mehr als zwei Meter hoch und alle bis zum Rand mit Büchern gefüllt.

Mr. Moore nahm auf einem hübschen perlmuttfarbenen Queen-Anne-Sofa Platz, an dessen Enden jeweils ein passendes Tischchen steht. Loretta setzte sich auf das andere Ende des Sofas, zog die Beine unter sich und sah Mr. Moore an.

Er sah sich im Zimmer um und sagte: »Du wohnst wirklich hübsch, Loretta. So schöne Möbel und so viele Bücher.«

Sie erwiderte leise: »Du hättest es mir gestern Abend sagen können.«

Mr. Moore lächelte. »Gestern Abend wusste ich es noch nicht sicher, aber hätte es denn einen Unterschied gemacht?«

»Nein, aber ich hätte es gerne gewusst. Wann wirst du abreisen? Schon morgen?«

»Bei Tagesanbruch, ja. Sobald ich zurück im Come Again bin. Ich habe schon alles gepackt und bin reisefertig.«

»Wohin willst du, wenn ich fragen darf?«

»Nach Trinidad.«

»In Colorado? Ein Cousin von mir ist dorthin gezogen.«

»Nein, in der Karibik.«

»Hmm, ich nehme an, du legst keinen Wert auf Reisegesellschaft?«

»Das ist ein liebenswürdiges Angebot. Wenn ich die Wahl hätte, würde ich dich sicherlich mitnehmen, aber ich muss alleine gehen.«

»Warum?«

»Das ist mein Job, Loretta. Ich bin Handlungsreisender. Ich arbeite allein.«

»Vern, mein Lieber, keine Menschenseele in Ebb glaubt, dass du ein Handlungsreisender bist. Ich wollte in meinem Laden schon Wetteinsätze auf deinen wahren Beruf annehmen, aber ich hatte Angst, dass wir niemals die Wahrheit herausbekommen würden. Damit werde ich nun wohl Recht behalten.«

Mr. Moore lächelte sanft und sagte: »In Ordnung, Loretta. Was würdest du gerne wissen?«

Die Antwort kam ohne Zögern: »Ich möchte wissen, was du wirklich tust.«

»Das ist einfach. Ich bin Vertreter.«

»Und was verkaufst du? Das mit den Spielen stimmt doch nicht.«

Wieder einmal antwortete Mr. Moore mit einer Gegenfrage. »Sag mir, glaubst du, dass die Dinge sich zum Besseren oder zum Schlechteren wenden?«

Sie dachte einen Moment darüber nach und antwortete dann: »Ich weiß nicht. Meinst du für mich persönlich oder für jeden?«

»Für jeden.«

»Das ist einfach. Zum Schlechteren.«

»Warum, Loretta? Wegen der Umwelt? Der Lebenshaltungskosten? Der Steuern? Warum?«

»Das kann ich dir sagen. Es gab mal eine Zeit, als Kinder in die Schule gehen konnten, ohne auf dem Schulweg ihr Leben zu riskieren. Es gab mal eine Zeit, als ich ein Flugzeug besteigen konnte, ohne mich vorher auszuziehen. Es gab mal eine Zeit, als ich den Fernseher anschalten konnte und nicht ein Programm sah, das einen Hafenarbeiter erröten lassen würde. Es gab mal eine Zeit, in der zumindest einige unserer Abgeordneten nicht riesige Flächen Wald für eine Tausend-Dollar-Wahlkampfunterstützung verkauft hätten. Ich bin nach Ebb gezogen, weil ich unter netten Menschen leben wollte. Ebb ist die letzte Insel der Seligen. Überall sonst werden die Leute böser und böser. Bösartigkeit ist die neue Leitkultur. Deshalb entwickeln sich die Dinge zum Schlechteren. Glaubst du nicht, dass ich Recht habe?«

»Doch, Loretta. Ich denke, du hast den Nagel auf den Kopf getroffen. Aber warum? Warum meinst du, dass die Menschen immer böser werden?«

»Darüber habe ich noch nicht viel nachgedacht. Ich nehme aber an, du hast darauf eine Antwort.«

»Es ist eher eine Theorie.«

»O-oh. Im Stil der Hühner-Allegorie oder eher wie das Paradoxon des gütigen Gottes?«

»Wer hat dir denn davon erzählt? Wilma?«

»Ja, ganz recht. Und ich glaube, ich habe es verstanden. Ich habe auch die Sache mit den Hühnern verstanden. Deswegen überlege ich, ob ich nicht lesbisch werden sollte, aber nicht heute Abend. Im Moment hoffe ich auf eine ehrliche Antwort.«

»In Ordnung. Der Grund ist, dass wir unseren bedingungslosen Glauben verloren haben.«

»Bedingungslosen Glauben? Was um Himmels willen meinst du denn damit, Vernon Moore?«

»Er ist verschwunden. Zweitausend Jahre lang war der bedingungslose Glaube das Herzstück unseres Verhaltens. Indem er uns versprach, in einem wie auch immer gearteten Leben nach dem Tod unsere guten Taten zu belohnen und unsere schlechten zu bestrafen, sagte uns unser bedingungsloser Glaube, wie wir uns verhalten sollten. Er lehrte uns, was gut war und was schlecht. Vor allem die Drohung ewiger Verdammnis half uns, unsere niedrigeren Instinkte unter Kontrolle zu halten.«

»Das stimmt, aber die meisten Leute glauben nicht mehr an diese altmodische Religion.«

»Das ist genau das, was ich meine. Es gibt sie nicht mehr. Als Spezies haben wir unseren bedingungslosen Glauben verloren, besonders diejenigen von uns, die auf der westlichen Halbkugel leben. Damit haben wir aber auch unsere Ehrlichkeit, unsere Ehre, unser Mitgefühl und unsere Nächstenliebe verloren. Deswegen stehen die Dinge schlechter. Anstatt in den letzten fünfzig Jahren eine freundlichere und sanftere Spezies zu werden, sind wir gemeiner und selbstsüchtiger geworden.«

Loretta schüttelte den Kopf und erwiderte: »Ich weiß, dass du Recht hast, mein Lieber, aber das klingt langsam nach einer Sonntagspredigt. Wie wir einfachen Leute zu sagen pflegen: Warum redest du nicht endlich Klartext?«

Mr. Moore sah ihr in die Augen und antwortete: »Es gibt vier Menschentypen auf der Welt, Loretta. Der erste Typ braucht Hilfe, um überleben zu können: die Kleinen, die Älteren, die Kranken, die Armen. Der zweite Typ kommt alleine zurecht. Der dritte kümmert sich um sich selbst und außerdem noch um andere. Sie sind das Herzstück jeder Gesellschaft: liebende Eltern, Personen mit Führungsqualitäten, Menschen, die ihr Leben der Medizin, der Rechtsprechung, der Feuerbekämpfung, dem Schutz des Vaterlandes und der Nächstenliebe widmen. Von allen Menschen dieser Erde sind sie die wichtigsten, weil sie sich um solche kümmern, die Hilfe brauchen. Leider gibt es aber noch einen vierten Typ – denjenigen, der anderen Leuten etwas wegnimmt, um zu überleben. Das ist der schwächste Typ von uns: Kriminelle, Betrüger und leider auch viele unserer Staatsmänner. Ein Grund dafür, dass alles schlechter wird, ist, dass so viele unserer Größen aus Wirtschaft und Politik sich auf Kosten ihrer Wähler persönlich bereichern. Mit anderen Worten: Sie sind nicht länger unsere Stärksten, sondern unsere Schwächsten. Ich könnte dir tausend Beispiele dafür nennen, aber ich glaube, das ist nicht notwendig.«

»Amen. Aber was ist die Lösung? Glaubst du, wir müssen unseren bedingungslosen Glauben wieder finden?«

»Nein. Wir müssen uns weiterentwickeln. Wir müssen über den bedingungslosen Glauben hinauskommen.«

»Wohin, Vernon? Was in aller Welt könnte bedingungslosen Glauben ersetzen?«

Mr. Moore beugte sich ein wenig vor und erwiderte: »Vernunftbegründeter Glaube. Ich glaube ... nein, ich bin zu dem logischen Schluss gekommen, dass ein Leben nach dem Tod Sinn macht. Deshalb macht auch der Glaube an Gott Sinn.«

»Darum geht es also bei deinen Paradoxa des gütigen Gottes: vernunftbegründeter Glaube?«

»Ja, ganz genau.«

»Dann willst du mir also erzählen, dass du vernunftbegründeten Glauben verkaufst. Warst du bei Calvin Millet erfolgreich?«

»Ich habe Calvin Hoffnung gegeben. Dabei habe ich mich des vernunftbegründeten Glaubens bedient, nicht des blinden Glaubens.«

»Hm, das war wirklich schlau von dir, Vernon, aber hat er sie auch angenommen? Ich glaube, er braucht eine Menge Hoffnung. Hat er genug davon gekauft?«

»Das wird sich in den nächsten Monaten zeigen.«

Loretta stieß einen leisen Pfiff aus und sagte: »Hoffentlich reicht es. Wenn es mit dem Kaufhaus bergab geht, wird Ebb zu einer Geisterstadt. Und wir brauchen wirklich keine jüngere Ausgabe von Clem Tucker, der noch mehr Ärger in die Stadt bringt.«

»Sei nicht zu hart mit Clem, Loretta«, erwiderte Mr.

Moore. »Gib ihm noch eine Chance. Seine Erfahrungen decken sich auf unheimliche Weise mit denen von Calvin, aber ich glaube, er macht gerade den Schritt vom ›Ich‹ zum ›Wir‹ durch. Wenn er diesen Test besteht, wird es ein Segen für die ganze Gegend hier sein.«

»Ich nehme an, du hast auch ihm ein wenig vernunftbegründeten Glauben angedreht.«

»Ich habe mein Bestes versucht.«

»Hast du ihm von den vier Menschentypen erzählt? Dieser Mann könnte ein strahlendes Beispiel für den vierten Typus abgeben.«

»Ich habe ihm davon erzählt, Loretta.«

»Tatsächlich? Auch von dem vierten?«

»Auch von dem vierten, genau wie dir.«

»Wie hat er reagiert? Ist er wütend geworden?«

»Nein, er hat es ganz gut aufgenommen.«

»Das ist gut. Er hat es weiß Gott nötig, andere Interessen zu entwickeln, als nummerierte Kupferstiche von toten Präsidenten zu sammeln.« Loretta verzog ihren Mund zu einer Schnute. »Aber jetzt bin ich verletzt, mein Lieber. Warum hast du mir deinen vernunftbegründeten Glauben vorenthalten?«

Mr. Moore lachte. »Du brauchst das nicht. Du bist bereits eine liebende, mitfühlende Frau. Alles, was du brauchtest, war ein kleiner Einblick in die männliche Seele. Deswegen habe ich dir gestern Abend diese Geschichte erzählt.«

»Ich hab verstanden, Vern. Du hast mir erzählt, was ich schon wusste: Jeder Mann, den ich jemals liebe, wird mich verlassen. Ist das so?«

»Ja.«

Danach wusste keiner der beiden, was er sagen sollte, deshalb saßen sie schweigend da. Nach einiger Zeit streckte sich Loretta und gähnte herzhaft und ausgiebig. Ich weiß nicht, ob die Männer unter Ihnen das schon einmal bemerkt haben, aber wenn sich eine Frau in dieser Weise streckt, dann ist das ein eindeutiges Zeichen: Komm her! Als sie mit Gähnen fertig war, sagte Loretta: »Ich weiß, dass es spät ist, aber hast du noch Lust auf eine kleine Herausforderung?«

Mr. Moore lächelte und antwortete mit einer Gegenfrage: »An was hattest du denn gedacht?«

Sie berührte den Ausschnitt ihres Kleides und antwortete: »Mein Kleid hat vierundzwanzig Knöpfe, die Hälfte davon habe ich bereits aufgeknöpft. Nun, wie viele davon kannst du bis Sonnenaufgang öffnen?«

Mr. Moore lachte und beantwortete ihre Frage mit – richtig – einer Gegenfrage. »Nun, ich habe nicht viel Zeit. Willst du eine schriftliche Kalkulation, oder kann ich es einfach versuchen?«

Ich schätze, die beiden hatten danach ziemlich viel zu lachen, zumindest für eine Weile.

Als ich am Sonntagmorgen um halb sieben herunterkam, um Frühstück zu machen, fand ich in der Küche Loretta Parsons, die Rotwein aus einem billigen alten Wasserglas trank. Ich sah ihr sofort an, dass sie die ganze Nacht mit Sie-wissen-schon-wem verbracht hatte. Ich wollte etwas sagen, aber ehe ich auch nur ein Wort herausbrachte, sagte sie: »Er ist weg, Wilma. Genau wie du gesagt hast. Aber er hat das hier für dich dagelassen.«

Loretta deutete auf ein Geschenk auf dem Küchentisch.

Es war in hellblaues Papier gewickelt und mit einem zinnfarbenen Band verschnürt. Ich bin sicher, dass das unpassend war, aber ich packte es sofort aus, direkt vor Lorettas Augen. Darin war die hübscheste schwarz lackierte Holzschachtel, die ich jemals gesehen habe. Auf jeder Seite waren kleine Zweige und Blüten aus Perlmutt eingesetzt, auf dem Deckel hob ein Kranich von einem länglichen Gewässer ab, in dem sich ein goldgelber Mond spiegelte. In der Schachtel fand ich ein zusammengefaltetes Stück handgeschöpften Briefpapiers mit einer handschriftlichen Nachricht von Mr. Moore. Sie lautete:

Ungewissheit ist die Würze des Lebens.

Damals hatte ich keine Ahnung, was er damit meinte, deshalb zeigte ich das Blatt Loretta. Dann brach ich zusammen und weinte. Etwas musste sich angestaut haben, denn ich heulte wie ein Baby. Loretta weinte auch, aber nur ein bisschen. Dann schenkte sie sich noch einen Wein ein und erzählte mir alles über ihre letzten Stunden mit Mr. Moore, zumindest bis zu dem Zeitpunkt, als sie das Licht ausgemacht hatten. Danach zog sie sich zurück, um ein wenig zu schlafen, und ich ging in mein Arbeitszimmer, um die schwarze Schachtel zu verstecken. Da bekam ich einen weiteren Anruf von Dottie Hrnicek.

»Hier ist Wilma«, gähnte ich in den Hörer.

»Dottie hier. Die Beamtin, von der ich dir erzählt habe – die, die Buford auf der Dreiundsiebzig in der Nähe von Carson gefunden hat –, hat ihre Schicht vor zehn Minuten beendet.«

»Was ist passiert?«

»Sie sagte, bei Sonnenaufgang hätte er immer noch in seinem Wagen geschlafen, deshalb weckte sie ihn auf und sagte, er solle nach Hause fahren. Weißt du, was er getan hat?«

»Was?«

»Er hat sich geweigert. Er sagte, er könnte nicht weg, ehe er nicht einen wichtigen Anruf bekommen hätte.«

»Was hat die Beamtin gemacht?«

»Sie hat ihn natürlich blasen lassen.«

»Und?«

»Er war stocknüchtern. Er verstößt gegen kein Gesetz. Sie konnte nichts weiter machen.«

»Ist er immer noch dort?«

»Ja. Ist das nicht der Hammer? Die nächste Schicht soll ihm einen Kaffee und ein hart gekochtes Ei bringen, mit schönen Grüßen von mir.«

Nun, ich konnte nur den Kopf schütteln und mich fragen, was für einen Unsinn sich diese Männer wohl als Nächstes ausdenken würden. Aber zuvor geschah noch etwas anderes.

KAPITEL 19

Vom Privileg, ein Seehund zu sein

Mein Großvater, Gott hab ihn selig, pflegte immer zu sagen, dass die Veranda sein Lieblingsplatz sei – man wäre an der frischen Luft, man bekäme nie einen Sonnenbrand oder würde nass. Nachdem Calvin ins River House gezogen war, verbrachte Lucy Millet die meisten ihrer wachen Stunden dort draußen. River House hatte eine große, überdachte Veranda aus Holz mit dicken, alten Teppichen am Boden, alten weißen Korb- und dunklen Holzmöbeln. Von dort aus konnte sie über den Missouri-River blicken und eine frische Brise aus drei Himmelsrichtungen genießen.

In der Mitte der Veranda stand eine gut gepolsterte weiße Korbchaiselongue, auf der Lucy besonders gern saß. Sie hatte eine hohe Lehne, wodurch der Infusionsapparat und der TV-Monitor nicht ganz so aufdringlich wirkten. Calvin bevorzugte einen Korbstuhl mit breiter Lehne neben ihr, um ihr vorzulesen, und Schwester Nelson zeigte ihr auf dem Couchtisch, wie man Cribbage spielt. Wenn man später Calvin danach fragte, dann hatte Lucy unglaubliches Glück, aber dieses Mädchen verdiente eine kleine Glückssträhne, wenn auch nur beim Kartenspielen. Ich glaube, Schwester Nelson hat Calvin nie von ihrem geheimen Trick erzählt. Ich auch nicht.

Bei Sonnenuntergang an einem klaren Tag Anfang Mai fragte Calvin Schwester Nelson, ob es ihr etwas ausmachte, sie eine Weile allein zu lassen, damit sie ungestört reden könnten. Natürlich willigte sie ein.

Nachdem sie gegangen war, setzte sich Calvin auf die Chaiselongue neben Lucy und fragte: »Wie fühlst du dich, Liebling? Soll ich dir noch eine Decke bringen?«

»Nein, Papa, mir ist warm. Ehrlich. Manchmal wird mir von all diesen Dingen ganz heiß.«

»Wie wäre es mit etwas zu trinken? Ich kann Schwester Nelson fragen.«

»Nein, ich hab alles. Wirklich. Vielleicht möchte ich später ein bisschen fernsehen.«

»Du brauchst es nur zu sagen, Liebes, dann helfe ich dir dabei, in das große Zimmer umzuziehen.«

»Warum nennt Großvater es das ›große Zimmer‹? Ich finde, das ist ein komischer Name.«

»Ich denke, er tut das, weil es so groß ist. Es ist das größte Wohnzimmer, das ich je gesehen habe.«

»Ich auch.«

»Sind die Schmerzen auszuhalten, Liebes? Geht es besser? Oder schlechter?«

»Es ist nicht so schlimm. Ich möchte nur nicht darüber reden. Es tut nicht so weh, wenn ich nicht darüber sprechen muss.«

»In Ordnung. Aber wir müssen über etwas anderes reden.«

Lucy horchte auf. Sie sah ihrem Vater in die Augen und fragte: »Worüber, Papa?«

»Erinnerst du dich daran, was mit diesen kleinen Robben neulich Abend im Fernsehen passiert ist?«

Lucy schob die Unterlippe ein wenig vor. »Die Haie haben die Babys gefressen. Es war so traurig.«

»Ja, Liebes, das war es, aber so ist die Natur eben manchmal. Was glaubst du, ist mit den Robbenbabys passiert, als sie gestorben waren?«

Lucy zögerte mit der Antwort, aber dann fragte sie: »Sind sie nicht in den Himmel gekommen?«

Calvin lächelte und antwortete: »Das ist eine ausgezeichnete Antwort, Liebling. Aber wenn du Gott wärst, würdest du es dann so kommen lassen?«

»Was meinst du damit?«

»Ich glaube, es macht viel Spaß, eine Robbe zu sein. Man gleitet durch die Meere, kann auf dem Rücken schwimmen und Dinge sehen, die kein Mensch oder keine Giraffe jemals zu sehen bekommt. Ich finde, es wäre ein großes Privileg, ein Seehund zu sein, meinst du nicht?«

Lucys Augen begannen zu leuchten, und sie antwortete: »O ja! Ich würde so gerne so durchs Wasser gleiten. Das wäre ein Riesenspaß.«

»Das glaube ich auch, Liebling. Aber wenn sie schon als Babys sterben, dann haben sie dazu gar keine Chance, nicht wahr? Ist das nicht irgendwie unfair, selbst wenn sie dann in den Himmel kommen?«

Darüber musste Lucy eine Weile nachdenken. Schließlich sagte sie: »So habe ich das noch nie gesehen, aber du hast Recht. Es ist nicht fair. Sie hatten keine Chance.«

»Was würdest denn du tun, wenn du Gott wärst, Liebes?«

»Ich würde sie nicht so jung sterben lassen.«

»Das ist eine gute Antwort, aber sie verstößt gegen die Regeln, denn das würde bedeuten, dass du die Haie keine Haie mehr sein lässt, und du hast die Haie ja genauso erschaffen. Du musst sie auch Haie sein lassen, oder?«

»Muss ich das? Ich mag die Seehunde viel lieber.«

»Wenn du Gott bist, musst du die Haie genauso lieben wie die Seehunde, und du darfst keinem von ihnen vorschreiben, was sie tun dürfen. Das wäre gegen die Regeln.«

Lucy dachte über ihre verzwickte Lage nach und antwortete dann: »Dann weiß ich nicht, wie ich den kleinen Robben helfen kann, Papa.«

»Du unterschätzt dich«, erwiderte Calvin. »Du bist jetzt Gott. Warum gibst du den Robbenbabys nicht noch eine zweite Chance?«

»Eine zweite Chance? Wie denn?«

»Warum gibst du ihnen nicht ein zweites Leben als Seehund?«

Lucy dachte wieder nach und sagte dann: »Das ist eine sehr gute Idee, Papa. Genau das werde ich tun.«

»Gut. Wie steht es mit Känguruh- und Giraffenbabys, Lucy? Würdest du für sie dasselbe tun?«

»Natürlich. Ich muss sie ja alle gleich lieb haben. Das hast du selber gesagt.«

»Wie viele Chancen würdest du ihnen geben?«

»Wenn sie gut wären, dann würde ich ihnen so viele geben, wie sie wollen. Wenn sie böse wären, müsste ich darüber nachdenken. Wir müssten vielleicht miteinander reden.«

»Das ist schon wieder eine gute Antwort. Du bist ein sehr

gerechter Gott. Wie ist es mit kleinen Jungen und Mädchen? Wenn sie keine gerechte Chance im Leben hatten, würdest du sie dann auch zurückkommen lassen?«

Lucy wollte schon antworten, wurde aber plötzlich still. Wie er es von Mr. Moore gelernt hatte, wartete Calvin ab. Nach einer langen Weile verspannte sich Lucys Mund leicht, und sie fragte: »Werde ich sterben, Papa?«

Zum zweiten Mal schlug für Calvin Millet die Stunde der Wahrheit. Er zögerte.

Lucy hatte kein Training bei Mr. Moore genossen, deswegen fragte sie: »Papa?«

Calvin antwortete: »Wie kommst du denn darauf, Liebes?«

Wie eine ungeduldige Mutter wiederholte Lucy: »Ich bin ein großes Mädchen, Papa. Ich will die Wahrheit wissen.«

Calvin hatte geübt und geübt und geübt, doch er konnte einfach nicht. Mit aller Kraft versuchte er, die Tränen zurückzuhalten – vergeblich. Haltlos vor Trauer und Schmerz, begann er zu schluchzen. Nach einiger Zeit gelang es ihm, tief Luft zu holen und zu antworten: »Nicht jetzt, Liebling, aber ...« Dann wurde er erneut von Schluchzen geschüttelt. Die kleine Lucy weinte nicht. Sie legte ihre Hand auf die ihres Vaters und fragte: »Wirst du es schaffen?«

Calvin konnte lange nicht antworten. »Ja, Liebling. Ich werde es schaffen, aber ich werde dich so schrecklich vermissen.« Dann nahm er Lucy in den Arm und hielt sie eine Weile fest, während er vergeblich versuchte, seine Tränen hinunterzuschlucken.

Diesmal weinte auch Lucy, aber nur ganz leise, und dann fragte sie: »Wann, Papa? Wann werde ich sterben?«

Calvin schniefte, aber schließlich nahm er all seinen Mut zusammen und antwortete: »Ich weiß es nicht. Doktor Wiley weiß es auch nicht. Niemand weiß es. Aber wenn du möchtest, kannst du es selbst entscheiden.«

Lucy sah zu ihrem Vater auf. »Was heißt das?«

»Die Schmerzen werden schlimmer werden. Irgendwann werden wir sie nicht mehr betäuben können, außer wir geben dir so viel Medizin, dass du wieder einschläfst.«

»Das macht Schwester Nelson jetzt auch jeden Abend, bevor ich zu Bett gehe. Das hat sie mir gesagt.«

»Aber sie betäubt den Schmerz nicht ganz, nicht wahr?«

»Nein, doch ich bin inzwischen daran gewöhnt.«

»Das weiß ich, Liebling. Du bist ein unglaublich tapferes Mädchen. Aber wenn wir dir allen Schmerz nehmen wollten, dann müssten wir so viel Medizin in den Infusionsapparat leiten, dass du nicht mehr aufwachen könntest.«

»Ich könnte nicht mehr aufwachen? Auch nicht, wenn ich es wollte?«

»Nein, Liebling.«

Wieder war Lucy lange still, dann sah sie ihrem Vater direkt in die Augen und sagte: »Es wird mir nicht mehr besser gehen, nicht wahr?«

Calvin kamen erneut die Tränen, aber er schaffte es zu antworten: »Nein, Liebling.«

»Ich wusste es«, sagte Lucy. »Ich wusste es, als Großvater angeboten hat, wir könnten hier wohnen und Schwester Nelson auch.«

Calvin hob Lucy mitsamt ihren Decken auf seinen Schoß und wiegte sie sanft hin und her. Nach einer Weile fragte sie: »Was wird passieren? Wie werde ich sterben?«

»Das kannst du selbst entscheiden, wenn du möchtest. Dr. Wiley sagt, dir werden auch das Atmen und das Schlucken immer schwerer fallen, und vielleicht kannst du deinen Kopf nicht mehr aufrecht halten.«

Lucy erwiderte: »Ich möchte kein bewegungsloser Klumpen sein. Ich möchte mit dir auf der Veranda sitzen, fernsehen und mit Schwester Nelson Karten spielen können.«

»Das möchte ich auch, Liebling, ich möchte nichts mehr als das. Aber die Zeit wird kommen, da nichts davon mehr möglich sein wird.«

»Aber ich kann entscheiden, wann? Nicht du oder Doktor Wiley?«

»Die Schmerzen werden von allein kommen, aber du wirst entscheiden können, wann wir sie endgültig abstellen. Das wird deine Entscheidung sein, ich verspreche es dir.«

Lucy legte ihrem Vater die Arme um den Hals, küsste ihn auf die Wange und sagte: »Danke, Papa.«

Dann schloss sie die Augen und saß ganz still auf seinem Schoß, die Arme immer noch um seinen Hals geschlungen. Sie blieben lange so sitzen, lange genug, dass Calvin seine Gefühle wieder unter Kontrolle bekommen konnte. Schließlich öffnete Lucy die Augen und sagte: »Glaubst du, ich werde eine zweite Chance bekommen? Ganz bestimmt?«

»Ja, das tue ich, Liebes. Von ganzem Herzen.«

»Werde ich wieder mit dir zusammen sein?«

»Das weiß ich nicht. Wenn du noch einmal von vorne anfängst, dann brauchst du wohl auch neue Eltern.«

Lucy dachte darüber nach. Dann fragte sie: »Heißt das, ich kann alles sein, was ich will?«

Calvin lächelte. »Ja, da bin ich ganz sicher.«

»Alles?«

»Ich denke schon. Ich wüsste nicht, warum nicht.«

Lucy sah ihrem Vater direkt in die Augen, grinste und fragte: »Kann ich dann ein Seehund sein, Papa?«

Lucy Millet lebte länger, als irgendjemand von uns erwartet hätte. Ihr Vater las ihr vor, Schwester Nelson spielte mit ihr Karten auf der Veranda, und Clem besuchte sie jeden Tag. Er brachte sogar ein paar Mal Mark mit, und Mark brachte Lucy, Clem und Schwester Nelson FanTan bei.

Als der Frühling in den Sommer überging, verschlechterte sich Lucys Zustand, genau wie Hank es vorausgesagt hatte. Auch wenn es sie viel Mühe kostete, konnte sie den Vierten Juli mit uns zusammen feiern. Clem ließ alles im River House organisieren, und dann trafen wir uns alle dort am Morgen des Unabhängigkeitstages, einschließlich Mona und den Jungen, Hank, Loretta, Clem und mir. Marie kochte ein erstaunliches Cajun-Festmahl mit Krabben, roten Bohnen und Reis, und dann ließ Clem kurz nach Sonnenuntergang ein Feuerwerk hochgehen. Es dauerte sicher eine Stunde, bis alles angezündet war. Ich glaube, ich habe in meinem ganzen Leben noch nicht so viele schöne rot-weiß-blaue Explosionen gesehen.

Nachdem wir das River House verlassen hatten, blieben Calvin und Lucy allein auf der Veranda zurück. Lange saß das Mädchen auf Calvins Schoß, bis es draußen ganz dunkel geworden und kein Laut mehr zu hören war als das Zirpen der Grillen und die sanfte Brise. Dann legte sie ihrem Vater die dünnen Arme um den Hals, küsste ihn auf die Wange und flüsterte: »Es ist Zeit für mich zu gehen, Papa.«

Schwester Nelson fand die beiden am nächsten Morgen bei Sonnenaufgang in der gleichen Stellung. Die kleine Lucy war in der Nacht ruhig und ohne Schmerzen gestorben, aber Calvin hatte sich nicht bewegt, als hätte er in diesem stillen Verharren ihre letzten gemeinsamen Augenblicke wie in einer Momentaufnahme bewahrt.

EPILOG

Rückkehr zum Abgrund

Ich habe Ihnen ja schon erzählt, dass nur ungefähr zweitausend Menschen in Ebb leben, aber mindestens so viele müssen zu Lucys Trauergottesdienst in die Kirche gekommen sein. Der Parkplatz war randvoll, und beide Straßenseiten waren noch nach fünfhundert Metern in jede Richtung zugeparkt. Einige Autos kamen aus Lincoln, ein paar davon große schwarze Limousinen mit Regierungsplaketten.

In der Kirche selbst konnte man nur stehen, und selbst draußen drängten sich noch Leute und verfolgten den Gottesdienst über Lautsprecher. Eine der Trauernden, die draußen stehen blieben, war Lulu Tiller, die ungefähr fünfzehn Hunde mitgebracht hatte. Kein Einziger von ihnen machte Ärger, dennoch waren einige der nicht ortsansässigen Gäste über gewisse Aspekte von Lulus Benehmen amüsiert.

Drinnen war die Kirche über und über mit Blumen geschmückt: vor allem Lilien und rote Rosen, außerdem jede andere Blumenart, die ich kenne, und noch viele andere, die ich nicht kenne. Drei Blumengestecke hatten etwa die Größe eines Heuballens: Eines war von Clem, eines von seiner

Schwester Clara und eines vom Gouverneur. Ich hatte gewusst, dass Calvin Millet ein wichtiger und beliebter Mann in dieser Gegend war, aber das ganze Ausmaß war mir nicht klar gewesen, bis der Pfarrer die Kanzel keinem anderen als Clement Tucker überließ.

Clem, der ganz in Schwarz gekleidet war, stieg mit ernster, gemessener Miene auf die Kanzel. Er öffnete einen Ordner, lächelte zu Calvin hinunter, ließ seinen Blick langsam über die Gemeinde schweifen und sagte: »Wir alle glauben daran, dass Lucy Millet in ein erfüllteres, schöneres Leben zurückkommen wird. Wenn irgendein kleines Mädchen jemals eine zweite Chance verdient hat, dann Lucy. Wenn sie zurückkommt, wollen wir alle, dass die Welt für kleine Mädchen freundlicher aussieht als jetzt. Deswegen hat der Gesetzgeber von Nebraska einstimmig ein neues Gesetz verabschiedet.« Clem sah zu Calvin hinunter und fuhr fort: »Es heißt das Lucy-Millet-Gedächtnis-Gesetz und lautet wie folgt:

> Da gegenüber allen Betroffenen ungerecht und erheblichen Schmerz für alle Mütter und Väter verursachend, ist es hiermit vom heutigen Tage an von Gesetzes wegen verboten, dass ein Kind aus Nebraska, ob Junge oder Mädchen, vor seinen Eltern stirbt. Jedes Kind, das versucht, sich diesem Gesetz in irgendeiner Weise zu widersetzen, soll unaufhörlich gepflegt und geliebt werden, so wie Lucy Millet aus Ebb, Nebraska, von ihrem Vater Calvin.«

Clem sah auf und fuhr fort: »Dieses Gesetz wurde gestern in der Gesetzgeberkammer verabschiedet und vom Gouverneur unterzeichnet. Damit ist es offiziell in das Gesetzbuch von Nebraska aufgenommen. Da es einstimmig verabschiedet wurde, erwarte ich, dass es überall im Staat energische Umsetzung findet.«

Er schloss den Ordner, trat von der Kanzel zur ersten Reihe, wo Calvin Millet saß, und sagte: »Das ist deine offizielle Abschrift, Calvin. Sie ist ebenfalls vom Gouverneur unterzeichnet, der mich gebeten hat, dir sein persönliches Beileid auszusprechen. Eine weitere Abschrift aus Bronze wird im Eingang des Rutherford-B.-Hayes-Rathauses hängen.«

Calvin weinte sich die Seele aus der Brust. Jeder weinte, auch Clem und Doktor Wiley.

Nach dem Gottesdienst fuhren Calvin, Clem, Mona und die Jungen, Loretta, Lily, Hank, Schwester Nelson und meine Wenigkeit ins River House zum Leichenschmaus. Marie Delacroix hatte wieder ein schönes Essen gekocht, einschließlich Pudding mit selbst gemachter Schokoladensauce, aber niemand war sonderlich hungrig oder gesprächig, nicht einmal die muntere Schwester Nelson.

Bei Sonnenuntergang nahm Calvin Lucys Urne und ging damit zum Felsvorsprung über dem Fluss. Wir versammelten uns alle um ihn, und er sagte: »Bring mein Herz mit, wenn du zurückkommst, Liebling.« Dann öffnete er die Urne und ließ Lucys Asche mit dem Wind zum Missouri-River hinunterwehen. Er fing wieder an zu schluchzen, und Clem ging zu ihm und legte ihm den Arm um die Schulter. So blieben sie lange stehen. Wie wir alle.

Millet's Kaufhaus stand nie zum Verkauf. Clem erwarb einen Anteil von neunundvierzig Komma neun Prozent mit

Bargeld, was Calvin die finanziellen Mittel gab, das Kaufhaus wieder auf eine solide Basis zu stellen. Ich weiß, dass er sich auch anbot, Lucys Arztrechnungen zu bezahlen. Aus Freundlichkeit ließ ihn Calvin die Hälfte übernehmen – ich glaube, es waren ziemlich genau neunundvierzig Komma neun Prozent. Clem erzählte mir später, dass er seine Anteile an Wal-Mart verkaufen musste, um seinen Teil beizutragen.

Vor etwa einem Monat stellte Calvin eine neue Managerin für das Kaufhaus ein, ja, es ist tatsächlich eine Frau. Sie scheint eine wirklich nette Person zu sein, und die Kosmetikabteilung des Kaufhauses ist schon sprunghaft angewachsen. Jetzt verbringt Calvin den größten Teil seiner Zeit damit, Clem beim Verwalten der Tucker-Vermögensgesellschaft zu helfen, an der er eine Minderheitenbeteiligung erworben hat.

Kurz nach Lucys Tod bezog Calvin Clems neues Haus auf der anderen Seite der Stadt, schräge Winkel hin oder her, und Clem zog zurück ins River House. Einmal erzählte Calvin Mona und mir nach dem Abendessen, er trage sich mit dem Gedanken, das Haus zu kaufen, wenn der Preis vernünftig wäre. Schwester Nelson blieb nach Lucys Tod in Ebb. Sie ist jetzt fest bei Hank Wiley angestellt, und sie ist ein Vollmitglied im Nähclub geworden. Natürlich hat Hank ein Auge auf sie geworfen, aber ich glaube, sie ist eher an Calvin Millet interessiert. Das sind übrigens mindestens die Hälfte der Frauen im Nähclub, soweit ich weiß, aber sie müssen alle erst an mir vorbei, bevor es in diesem Spiel zu einer Entscheidung kommt. Calvin ist mindestens einmal pro Woche bei mir zum Abendessen eingeladen, und ich sorge immer dafür, dass er und Mona dabei auch Zeit für sich haben.

Nachdem wir herausgefunden hatten, warum Buford Pickett die ganze Nacht auf dem Seitenstreifen geparkt hatte, entschied der Vorstand des Nähclubs, dass er rund um die Uhr überwacht werden müsse. Natürlich meldete sich Lulu Tiller freiwillig, wie sie es immer tut, aber dann erklärte sich Lily Park einverstanden, den Job zu übernehmen. Diese Frau kennt kein Erbarmen. Buford hat bereits zehn Pfund verloren, die Schmalzlocke ist verschwunden, und er hat Lily einen roten Minivan mit Vierradantrieb gekauft. Genauer gesagt: Er hat ihn geleast. Er sagte, das sei vom finanziellen Standpunkt aus gesehen sinnvoller.

Falls es Sie interessiert: Clara sagt immer noch nicht mehr als Ja und Nein. Irgendwie muss man sie dafür bewundern. Eigenartigerweise besucht Mark sie gerne. Er sagt, sie spielen Karten. Wir haben neulich Rommé gespielt, und er hat mich geschlagen. Er verwandelt sich gerade in ein As, was das Kartenspielen angeht; ich nehme an, das haben wir Mr. Moore zu verdanken. Niemand weiß, worin sein großer Bruder Matt mal gut wird, aber wir halten ihm alle die Daumen.

Mr. Moore war nur sechs Tage in Ebb und verschwand dann spurlos, genau am Ostersonntag. Wir sitzen immer noch um meinen Küchentisch herum und diskutieren, ob er ein Handlungsreisender war oder nicht. Er hat nie ein Spiel an den Mann gebracht, und seine Webseite ist gerade »in Bearbeitung«. Aber zumindest hat er Calvin Hoffnung verkauft. Mir übrigens auch, genau wie Hank und Clem. Und jetzt, wo das Millet's wieder läuft, könnte man sagen, dass er der ganzen Stadt Hoffnung verkauft hat.

Mit Loretta ist es etwas anderes. Mr. Moore hat ihr das Herz gebrochen, als er sie verließ, und es blieb gebrochen –

bis sie bemerkte, dass sie schwanger war. Hank sagt, das Kind kommt in der letzten Dezemberwoche; Loretta sagt, es kommt an Weihnachten. Wir drei fahren nächste Woche nach Beatrice, um zu erfahren, ob es ein Junge oder ein Mädchen wird. Sie sagt, sie möchte einen Vernon junior, aber ich hoffe auf eine Lavern. Loretta hatte noch nie großes Glück mit Männern.

Es ist schon so lange her, dass jemand, den ich kenne, Glück in der Liebe hatte. Das ist auch der Grund dafür, dass ich fast vom Stuhl gefallen wäre, als Clem mir vor einem Monat einen Antrag gemacht hat. Eine Hälfte von mir hätte gerne sofort Ja gesagt – sogar sehr gerne, eine Art von »Komm, wir fliegen jetzt sofort nach Las Vegas«-Gerne –, aber meine Abenteuer mit Al und der Institution der Ehe an sich machten meiner anderen Hälfte Angst – richtig Angst, eine Art »Nichts wie weg nach Mississippi«-Angst.

Nun, ich habe mich um eine sofortige Antwort gedrückt, und dann ließ ich Clem noch zwei Wochen lang zappeln, während ich wie ein Teenager zwischen ja – nein – ja – nein hin und her schwankte. Ich weiß, dass ich Mona und Loretta wahnsinnig gemacht habe, und die Jungs müssen gedacht haben, ich sei senil geworden. Dann, in den tiefsten Tiefen meiner Unentschlossenheit, fiel mir wieder die Notiz von Mr. Moore ein, die er mir in meinem schwarzen, lackierten Kästchen überlassen hatte.

Ich weiß jetzt, was in seinem Aktenkoffer war, als er bei mir im Come Again auftauchte. Es war ein Koffer voll Glück. Und ich bin mir sicher, dass er Recht hat: Ungewissheit ist die Würze des Lebens.